那須正幹のアルバム
～ふるさとをたずねて～

那須作品の中には、那須先生の生まれ故郷である広島を舞台に、またモデルにしているものが多い。代表作とも言うべき「ズッコケ三人組」シリーズや、その他の作品のゆかりの地を、那須先生の案内でいっしょに歩いてみよう。

久々に教室の机につく。ハチベエ、ハカセ、モーちゃんの視線にもどったひととき。①

広島市立己斐小学校正門前。「ズッコケ」シリーズでおなじみの花山第二小学校のモデルになっている、先生の母校だ。①

ズッコケ読者予備軍と記念撮影。この中から第二の那須正幹が現れるか。①

ついに見つけた己斐小の「ズッコケ三人組」。左から、ハカセ、ハチベエ、モーちゃんといったところ？①

さまざまな思い出のつまった己斐小学校。「ズッコケ三人組」の原点もここにあったのだ。①

太田川放水路（山手川）。中州は「ガラスのライオン」（『六年目のクラス会』所収）の、河口付近は『ぼくらは海へ』の舞台となった。②

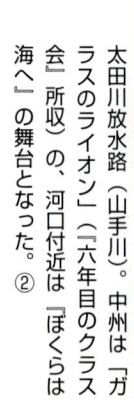

平和の象徴、原爆ドーム。
那須先生の戦争に対する
思いは『絵で読む広島の
原爆』に託されている。③

原爆の子の像。『折り鶴
の子どもたち』で語られ
た、佐々木禎子さんをモ
デルにした像である。④

原爆の子の像のまわりは、いつでも世界
各国、全国各地から届けられた折り鶴が
ところせましと並べられている。④

モーちゃんのモデル、笹原孝治さん。現在は『ブックスささはら』という書店を開き、那須先生の本をバリバリ売っている。⑤

愛犬、百太郎。『お江戸の百太郎』シリーズの百太郎のようにかしこい？

『ヨースケくん』の主人公、ヨースケくんが不思議そうにみつめていた川がこの川。意外にせまくて、びっくり。⑥

愛猫、銀太。新シリーズ『銀太捕物帳』の主人公、銀太にちなんだ名前だ。

那須作品のふるさとについては、P155“エッセイ再録―私の過ごした六年間が「ズッコケ三人組」の世界”でもふれられています。また、各写真についている数字はP157地図上での位置を示しているので参照してください。

「ズッコケ三人組」シリーズ　40巻！

① それいけズッコケ三人組（1978. 2）

② ぼくらはズッコケ探偵団（1979. 4）

③ ズッコケ㊙大作戦（1980. 3）

④ あやうしズッコケ探険隊（1980.12）

⑤ ズッコケ心霊学入門（1981.10）

⑥ ズッコケ時間漂流記（1982. 8）

⑦ とびだせズッコケ事件記者（1983. 3）

⑧ こちらズッコケ探偵事務所（1983.11）

⑨ ズッコケ財宝調査隊（1984. 6）

⑩ ズッコケ山賊修業中（1984.12）

⑪ 花のズッコケ児童会長（1985. 6）

⑫ ズッコケ宇宙大旅行（1985.12）

⑬ うわさのズッコケ株式会社（1986. 7）

⑭ ズッコケ恐怖体験（1986.12）

⑮ ズッコケ結婚相談所（1987. 7）

⑯ 謎のズッコケ海賊島（1987.12）

⑰ ズッコケ文化祭事件（1988. 8）

⑱ 驚異のズッコケ大時震（1988.12）

⑲ ズッコケ三人組の推理教室（1989. 7）

⑳ 大当たりズッコケ占い百科（1989.12）

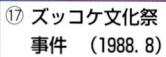

㊲ ズッコケ脅威の大震災（1998. 7）

㉝ ズッコケ三人組の神様体験　（1996. 7）

㉙ ズッコケ三人組のミステリーツアー　（1994. 7）

㉕ ズッコケ三人組の未来報告　（1992. 8）

㉑ ズッコケ山岳救助隊　（1990. 8）

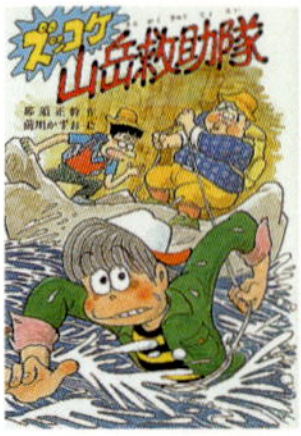

㊳ ズッコケ怪盗Ｘの再挑戦《リターンマッチ》（1998.12）

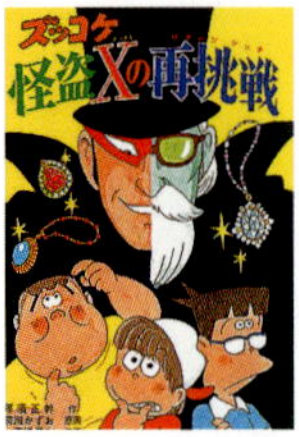

㉞ ズッコケ三人組と死神人形　（1996.12）

㉚ ズッコケ三人組と学校の怪談　（1994.12）

㉖ ズッコケ三人組対怪盗Ｘ（1992.12）

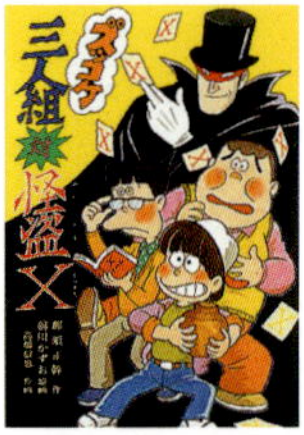

㉒ ズッコケＴＶ本番中　（1990.12）

㊴ ズッコケ海底大陸の秘密（1999. 7）

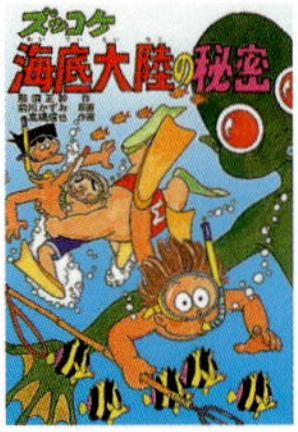

㉟ ズッコケ三人組ハワイに行く（1997. 7）

㉛ ズッコケ発明狂時代　（1995. 7）

㉗ ズッコケ三人組の大運動会　（1993. 7）

㉓ ズッコケ妖怪大図鑑　（1991. 8）

㊵ ズッコケ三人組のバック・トゥ・ザ・フューチャー（1999.12）

㊱ ズッコケ三人組のダイエット講座（1997.12）

㉜ ズッコケ愛の動物記　（1995.12）

㉘ 参上！ズッコケ忍者軍団（1993.12）

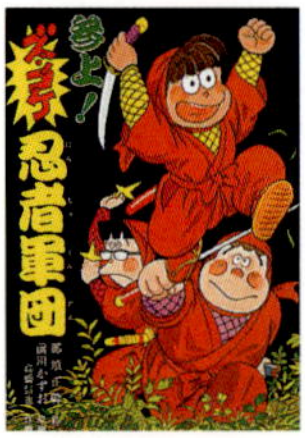

㉔ 夢のズッコケ修学旅行（1991.12）

2000年３月現在

ズッコケ三人組の大研究Ⅱ

那須正幹研究読本

石井直人
宮川健郎・編

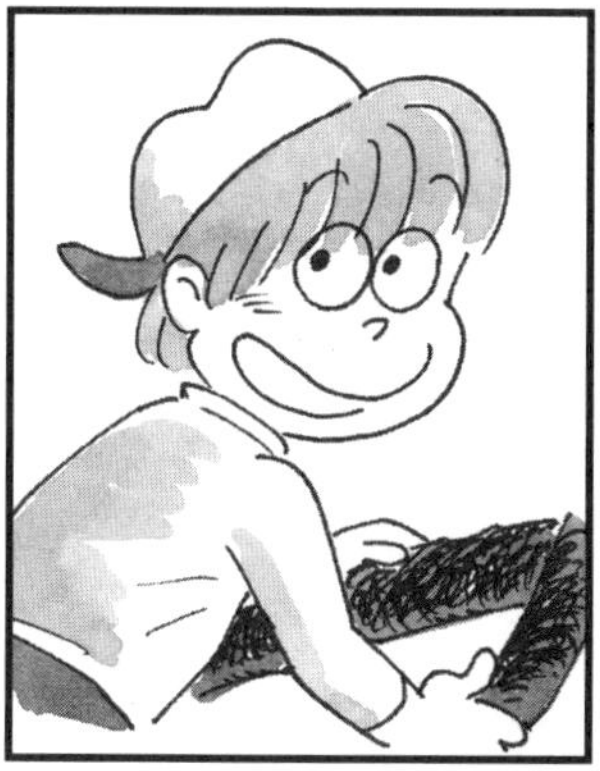

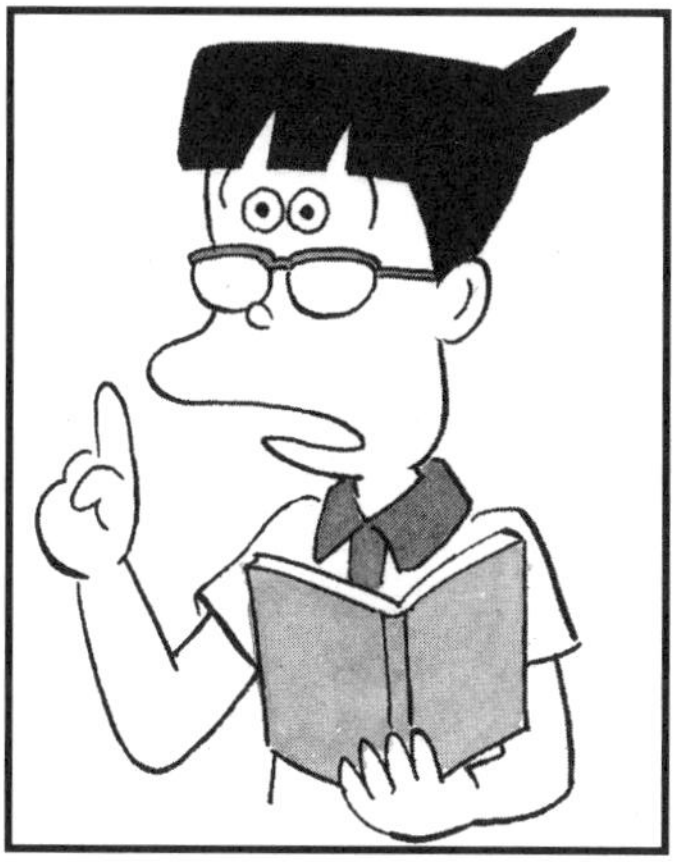

ふたたび、ズッコケ・ワールドへ

『ズッコケ三人組の大研究Ⅱ――那須正幹研究読本』刊行のことば

『ズッコケ三人組の大研究Ⅱ』をおとどけします。

私たちが『ズッコケ三人組の大研究』を編み、刊行したのは、一九九〇年でした。子どもたちに熱心に読まれている『ズッコケ三人組』シリーズの魅力とは何か、それを考えた、この本は、子どもの文学や文化に関心をもつ大人たちの、そして、『ズッコケ』の読者である子どもたちの、意外なほどの好評にむかえられました。

『ズッコケ三人組の大研究』刊行から、ちょうど十年がすぎました。ハチベエ、ハカセ、モーちゃんの三人は、その後も、さまざまな冒険をかさね、十年前、二十巻だった『ズッコケ』シリーズは、四十巻になりました。三人組は、映画に登場したり、テレビドラマになったりもしたのです。子どもたちは、せっせと『ズッコケ』を読みつづけ、シリーズの売りあげは、単行本、文庫版を合わせて、一八〇〇万部に達しました。そして、作者の那須正幹は、この十年のあいだに、『ズッコケ』シリーズ以外にも、『お江戸の百太郎』シリーズ・全六巻を完結させたほか、『さぎ師たちの空』や、絵本『絵で読む広島の原爆』（西村繁男・絵）など、いくつもの力作を子どもたちにとどけています。『ズッコケ』シリーズと那須正幹の十年をふまえて、ここに、『ズッコケ三人組の大研究Ⅱ』を刊行します。

この『ズッコケ三人組の大研究Ⅱ』も、多くの執筆者を得て、充実したものになりました。『ズッコケ』研究は、より深く、さらに緻密になったといえます。子ども読者たちに参加してもらって座談会をしたのは、『大研究Ⅱ』の新しい試みです。

シリーズ第一作『それいけズッコケ三人組』は、最初、学習雑誌に連載されたのですが、今回、その連載「ずっこけ三銃士」の最終回が発見されました。最終回は、単行本『それいけズッコケ三人組』には収められていませんから、『大研究Ⅱ』に再録しました。長く埋もれていた三人組の物語です。読んでみてください。

「ズッコケ三人組の大事典Ⅱ」と「那須正幹年譜・著作目録完璧版Ⅱ」は、前の『大研究』の「大事典」、「年譜・著作目録」のつづきです。『ズッコケ三人組』シリーズと那須正幹のこの十年を確かめてください。前の「大事典」、「年譜・著作目録」とも合わせて活用してくださるよう、お願いします。

私たちは、子どもたちが読みつづけている『ズッコケ三人組』シリーズについて考えることは、子どもの文学や文化の現在を見直し、その未来を考えることにほかならないと思っています。間もなく新しい世紀をむかえる、この国の子どもたちをめぐる状況は、どうなっていくのでしょうか……。

さあ、とびらをあけて、ふたたび、ズッコケ・ワールドへ。『ズッコケ三人組』シリーズの魅力をさぐる旅へ出発します。

二〇〇〇年三月

石井直人
宮川健郎

目次

エッセイ再録

論文

ブックガイド

エッセイ

装画・挿絵／（原画）前川かずお・（作画）高橋信也

巻頭エッセイ

歳月

那須正幹

ズッコケ三人組の大研究Ⅱ

私の愛用している「五年間日記」の一冊前を見ると『ズッコケ三人組の大研究』の出版記念会が開かれたのは、今から九年半前の一九九〇年六月二十二日である。この会は同書の出版記念と共にシリーズ二十巻達成のお祝いも兼ねていた。七八年二月に出版されて以来、すでに十二年を迎えていたこのシリーズに、皆さんが激励の意味もこめて集まってくださったというわけである。

この席上で、私はこんなことを話している。

「私にとって二十作というのは、単に十九作の次の作品であると共に二十一作目の一作前の作品という意味にすぎない。これからも同じ気持ちで書き続けていくつもりだ」

お祝いに駆けつけてくださった皆さんに対しては、かなり不遜《ふそん》なスピーチかもしれないが、私の率直な気持ちだった。

あの日の気持ちは、四十作を書き上げた現在も変わっていない。四十作は三十九作目の次で、四十一作の前の作品でしかないのである。

しかしながら、あれから十年近くたった現在、私自身の身のまわりもかなり変わってしまった。当夜お祝いに見えられた方の中でさえ、すでに鬼籍《きせき》に入られた方もおられる。

来賓《らいひん》としてスピーチされた、当時日本児童文学者協会の理事長だった関英雄氏も、今は故人となられている。そして何より惜しまれるのは、このシリーズの挿絵《さしえ》を最初から手掛けてくださった前川かずお画伯が、二年半後には還《かえ》らぬ人となられたことだ。

前川さんご病気の連絡を受けたのは、出版記念会からちょうど一年後のことだった。急性白血病という病名を聞かされたときのショックは、いまでも鮮明に記憶している。

私は三歳のときに広島で被爆しているので、いわゆる原爆症の一つとして被爆者を死に追いやる急性白血病について、多少の知識があった。前川さんは被爆こそされていないが、原爆症と同じ病気に罹《かか》られたのである。病名の重さが、私を暗澹《あんたん》とした気持ちにさせた。

しかし、それはご本人には決して告げてはならないことであった。以後氏の存命中に何度かお会いしたり電話でお話する機会があったが、そのときは、ごくごく差《さ》し障《さわ》りのないお話をして過ごした。

前川さんとの会話に困ることはなかった。釣りの話や旅の話、おいしい料理の話。新しい作品についても話した。前川さんとはシリーズ刊行以前、雑誌連載当初から一緒に仕事をして来た仲だったし、年齢も五歳しか違わない気安さがあった。私の中で、三人のキャラクターに視覚的なイメージをあたえてくれたのも前川さんだったし、仕事以外でも親しくさせていただいた。上京のおりには銀座や新宿のバーに案内してくださって、田舎《いなか》育ちの私に都会の雰囲気に触れさせてくれる「東京の兄貴」的存在だった。逆に山口県の私の家に来られ、一緒に釣りをしたこともあった。同じ西日本生まれという気質の共通点もあったように思う。

前川さんの絵の魅力については、今更《いまさら》書くこともないが、氏のデッサンの確かさについて、こんな話がある。

私が懇意《こんい》にしているカイロプラクティックの治療師が、あるとき前川さんの挿絵を見ながら、

「この方は、背骨が描ける人ですね」とつぶやいた。

彼に言わせると、人間というものはどんな動作をするときも、それに応じた背骨の動きというのがある。直立していても、腕を動かしたとき、首を曲げたとき、足を上げたとき、それに対応して背骨が微妙に曲

がるのだそうだ。そうした人間の背骨の動きまで描ける画家というのは意外に少ない。前川さんの描く人間は、どんなときも背骨の動きが感じられる。だからちょっとした動作にも不自然なところがない。

私は絵については門外漢《もんがいかん》だが、この言葉には、なるほどと納得《なっとく》させられたものだ。たしかに前川さんの絵には、人間の自然な動きが感じられる。

前川さんとの仕事は、二十五巻目にあたる『ズッコケ三人組の未来報告』が最後になった。氏は、この本の挿絵を闘病中に仕上げられた。巻頭に六年一組の教室が描かれていて、表情豊かな四十一人の子どもたちが、一人一人愛情こめて描かれていた。そして教室の片隅には、これを見つめている前川さんご自身の姿もある。

この絵を見たとき、ああ、これは遺書だなと直感した。前川さんは、すでにご自身の命について、ある程度の予感があったに違いない。そしてこの絵を残すことで、ご自身も、このシリーズと共に生き続けたいというお気持ちがあるに違いない。私はそう考えた。

この作品には、三十歳になった三人組が登場する。小学六年生の三人の未来像が描かれるわけだが、前川さんは、この難しい絵を見事に描ききってくださった。

本が出版されてから五カ月後の九三年一月十三日、前川さんは逝去《せいきょ》された。

葬儀は十五日、練馬の斎場で行われた。氷雨《ひさめ》降る寒い日だった。式はいかにも前川さんらしく、無宗教で行われ、式場には氏の好きだったモダンジャズの旋律が流れていた。

あの日、私はむやみと腹が立ってしかたがなかった。いまだシリーズ半ばにして、なぜ、かくも早く逝《い》ってしまわれるのか。なぜ、もっと健康管理に気をつけなかったのか。二人で始めたこの仕事を、この先どうすればいいのか。

じつは、この時点で、既に高橋信也《たかはししんや》画伯による、二十六巻目が刊行されていた。高橋画伯を推薦したのは、編集部の坂井宏先《さかいひろゆき》氏だった。彼にしても、前川さんの闘病中に画家の交替をすることは、かなりの抵抗があったようだ。しかし、次作を待ち望んでいる読者に対して、年二回のローテイションはくずせない。その気持ちは、私も同様だった。しかしながら、私自身前川さん以外の人と、この先作品を書き続けられるかどうか、自信の持てない状態だった。

葬儀が終わり、家に戻ったとき、私は改めて二十五巻目と二十六巻目の本を机の上に広げてみた。高橋さんの絵は、アニメ畑の人らしい柔らかな線で描かれていて、前川さんのキャラクターより可愛らしい感じがする。ただ、その表情の中には前川さんとは違った味わいがあった。単なる模倣《もほう》ではない、高橋さんご自身のオリジナリティーがあった。

私は心の中で前川さんにささやいた。

「前川さん、わしは高橋さんと組んで、ズッコケを書くけえね。あんたは死んでしもうたけど、あんたが生み出したキャラクターは、この先、ずうっと、ずうっと子どもの心の中で生きていくんじゃけえ、それでええじゃろう」

私は、この日をもって前川さんと決別した。

今にして思えば、あの時点から『ズッコケ三人組』シリーズは、微妙な変化をとげたような気がする。画家の交替ということだけでなく、作品そのもののトーンも、以前とは変わって来た。一口に言えば、より今日風になって来たように思う。

むろん意識的にそうしているわけではなく、ごく自然に高橋さんの作風に影響されたのではないかと思っている。

あるいは私自身の年齢も無関係ではないだろう。シリーズを始めた頃、まだ三十代だった私も、すでに還暦近い年齢になってしまった。独身時代に思い描いた子ども世界と、四人の子どもの父親になった現在の私がイメージする子ども世界は、やはりそれなりの変化がある。

あるいは児童図書を取り巻く環境の激変、世紀末と呼ばれる状況、すべてが作品に影を落としていることも否定できない。

たとえば子どもの読書離れという現実の中で、なんとか子どもたちに読書の楽しさを知ってもらいたいという気持ちが、私の中にある。

ゲームとコミックに夢中になっている子どもたちをして、活字のぎっしり詰まった本を読んでもらうためになにをどう書けばいいのか。目下のところ、私にもよく分からない。

あるいは、一人の大人として、今の子どもたちに、どんな語りかけをすべきなのか、なにが今、有効な言葉なのか。これまた暗中模索の状態なのだ。

しかし、それでもなお、私は花山第二小学校六年一組の三人を書き続けるつもりである。

歳月は人を変えるが、その流れの中でも、人は生き続けていくものである。どんな世の中がやって来ても、そこに生きる人間としての普遍性があるのではないか。それを信じて、というより、それにしがみついて書き続けるほかはない。なにしろ私には、子どもに向かって書く事以外なんの才能もないのだ。

このシリーズが五十巻を目標にしていることは、先の『ズッコケ三人組の大研究』でも触れた。十年前にはなんとも気の遠くなる未来のことのように思えた五十巻目も、あと十作、時間にすればたった五年先に訪れる計算である。

私の使用している日記帳は、五年間日記なので、来年から記入する日記の最後のページが二〇〇四年の十二月三十一日にあたる。

幸いにしてこの日記帳を書き終える日が来るとすれば、その時点で、ズッコケ三人組は、既に五十巻目を上梓《じょうし》し終えているに違いない。

はたして、その年の大みそかをどんな気持ちで過ごしているか、私自身にも想像がつかない。虚脱感でぼんやりしているような気もするし、案外ケロリとした顔で、新しいシリーズの構想を練っているような気もする。

いやいや、もしかのもしか、五十巻目を書き上げたのちも、五十一巻目の執筆に意欲を燃やしている事も考えられないことではない。『ズッコケ三人組の未来報告』の最後に、ハチベエがいみじくも言っていたではないか。

「わかんねーぞ、未来のことなんて……」

ズッコケ三人組シリーズ論

「ズッコケ」は人間のかなり本質的な部分に根ざしたものであり、それだからこそ、読んでおもしろい作品なのだという気がする。

（飯塚宣明）

「危険」かつ「悪意」に満ちた現代をとらえつつ、それでもエンターテインメントでありうるということこそが、このシリーズの醍醐味なのだ。

（奥山　恵）

ズッコケ三人組の大研究 II

ズッコケ三人組シリーズ論　1

「ズッコケ三人組」入門

石井直人

このページを読もうとしているあなたは、これまでに「ズッコケ三人組」シリーズをすべて読んでいるかもしれない。あるいは、これから第一冊めを読んでみようかなと思っているのかもしれない。もちろん、「ズッコケ三人組」シリーズに入門するもっとも正しい方法は、実際に本を読むことである。『それいけズッコケ三人組』にかぎらず、探偵物が好きなら『こちらズッコケ探偵事務所』や『ズッコケ三人組対怪盗X』、ちょっとこわい話が好きなら『ズッコケ三人組と学校の怪談』や『ズッコケ恐怖体験』、動物好きなら『ズッコケ愛の動物記』、忍者好きなら『参上！　ズッコケ忍者軍団』と、どれからでもよいから、読んでみることである。したがって、ここでは、実際に「ズッコケ三人組」シリーズを読んだときに参考にしてもらえるように、同時代の他の作品と比較したり児童文学の歴史を展望したりしながら、「ズッコケ三人組」の特徴を考えておくことにしたい。

1　「ズッコケ三人組」のはじまり

ところで、「ズッコケ三人組」は、初めから「ズッコケ三人組」だったのではない。ハチベエ、ハカセ、モーちゃんの三人の話は、学習研究社の月刊誌『6年の学習』に「〈れんさい物語〉ずっこけ三銃士」というタイトルで連載（全十二回、一九七六年四月号～一九七七年三月号）されたのだった。「三銃士」というのは、有名なフランスの作家アレクサンドル・デュマの歴史小説『三銃士』（一八四四年）からとられている。主人公のダルタニャンという名前をおぼえている年配の読者も多いのではないだろうか。

「ずっこけ三銃士」は、「三銃士登場！」「トイレット，ペーパー春風になびくの巻」「花山駅の決闘」「怪談ヤナギ池」「貝づかよりも宝物」「ゆめのゴールデンクイズ」「さよなら三銃士」という七話からなっていた。つまり、最終話「さよなら三銃士」において一度話が終わっていたのである。ただし、ラストシーンが第一話の初めのシーンにつながるようになっていて、終わりのない終わりになっている。（本書に収録したので読んでみてほしい。）このときから、作家・那須正幹と画家・前川かずおのコンビである。

そして、雑誌連載終了からおよそ一年後の一九七八年二月にポプラ社から単行本『それいけズッコケ三人組』が出版される。こちらの第五話「ゆめのゴールデンクイズ」のラストシーンは、こうだ。

ハカセは、めがねのおくのちっこい目を、二、三度ぱちくりさせた。それから、ハチベエの肩に手をまわし、歩きだす。

「いいじゃないか、ぼくも、きみも、いっしょうけんめいやったんだもの。最後は、すこしズッコケちゃったけどね。」

「ふふ、ズッコケ仲間だな、おれたち。」

「モーちゃんだって、最後の問題でズッコケちゃったから、ズッコケ三人組ってところだね。」
「ふふ、ズッコケ三人組かあ。ようし、あした、モーちゃんにいってやろうか。おれたちズッコケ三人組っていう名まえになったって。」
ふたりは、からりと晴れた秋空の下を、元気よく歩きだした。

こうして、「ズッコケ三人組」が誕生したのである。

2　ズッコケ三人組のキャラクター

「ズッコケ三人組」すなわちハチベエ、ハカセ、モーちゃんの三人は、どのような人物なのか。愛読者にとってはおなじみだろうけれども、重要事項は、確かめよう。

元気のいいちび少年の名まえは、八谷良平。みんなはちぢめてハチベエとよんでいる。モーちゃんにも奥田三吉というりっぱな名まえがあるのだけれど、行動がのんびりしているところから、こんなあだ名がついてしまった。／モーちゃんのモーは、スローモーションのモー。あるいは牛のなき声なのだ。／ハカセというニックネームの少年は、山中正太郎。三人ともミドリ市の花山第二小学校五年一組のクラスメートだ。

（『ズッコケ㊙大作戦』）

ハチベエは、小がらで色の黒い少年。ハカセは、らっきょうにめがねをかけさせたような少年。モーちゃんは、ふとっちょの少年。三人のキャラクターは、基本的に変わらない。

いったい、おっちょこちょいのハチベエとのんびり屋のモーちゃん、それに理論家で気むずかしいハカセが、仲良くやっていけるわけはないはずだが、そのわりにはたいしたけんかもしないでやっている。こんなのをくされ縁というのかもしれない。

（『花のズッコケ児童会長』）

つけくわえておくと、ハチベエは、女の子にもてたくて、クラスの女子にちょっかいをだすが、ちっともてない。モーちゃんは、のんびり屋で気のいい男の子だから、いちばん女の子に人気があるのである。もうひとつつけくわえておくと、ハカセは、理論家で読書家で（ただし、トイレで読書するくせがある）図書委員である。けれども、学校の成績は、いまひとつかんばしくない。テストになるとどうもうまく答えられないらしい。つまり、ハカセは、雑学の大家なのだ。

ここまでで、おかしいと思った読者は、慧眼《けいがん》である。「ズッコケ三人組」が「五年一組のクラスメート」となっているからだ。これは、三人の紹介を『ズッコケ㊙大作戦』から引用したせいである。同作は、三人が冬休みにスキー場で出会った女の子・北里真智子が四月になって同じクラスに転校してくるというストーリーであるために、第一章「雪の妖精」の冒頭部分において三人は、五年生なのである。このほかに『ズッコケ三人組の未来報告』や『ズッコケ三人組のバック・トゥ・ザ・フューチャー』などの例外がある。もちろん、三人は、シリーズをとおしていつも「六年一組」の生徒である。『とびだせズッコケ事件記者』の「あとがき」で、作者は、「ハチベエたちは、なぜ年をとらないのか」という読者からの質問につぎのように答えている。

物語には、主人公が年をとっていく作品と、そうでないのがあるのです。『次郎物語』（下村湖人）の主人公本田次郎は、第一部から五部のあいだに幼児から青年に成長してゆきますが、『銭形平次捕物控』（野村胡堂）の平次は、三八三編の作品のなかで、つねに三十一歳のままです。／いってみれば、物語の内容によって、作者は主人公に年をとらせたり、とらせなかったりするわけで、このシリーズは、年をとらないタイプなのだとお考えください。

主人公が変化するタイプと主人公が変化しないタイプがあって、これらの二つは、文学のタイプのちがいなのである。「ズッコケ三人組」は、年をとらないだけではなく、基本的に性格も変わらない。たしかに、モーちゃんは、いつも「ふとっちょの少年」だけれども、『ズッコケ三人組のダイエット講座』では別人のような容姿になってしまう。『ズッコケ三人組の神様体験』では、ハチベエが花山神社の秋祭りの「稚児《ちご》舞い」を練習したせいで、テストで百点をとってしまう。けれども、これらは、一時的なことにすぎない。ハチベエが百点をとることが書かれた章は、「ハチベエの奇跡」と題されているくらいである。『ズッコケ脅威の大震災』で、ミドリ市がマグニチュード7・3、震度7の大地震におそわれて、たいへんな経験をしても、三人は、やはり、同じ性格のハチベエ、ハカセ、モーちゃんなのである。（ただし、ハチベエが避難所のトイレ掃除をかってでたりする。）マンガでは、長谷川町子の『サザエさん』や藤子・F・不二雄の『ドラえもん』など、主人公が基本的に不変なタイプも、めずらしくない。

ところで、かつて、安藤美紀夫は、児童文学におけるキャラクターの重要性についてのべたエッセイで、『赤い鳥』は、遂に一人のトム・ソーヤーも、一人のピノッキオも、一人のエーミールも、一人のナンシー・ブラケットも生みださなかった」といっていた。そして、そのことは、「日本の児童文学にとっての不幸であった」ともいっていた（「佐藤さとる作『だれも知らない小さな国』について――読書感想文的覚え書」、『現代日本児童文学作品論』＝『日本児童文学』一九七三年八月臨時増刊）。『赤い鳥』とは、鈴木三重吉《みえきち》が一九一八（大正七）年に創刊した童話雑誌のことである。つまり、児童文学史をふりかえると、日本の童話は、読者に強烈な印象を与える主人公を生みだせなかったと安藤美紀夫は、いっているのである。ただし、これは、「作家の才能」の問題ではなく「時代の制約」がそうさせていたのだともいっている。この点、ハチベエ、ハカセ、モーちゃんの三人は、読者におぼえてもらえる主人公にちがいない。たとえタイトルを忘れたとしても、とにかく三人組の男の子が活躍する話というようにおぼえているにちがいない。『赤い鳥』の創刊から六十年後に第一巻が出版された「ズッコケ三人組」は、キャラクターがたいへんはっきりした児童文学なのである。

ここでちょっと文学論をすれば、「ズッコケ三人組」は、E・M・フォースターが『小説の諸相』でいっている「球形人物」(ラウンド・キャラクター)ではなく、「平面人物」(フラット・キャラクター)だといえよう。たしかに、ハチベエは、現実の人間のように内面や心理の葛藤《かっとう》をもった複雑な性格の立体的な人物ではない。むしろ、ややこしく考えるのは、苦手である。元気だけれど、おっちょこちょいという、現実の人間の一面をデフォルメした平面的な人物である。けれども、フォースターは、平面人物ならではの美点をあげている。すなわち、すぐわかる、おぼえやすいという二点である。読者は、ハチベエといえばどんなやつかすぐわかる、ハチベエのことを後から思い出しやすいということである。いいかえれば、ハチベエ＝おっちょこちょいとデフォルメされているからこそ、読者が記憶＝想起してくれるのである。「ズッコケ三人組」は、そういう文学のタイプなのである。

3 「普通の人々」

ところで、ハチベエ、ハカセ、モーちゃんの三人組は、じゃんけんのグー、チョキ、パーにたとえられる。それは、三人のうちでだれがだれよりも強いとか弱いとかいった優劣がないからである。藤田のぼる

は、『ズッコケ山賊修業中』の文庫版解説で、

知識が豊富で考えることは得意だが、それが今ひとつ行動に結びつかないハカセ、人の良さはバツグンだけど気の弱いモーちゃん、行動力のかたまりだが早トチリのハチベエ、これはぴったしグー・チョキ・パーです。ひとつひとつは不完全ですが、三つ（三人）そろえば天下無敵です。

と指摘していた。これをさらに要約すれば、ハチベエの行動力、ハカセの思考力、モーちゃんの包容力とでもいったらいいだろうか。ひとりひとりの得意なところが、いわば分野別になっているのである。

三人組がグー、チョキ、パーのように勝ち負けの順送り構造になっていることは、ストーリーのすすめ方にもしっかりと組み込まれている。たとえば、『ぼくらはズッコケ探偵団』をみてみよう。これは、殺人事件の探偵物である。金融業をやっている老人が殺されるのだが、そのなぞときと三人組がなくした野球のボールとが関係してくる。ちょうど殺人事件が起きたとき、三人組は、空地で野球の練習をしていて、ハチベエの打った大飛球がとなりの屋敷に飛び込んでしまうのだ。さて、ボールは、どこにいったのか？これをさがす三人組が三者三様でおもしろい。ハカセは、放物線がどうしたとか、いちばん高くあがった位置とボールの高さがわかればどうしたとか、なにやら図を描いてボールのコースを割り出している。

ハカセが得意そうにいう。ハチベエは、しょうしょうがっかりした。それくらいのことなら、なにも放物線や、こんなへたくそな絵をかいてもらわなくても、おおよそのけんとうはついていたのだ。
「おまえなあ、わざわざ紙と鉛筆つかわせて悪かったけど、おれたちにだってわかってたんだ。だから池のまわりやケヤキの下あたり、とくに念をいれてさがしたんだぜ。」

「ふうん、それでもみつからなかったの。」
ハカセがひょうしぬけしたような顔をする。

なおかつ、二階の窓があいていて、ボールがそこに飛び込んだのではないかという正解を発見するのは、「ハカセの描いた図を、熱心にのぞきこんでいたモーちゃん」なのである。読者は、ハカセにつきあって、放物線とはなにかを考える。それから、ハチベエが、なにもそんなむずかしくいわなくたって同じだろというのを聞いて、笑ってしまう。つまり、放物線の「研究」になっているのだけれども、いやみがのこらない。これは、ストーリーをすすめるうえで、かなり複雑なことまで説明できる便利なしくみといってよい。

また、ハチベエ、ハカセ、モーちゃんの三人は、それぞれ「人間がもっている生の基本的なパターン（元型）」を象徴しているのだとみなされることもある。たとえば、松田司郎は、『こちらズッコケ探偵事務所』の文庫版解説で、三人を精神分析にいう心の三つの面（エス、自我、超自我）になぞらえている。「エスは激しく渦巻く感性（野性）の波であり、自我は理性（文明）である。超自我（神性）は自我を保護、また規制するもの」だという。これをあてはめるならば、エスがハチベエ、自我がハカセ、超自我がモーちゃんというふうになるのだそうだ。あるいは、もう少しかんたんに「ハチベエは幼児性、ハカセは父性、モーちゃんは母性」といってもよいのだそうだ。

けれども、わたしは、「天下無敵」や「エス、自我、超自我」といってしまうと、ちょっとかっこよすぎると思う。むしろ、ハチベエ、ハカセ、モーちゃんの三人を足して三で割ると子どもの平均値がでてくるといった方がよい。ハチベエ、ハカセ、モーちゃんの三人組は、エリートでもなくアウトローでもない。良い子でもなく悪い子でもない。いいかえれば、「ズッコケ三人組」は、子どもの社会における「普通の人々」なのである。そして、「普通の人々」の文学は、かえって書くのが難しい。エリートやアウトローは、とにかく目立つ。したがって、波瀾万丈《はらんばんじょう》のストーリーを作りやすい。そして、作家は、だれにたのまれたわけでもなく、こんなことがあったのですよ、お話してみますから聞いてみてくださいと、他人に耳を貸してもらわねばならないのだから、めずらしい出来事の方が読者に注目されやすくていいのである。が、「普通の人々」の平凡な出来事は、めずらしくない。平凡なことをストーリーにするには、高度な技術が必要なのである。那須正幹は、この「普通の人々」をどのように書くかに関心をもっているようだ。わたしの記憶にまちがいがなければ、「ズッコケ三人組」シリーズではないけれども、『タモちゃん』や『ヨースケくん』を書いたとき、作者は、山口瞳の『江分利満氏の優雅な生活』や神吉拓郎《かんきたくろう》の『フツーの家族』といった「普通の人々」の日常生活をえがいた大人の小説を意識していたといっていた。たしかに、ハチベエ、ハカセ、モーちゃんは、デフォルメされたキャラクターである。が、決してヒーローらしいヒーローではない。ヒーローらしからぬヒーロー、主人公らしからぬ主人公ですよと宣言しているものこそ、「ズッコケ」というタイトルのネーミングなのである。

4　「タブーの崩壊」

では、ズッコケ三人組のキャラクターは、現在の児童文学のなかで、どのような特色をもっているのだろうか。これを考えるためには、『それいけズッコケ三人組』が出版された一九七八年という年に注目してみるのがわかりやすい。

日本児童文学者協会の機関誌『日本児童文学』は、一九七八年五月号において「タブーの崩壊——性・自殺・家出・離婚」という特集を組んでいる。これは、ワジム・フロロフの『愛について』の翻訳（木村浩・新田道雄訳、岩波書店、一九七三年）や、今江祥智《いまえよしとも》の『優しさごっこ』（理論社、一九七七年）などの創作が出版されたことに触発された特集だったと思われる。タブーとは、元々は大航海時代にキャプテン・クックが「航海日誌」にしるしたポリネシアのことばであり、宗教的な禁制の習俗について記述した文化人類学の用語として知られるようになったというけれど、普通、その場にふさわしくないので口にすべきでないとされることばや話題をさす。児童文学は、文字どおり児童の文学であり、子どもが読むのだから、子どもにふさわしくない話題は、テーマにしないという暗黙の約束があったのである。もちろん、暗黙の約束といっても、法や掟《おきて》ではなく、なんとなくみんながそのように感じてそうしていたという感覚や気分だというべきかもしれない。いずれにせよ、一九七〇年代半ばに、性・自殺・家出・離婚といった話題を積極的にテーマにした作品の存在が意識されたのである。「タブーの崩壊」とよんだり、「人間の陰の部分の物語化」とよんだりされている。これは、日本にかぎったことではなく、一九六〇年代のイギリスの児童文学史においても、同じような変化が見られる。たとえば、ジョン・ロウ・タウンゼンドの『ぼくらのジャングル街』(一九六一年)は、都市部の貧しい人々の家庭をえがき、ハッピーエンドでもない。題材と結末の両方において、大人の小説と同じリアリズムの手法が浸透していったのだと考えられる。したがって、これを「リアリズムの深化」とよぶこともできる。

一九七八年に児童文学史の転換点をよく示した家出の話が出版されている。国松俊英の『おかしな金曜日』(偕成社)が、それだ。たしかに、家出は、山中恒《やまなかひさし》の『ぼくがぼくであること』(実業之日本社、一九六九年)などのすぐれた作品があるのだから、タブーだったとはいえないかもしれない。だが、『おかしな金曜日』は、家出の話にはちがいないのだが、ここで、家出をするのは、親の方なのである。小学校五年生と一年生の男の子二人兄弟を残して、まず父親が、つづいて母親が蒸発してしまう。生活に疲れて家をいとなむことから降りてしまうのは、大人の方なのだ。兄弟は、周囲の大人たちには本当のことを話さない。真実をうちあけるのは、クラスメイトの男女一人ずつだけである。兄弟は、二人だけで暮らしていこうとがんばるのだけれども、貯金残高がゼロになって、児童相談所にいくことを決意するにいたる。痛々しい話であることは、たしかである。が、読後感は、ちょっとちがう。子どもたちの自立しようとする意志がはっきりしているせいか、むしろ、はげましの力さえ感じさせてくれる。

一九八〇年代にはいると、児童文学のリアリズムは、人間の陰の部分の物語化をいっそう強めていく。たとえば、森忠明『少年時代の画集』（講談社、一九八五年）、泉啓子『風の音をきかせてよ』（アリス館、一九八五年）、岩瀬成子《いわせじょうこ》『あたしをさがして』（理論社、一九八七年）などである。那須正幹も、一九八〇年に『ぼくらは海へ』（偕成社）というシリアスな長編を書いている。（『ぼくらは海へ』の意義については、『ズッコケ三人組の大研究』にのっている宮川健郎《みやかわたけお》の論文「箱舟のゆくえ——那須正幹と児童文学の現在」が詳しく論じているので参照してほしい。）

さて、これらの作品と比べると、「ズッコケ三人組」は、ナイーヴだといってよい。ナイーヴとは繊細ではなく素朴という意味である。「ズッコケ三人組」シリーズのことを、それがベストセラーでありロングセラーであるのだから、新しい時代の新しい子どもを描いた新式の文学と思い込んでいるひとがいるかもしれない。だが、「ズッコケ三人組」は、むしろ、古典的な子ども像である。子ども像ばかりではなく、ひとつひとつの作品がさし示す理念も、そうだといってよい。たとえば、『それいけズッコケ三人組』の「ゆめのゴールデンクイズ」は努力を、『花のズッコケ児童会長』は正義を、『ズッコケ㊙大作戦』は初恋を、『ズッコケ三人組のダイエット講座』は友情を教えてくれる。もちろん、説教ではなく、きちんと笑わせながら教えてくれる。そして、その素朴さがいいのだ。

「児童会長になるひとは、いろんなひとの気持ちがわかるひと、なかでも、ぼくみたいな気の弱い子、からだの弱い子の味方になってくれるひとが、いいんじゃないでしょうか。勉強のできるひとのことより、勉強のできないひとの悲しみをわかってくれるひと。八谷良平くんは、お宮の境内で、からだじゅうあざだらけになりながら、それを証明してくれました。どうか、おねがいです。八谷良平くんに、投票してください。八谷くんを児童会長にしてあげてください。おねがいします。」

（『花のズッコケ児童会長』）

六年一組の皆本章《みなもとあきら》は、児童会長選挙の応援演説で、いっしょうけんめいにうったえる。彼は、正義館道場で柔道をならっていた。が、彼は、気が弱く休みがちだった。すると、道場のリーダー格の津久田茂たちに花山中町の神社の境内によびだされ、練習と称して、リンチまがいに投げ飛ばされる。偶然、行き合ったハチベエは、止めに入るが、柔道の技で地面にたたきつけられてしまう。つまり、皆本の身代わりになったわけである。ところが、この津久田茂が六年四組の代表として児童会長に立候補したのである。いわく、スポーツの子、正義の少年、津久田茂くんを応援しよう！　ハチベエは、怒る。「なんどいえばわかるんだよ。あんなやつが児童会長になったら、たいへんなことになるんだぞ。」と。

だが、読者は、知っている。ハチベエは、正義の少年の偽善《ぎぜん》を怒っているように見えるが、ほんとうは、ケンカに負けたことがくやしくてしょうがないだけではないかと。

5　エンターテインメントの力

「ズッコケ三人組」は、エンターテインメントである。このことは、まちがいない。けれども、エンターテインメントすなわち娯楽小説でありつつ、重要なテーマに踏み込んでいる。シリアス・ノヴェルは、たとえば、「離婚」をテーマにするときに、シリアスすなわち真面目《まじめ》にならざるをえない。現実の重力は、作家の筆を重くするだろう。「ズッコケ三人組」は、エンターテインメントですよという軽快なステップで、人生の問題のきわどい領域にも、さっさと踏み込む。『ズッコケ結婚相談所』は、モーちゃんの家が母子家庭なのはなぜか、モーちゃんの名前は三吉なのに二人姉弟なのはなぜか、そのわけが語られる作品である。実は、モーちゃんには兄がいた。母さんが離婚したとき、父さんが連れていったのである。離婚の理由は、モーちゃんの母さんがアルコール中毒になったためだったのである。この理由も、いささか意表をつくものだ。ラストシーンの直前で、モーちゃんは、母さんの再婚話には反対しないけれども、相手の人のことを父さんとはよべない、ごめん、という。すると母さんも、結婚はやめるというのである。

「わたしは、あんたたちにいったわよね。タエ子やあんたのために結婚するんだって……。でもね、よくよく考えてみたら、あれは、うそだったのねえ。やっぱり、自分のために結婚したかったのね。それなのに、子どもたちに、父親をみつけてやるんだとか、あたたかい家庭をつくるとか、そんなことばで、自分の気持ちを、カムフラージュしてたのよ。」

こういうセリフまでいわせる児童文学は、そうあるわけではないだろう。さらに、モーちゃんの母さんは、相手の男のひとと結婚はしないけれども、友だちとして交際をつづけたいというのである。『ズッコケ結婚相談所』の文庫版解説で、ズッコケ三人組ファンクラブ会長の飯塚宣明《いいづかのりあき》は、次のようにいっている。

すべてがすべてではありませんが、ぼくは『ズッコケ』は、その時々の社会問題を、わかりやすい最小社会をとおして観察している側面もあると思っています。／大きくてわかりにくい問題を考える場合、小さくてわかりやすく、実感できる視野から観察することは、とても効果的なのです。

たしかに、指摘のとおり、ハチベエ、ハカセ、モーちゃんは、三人という社会の最小単位である。三人が読者の代わりにやってみせてくれて、「子供社会の最小単位をとおして、さまざまなことを考えさせてくれる」のが、「ズッコケ三人組」の魅力のひとつなのである。

いま、「社会問題」といった。「社会問題」は、いいかえれば、大人の社会のゆがみでもある。実際、『ズッコケ三人組の推理教室』『ズッコケ海底大陸の秘密』などは、種明かしになってしまうことはいえないけれど、いずれも、背後に大人の犯罪や悪がある。ちょっとだけいえば、『ズッコケ三人組のダイエット講座』で、モーちゃんは、ダイエットクラブに入会する。が、そこで購入した高額なダイエット食品は、日本で認められていない特殊な薬物を混入させたものだった。クラブの主催者は、逮捕されるかもしれない。モーちゃんは、詐欺《さぎ》にあったのである。つまり、三人組が社会問題にかかわるということは、三人組が大人の悪にさらされることでもある。（このことは、本書にのっている奥山恵の論文が詳しく論じている。）だが、もちろん、読者は、不安感をおぼえたりしない。読者は、安心感をもってページをめくることができる。おそらく、作者のユーモアと一種の合理主義によって守られていることを感じとっているからにちがいない。おしまいに、この二つの特徴を説明しよう。

6　ユーモアと合理主義

まず、ユーモアについてである。「ズッコケ三人組」シリーズを読んでいって意外なのは、三人組が決してほめたたえるようには書かれていないことだ。むしろ、辛辣《しんらつ》に批評されているといってよい。

「みなさん、ずいぶんじょうずになったわよ。はい、そこのめがねの男子。もっと、手足をやわらかくうごかしてごらんなさい。それから、もっと楽しそうにね。」／つぎに注意されたのは、らっきょうにめがねをかけさせたような、やせた少年である。なるほど、かれの踊りは、油のきれたロボットみたいにぎくしゃくしていて、踊りというより体操にちかかった。しかも、その顔つきたるや、敗け戦とわかった戦場におもむく武将のように深刻なのだ。

（『ズッコケ三人組の大運動会』）

「ああ、そうそう。ほら、この字はね〝ごうとう〟って読むんだ。つまり、ふたり組の強盗がハカセちゃんのへやにいるんだね。そいでハカセちゃん、トイレのなかにかくれてるんだよ。ハカセちゃん、やっぱり頭がいいなあ。トイレットペーパーに手紙をかいて、助けを求めてるんだねえ。」

モーちゃんは感心したようにいう。

「バ、バカやろう。はやくそれをいえよ。こ、こうしちゃあいられないぞ。」

ハチベエがもうぜんと走りだした。モーちゃんもあわててハチベエを追いかける。

「どこへいくの？」

「き、決まってらあ。ええと、その、なんだ。モーちゃん、どうしよう。」

（『それいけズッコケ三人組』）

作者は、主人公に距離をとっている。そして、ちょっと離れたところから、まなざしを注いでいる。そして、描写は、的確である。ハチベエのおっちょこちょい、ハカセのぎこちなさ、モーちゃんののんびりがよくわかる。けれども、わたしたち読者は、こうした描写を読んで、笑ってしまう。笑わないとしても、くつろいだ気持ちになっている。これこそがユーモアというものだろう。『俳句のユーモア』（講談社、一九九四年）の坪内稔典《つぼうちとしのり》によれば、ユーモアとは「まじめくさったものをほぐす力」「心身のこわばりをほぐす力」なのである。

わたしは、「ズッコケ三人組」を読んでいると二つの別の作品を思い出す。ひとつは、プロイスラーの『大どろぼうホッツェンプロッツ』である。これは、「ズッコケ三人組」と全然ルーツがちがうものである。けれども、第二章と第三章がきりかわる部分。おばあさんが新式のコーヒー・ミルを盗まれて、カスパールとゼッペルの二人の男の子は、「警察に協力しなくちゃ。ホッツェンプロッツは、ぼくたちがつかまえよう！」と宣言する。と、次のページにイラストとことばがちょっとそえられていて、

でもどろぼうって、そうやすやすとつかまるものではありませんよね。

とくる。本文とコメントの微妙な距離。なんて、しゃれているんだろう！　わたしは、この中村浩三訳のプロイスラーによって、ユーモアの感覚を教わったのである。

「ズッコケ三人組」から思い出すもののもうひとつは、『ドラえもん』である。主人公のび太は、たいへん情けない男の子である。０点のテストをママに見つからないところに捨てたいために、ドラえもんにポケットから異次元シューター（ないしょごみだしホールは、正しくはタイムマシンの一種か？）を出してもらう。それをいいことに調子にのりすぎて、また、大騒ぎになる。情けない。けれども、こんなのび太のことをあたたかく見守っている作者の目に、わたしたち読者は、身をゆだねて、安息をえるのだと思う。主人公がかっこいいから主人公に同一化するのではなく、主人公がかっこわるいので、出来の悪い子ほど

可愛いということわざではないけれど、主人公を見守る作者のまなざしに同一化するのである。

次に、合理主義についてである。那須正幹は、文学にたいしても合理主義をつらぬく。そのために、一見、奇妙な文学観をもっているように見えるときがある。たとえば、「『蝿の王』の謎」というエッセイ（『母のひろば』No.３３９）。ノーベル賞作家ウィリアム・ゴールディングの『蝿の王』（一九五四年）は、「近未来の世界大戦のさなか、無人島での原始生活を余儀なくされた少年たちの物語」である。これは、『十五少年漂流記』や『珊瑚島』のパロディと考えられている。無人島は、楽園ではない。少年たちは、無人島で野性にめざめ、暴力のかぎりをつくす。混乱と敵対のなかで二人が死ぬ。いや、少年たち自身が殺したのだ。普通、子どものイノセンスの否定、人間の根源的な悪をテーマにした風刺小説として受け取られている。那須正幹も、「サバイバル物語というよりも心理小説としての評価が高い」といっている。だが、『蝿の王』にはおかしなところがあるというのだ。それは、ピギーという少年のメガネの問題である。生活に必要な火をおこすのに、このメガネが使われる。ピギーの眼が悪いことは、ずっとのべられているが、四分の三をすぎたころになって、近視だとわかる。「ピギーは、近視につきもののうっすらと輝く膜に遮られて、ただぽかんとした顔をしながらそこへすわっていた。」もしも、近視ならばメガネは、凹レンズのはずである。だが、凸レンズでなければ、太陽光線を集めて火をおこすことはできない。ゆえに、ピギーは、遠視でなくてはならない。『蝿の王』は、まちがっているというのである。わたしも、原書を見てみたら、たしかに myopia という単語で、英和辞典には「近視」の意味の医学用語とあった。たぶん、文学論を期待したひとは、意表をつかれたにちがいない。けれども、この意見は、ハカセのモデルである那須正幹ならではの面目躍如というべきだろう。ほかにも、那須正幹は、『ズッコケ宇宙大旅行』のすぐれたところは、ＵＦＯ研究家もおどろくような正方形のＵＦＯを登場させたことで、反重力を動力源にするＵＦＯは、空気抵抗など無関係だから、これでいいのだといっている（「対談　那須正幹VS

古田足日」『ズッコケ三人組の大研究』)。これも、文学論というよりも事実として正しいかどうかを研究しているようである。

非現実な作中世界には、そうした特殊な法則を裏付けにした特殊な論理が通っているので、その論理からはずれたものは、たとえ日常的な出来事でも、作中世界では嘘になる。

といって、「ファンタジーにおける法則の設定」の重要性を説いたのは、『ファンタジーの世界』(講談社、一九七八年)の佐藤さとるだった。が、このことは、ファンタジーでなくても、フィクションすべてにあてはまることではないだろうか。那須正幹は、あたかも世界の法則を研究するハカセのように文学にむかっているのだ。この姿は、少し、探偵に似ている。すなわち、那須正幹の文学の原型は、探偵小説なのではなかろうか。デビュー作の『首なし地ぞうの宝』も、なぞときの話なのだった。「ズッコケ三人組」シリーズにも、探偵小説、推理小説がたくさん含まれている。『ズッコケ妖怪大図鑑』や『ズッコケ三人組の未来報告』のように一見ちがうとみせて、実は、なぞときがストーリーの核心というものもあるのだ。探偵小説の魅力のひとつは、ラストシーンで探偵の推理がぴたりと決まるときにある。ああ、このおそろしい事件にも理由があったのか！　世界に法則があったという安心感といってもよい。わたしは、ユーモアと合理主義によって読者に安心感を与えてくれる作者・那須正幹は、ほんとうに、大人なのだと思う。

ズッコケ三人組シリーズ論　2

『ズッコケ』装置の前で

ひこ・田中

ひこ・たなか：一九五三年、大阪府生まれ。『お引越し』『カレンダー』『ごめん』など作品多数。『お引越し』は相米慎二監督によって映画化された。また「児童文学書評」（http://www.ne.jp/asahi/book/1/）を開設している。

1

まず、『ズッコケ三人組』シリーズの総タイトルの「ズッコケ」が、それ以前すでに、ザ・ドリフターズ（もう少し歴史をさかのぼれば、クレージー・キャッツがいるが、『ズッコケ三人組』シリーズがリリースされた時点で）の「ずっこける」、お約束ギャグによって当時の子ども達に流布していた言葉なのは、押さえておいた方がいいかもしれない。作者がそれを踏まえて採用したのか、それとも偶然の一致なのかはわからないが、リリースされたとき、『それいけズッコケ三人組』というタイトルが、堂々たるオリジナリティのなさを示していたことは確かだろう。

それは「ズッコケ」を挟《はさ》む「それいけ」と「三人組」といった、これもまたありきたりな言葉（この二つは、編集者によって決定されたという）とからまり、作者が居座ることが可能なはずの特権的場所、すなわちオリジナリティという場所を、あらかじめ放棄する宣言の機能を果たしている。

例えば、三人組に付与されたキャラが、モーちゃん＝高木ブー、ハカセ＝仲本工事、ハチベエ＝カトちゃん＋志村けんといったトレースをしてもかまわないほどの（彼らが、子どもっぽさを表象するためにドリフターズには、いかりや長介や荒井注が居て、『それいけズッコケ三人組』には宅和《たくわ》先生が配される）相似形を形成していることからも、このことはある程度、確認できる。

ぶっちゃけていえば、『それいけズッコケ三人組』は、オリジナリティなどより、むしろ敷居を低くし、売りたい・売れたいタイトルとして登場した。そして結果的にシリーズ化され、二十一年間三十八冊（この本が出る頃には四十巻目がリリースされているだろう）、千七百万部とも千八百万部ともいわれる超ロング・ベスト・セラーになった。

「オリジナリティなどより、むしろ敷居を低く」と書けば、作者の存在が希薄になっているかのような誤解が生じるかもしれない。しかし事態は全く逆で、オリジナリティを全面に出す物語ほど、作者は背後に隠れてしまう。これは作者名などに頼らずオリジナリティの力が読ませるからなのだけれど、『ズッコケ』は、例えば読者の意向によって物語が作られたり、場合によっては複数の作者によって書き継がれても、それなりの作品ができてしまうスタイルなのだ。だから、作者がそれを自らのものとして確保するためには、かなりの部分に顔を出す必要がある。言葉を変えれば、顔を出すために、その権利を確保するために、『ズッコケ』は「オリジナリティなどより、むしろ敷居を低くし」ている可能性も否定できない。

「売りたい・売れたいタイトル」とは、それを隠す仮面である可能性。

「書きだしたころは、〝ふつう〟の高校生としか感じなかった『まつり』は、しだいに作者である私を跳びこえて生きはじめました。おかしな話ですが、私は彼女がとても好きになり、いっしょになって落ちこんだり、喜んだり、心配したりしました」(『茉莉花の日々』加藤幸子　理論社　一九九九年)のように、「いつのまにか主人公は私の手を離れ」的「あとがき」はよく書かれるけれど、『ズッコケ』の三人組にはそんなことはあり得ないはずだ。彼らは常に、それぞれのタイトルごとに作者から与えられた役割を忠実に演じる。

つまり、彼らは作者をマスターとするゲームのキャラであり、毎回レベル1からスタートすると考えればいい。

2

次に、このシリーズはどのような書物として作られているか？　第一巻目の『それいけ』を見てみよう。タイトルに関してはすでに述べた。

表紙絵(前川かずお)は帽子を後ろ向きにかぶり、右手の拳を振り上げながら走るハチベエ、その後ろを本を読みながらついてくるハカセ、石につまずいて転んだモーちゃん。三人のキャラが一目でわかるように色濃く描かれている。

次に、書物を開けると、折り込まれたカバーに「作者からきみたちへのメッセージ」がある。いきなりここで読者は、「那須正幹先生」(ゲームマスター)と、顔写真込みで、嫌でも出会わなければならない(笑)。そして、

「女の子にもてないより、もてたほうがいい。テストでれい点とるより百点のほうがいい。鉄ぼうがにがてより、とくいなほうがいい。クラスのみんなから、かっこわるいと、いわれるより、かっこいいなあと、いわれたい。

そう思っているきみたちに、この本をおくろう。この物語こそは、男の栄光を求めて生きた、三人の少年の、汗と涙と感動のドラマなのだ。」とのメッセージ。

まず、「女の子にもてないより、もてたほうがいい」などのなんの装飾もないむき出しの「本音」が列記される。これはもう、これから展開されるストーリーもまたそうしたものであるという宣言である。ウソっぽい「理想」はそこにはないと。これはその物語の敷居の低さをより一層読者に印象づける。そして、突如改行され、「そう思っているきみたち」と、「本音」が今この書物を読もうとしている、「君」自身のものであると宣言される。「きみたち、本当はそう思っているでしょ」と。読者が物語を読む前に、読者の中に作者が踏み込んでくる。

低くされた敷居を安心してまたいだ瞬間、扉は閉じられ、「そう思っているきみたち」は「この本をおく」られてしまうわけだ。

これは、読者へのおもねりととられる可能性もある（またそうであってもいっこうにかまわない）。が、同時に、「そう思っているきみたち」であるのを受け入れた読者は、作者から差し出された物語をも受け入れてしまうこととなるという点では主導権を握っているのは、あくまで作者だ。

また、これは基本的には男の子を読者として指名した書物である。たとえ読者に女の子がいるとしても、作者が呼びかけているのは男の子だけである。女の子の読者は男の子に向けて書かれた『それいけ』を読んでいることとなる。

と、シリーズ化前のこの書物にはすでに、物語・本文に入る前の段階ですら、シリーズ的な要素に満ちている。物語に入りやすそうな敷居の低いタイトル、それを読む（参加する）資格としてのＩＤ（「そう思っているきみたち」）とパスワード（男の子）。つまり共有体験を望み、資格のあるものだけが、シリーズに参加できるのだと。

次に、三人のキャラ紹介が表紙を開けてすぐにまた入っている。ハチベエが勢いよく蹴り上げた足から脱げた靴が、本を読みながら歩いているハカセの頭に当たり、その後ろでモーちゃんはシャツからおへそが覗いたままで、カバンを地面に置き、なにやら交通警官のような仕草をして、「横断中」の旗を持った子犬を無事に通らせようとしている。

ページを繰ると、タイトルとその下にまた三人のキャラを示した絵。学校机に腰を下ろし、土足のままイスに足を置いて腕組みしているハチベエ。その頭の上に「?」マーク。その左に、同じく学校机の上のハカセ。ただし彼は正座し、広げた本を指さしながらハチベエに何か説明している。二人の横でモーちゃんは、やはりお腹からおへそを出して、困ったなという顔をしている。

その次の見開きに「はじめに」がある。「花山第二小学校、全校児童七百人。まるい顔、四かくい顔、三角な顔　いろんな顔がそろっている。なかでめだつのが、三人いる。どんな顔だって?　つぎのページをめくって、めくって!」。

それから目次。ここも三人のキャラが絵によって強調される。

ページを繰ると、いよいよ本文の扉、ここにはタイトルとまたまた三人のキャラを強調した絵。

と、本文に辿《たど》り着くまでに、読者は、作者のメッセージ、しつこいまで繰り返されるキャラ確認といった作業を経なければならないわけだ。その手続きは、読者に、有資格者の気分を与えるだろう。いわば、会員制の物語。もちろん誰でも入っていけるのだけれど、みんながみんな会員の気分になれる。

3

これは何も一巻目だからというわけではない。巻が新しくなるにしたがって、前川の絵によって三人のキャラを強調する度合いは減っていくが、例えば表紙を繰ってすぐにある三人の絵に付けられたキャプションは、繰り返し彼らのキャラを指摘する。ハチベエを例にして、見てみよう。

二巻は一巻と同じく名前だけで、野球編。三巻、「スポーツマン。元気がよくて行動派。オッチョコチョイがたまにきず」。四巻、「元気はつらつ　冒険ずき　考えるよりも先に行動をおこす。愛すべきオッチョコチョイ」。五巻、「天下のやじ馬も、アッとおどろく。オッチョコチョイ。勉強以外のことには、がんばりや」。六巻、「勉強以外のことなら、なんでもやってみる。勇気あるオッチョコチョイ」。七巻、「勉強以外のことならガゼンはりきる。元気元気のオッチョコチョイ」。八巻、「学校の勉強ばかりが人生じゃない。見る聞く、やってみる。男は勇気だ！　オッチョコチョイが玉にキズ！」。

三巻から八巻までは、同じことをかなり苦しい言葉の入れ替えで繰り返しているのがわかる。言い換えれば『ズッコケ』シリーズは、それほどまでして本文に入る前に、読者に三人のキャラを強調しておきたいということだ。そして、九巻は、一、二巻と同じく、名前だけに戻っている。どころか、キャプションも排されている。

これはこの巻までで、三人のキャラ強調をする必要がなくなったからかといえばそうではない。この巻以降彼らの公式のキャラ設定となるものが、物語の本文の前に挿入《そうにゅう》されているからだ。それは、『ズッコケ』の舞台である稲穂《いなほ》県ミドリ市花山町の地図が描かれ、それを囲む位置に三人の情報が置かれている（ただし九巻は、戦中の出来事を描いたプロローグが入るので、変則的にそれのあと、二八、九ページ見開きに掲《かか》げられている）。

地図は三人の住んでいる家はもちろん、主要登場人物の家、学校、駅、川と、かなり詳細なものだ。それは作者の頭にだけ存在していた世界が、読者に開示され共有された感動的な瞬間でもある。

多くのファンタジー、いや今ならTVゲームのRPGの方がわかりやすいかもしれないが、そこには必ずその世界の地図がある。これは、そのストーリーにリアリティを感じるのに、役立つものだが、そこからの逸脱《いつだつ》を許さない縛《しば》りとなる。というか、そう縛ることによって、その縛り範囲内のリアリティを保証する。これ以降、『ズッコケ』は物語を、この地図に沿って展開させなければならない。

作者（マスター）は読者に、このゲームのルールを明らかにしたのである。

そして三人のキャラ設定も同様のルールが適用される。ハチベエを見ておく。

ハチベエ（八谷良平《はちやりょうへい》）　十二月一日生まれ。血液型AB型。身長一三七センチ。体重二八キロ。成績国1・算2・理3・社2・音1・図2・体5・家2。趣味　イタズラ。好きな色　赤。好きなたべもの　ビフテキ・ラーメン。家族　八谷勝平（四十才）　八谷よね（三十八才）。住所・ミドリ市花山町一丁目七―三八。TEL（22）0011。

こうしたキャラ設定の提示もまたRPGに近い。ただし、決定的に違うのは、RPGの場合、これはスタート時のデータであり、物語の進展に従って、数値は変化していく。身長、体重が増え、成績が伸びるという風に。その伸びをプレーヤーが楽しむために、初期値が開示されている。が、『ズッコケ』の場合、果たしている機能は全く逆で、彼らは、これによって、クリップされる。つまり、彼らは経験値を得ることはない。

十巻目では、ファンクラブが結成されたこともあって、「ズッコケファンクラブ」のIDカードによって、キャラが示される。ちなみにハチベエのIDカードには「この会員カードをもっていても、勉強のためには、なんのやくにもたちません」とある。ここにも作者（マスター）の声がはっきりと聞こえるようになっている。

そして、先ほど述べたキャラ設定は、扉タイトルの次の見開きページに二十四巻（『夢のズッコケ修学旅行』九一年）まで設置されるが、二十五巻からは、ここが定位置となる（その代わりにキャラ設定のあった場所には、教室での全生徒とそれを見学する、那須と前川がいる絵が置かれる）。

この、本文に入るまでに繰り返される過剰《かじょう》なほどのキャラ設定の提示は、そこだけにとどまらず、毎回本文でも繰り返される。まるで、それを読者に確認させておきたいかのように。

そして、おそらくそうなのだ。

これは紹介ではなく、確認である。彼らがそのキャラからはみ出さないことの。

とはいえ、読者は、いくつかの箇所で、彼らがはみ出す場面に遭遇《そうぐう》するだろう。しかし、そのとき語り手は、「ハチベエらしからぬ」や「モーちゃんにしては」などのコメントをつけることを忘れない。


こうした作業によって、生じる効果は、「成長」の回避といったものだ。彼らは、個々の物語の中で、「体験・経験」はするが「成長」はしない。たとえ、モーちゃんの体重が上下しようと（『ズッコケ三人組のダイエット講座』三十六巻　九七年）、ハチベエの成績が突如《とつじょ》上がろうと（『ズッコケ三人組の神様体験』三十三巻　九六年）、最後には必ず最初のキャラ設定に戻るという保証を与えている。これは、二十一年間で三十八巻リリースされた『ズッコケ』が、どれも三人組は小学校六年生であるということとも当然連動しているのだけれど、一巻目の『それいけ』や二巻目の『ぼくらはズッコケ探偵団』の時点ですでにもうなされていることから考えれば、「『成長』の回避」は、シリーズ故《ゆえ》というより、はなから作者がそうもくろんでいたと考えてみてもいい。そして、「成長」が「児童文学」の聖剣であるなら、これは、邪剣を振りかざす仕草であり、ならばそうすることで、得るものもまた、作者の思惑の中にあったはずだ。

これは危険な賭《か》けだが、失敗したとて、売れなかった本がまた一つ生まれ消えただけのこと（が、売れた）。

4

「作者からきみたちへのメッセージ」も少し確認しておこう。三十八冊からランダムに選択してみる。


「きみが動物好きなら、この物語は、最高に感動するにちがいない。

動物がきらいなひとが読めば、たちまち動物大好き人間になるだろう。

動物も物語もきらいなひとが読めば、おそらく、どちらも好きになるはずである。

たぶん……ね。」（『ズッコケ愛の動物記』三十二巻　九五年）

「ふ、ふ、ふ、また会ったねえ。

なに、わたしが、だれか知らない？

ほら、この物語を書いた作者の那須正幹だよ。

なに、那須センセは、もっとハンサムで、足が長いって……？

ざんねん、変装をみやぶられてしまった。」（『ズッコケ怪盗Xの再挑戦《リターンマッチ》』三十八巻　九八年）

二巻目以降は一冊読み切りだから、そのメッセージの中身は一巻目と比べて、具体化している。そして、芝居小屋の呼び込みのようにかなり大げさな身振りの前段と、それをズラす後段という「作者からきみたちへのメッセージ」のパターンは、比較的新しい作品をつかんでしまったからよけいそうなのかもしれないが、作者が、読者との距離を、かなり近いと思っていることを示している。

古い作品から引き抜いてみよう。

「この本は、夜、うす暗いところで読んではいけない。なぜなら、あまりの恐怖に気絶するから。この本を読むには、紙おむつか便器を用意しなければならない。なぜなら、今夜、あなたはトイレにいけなくなるから。

この本は、ひとり一冊ずつ本屋さんで買って読まなくてはいけない。なぜなら、本が売れないと作者が貧乏になるから。」(『ズッコケ心霊学入門』五巻　八一年)

「いま百億円の財宝を手にいれたとしたら、きみはどうする。銀行に預金する？　土地を買ってマンションを建てる？　プロ野球チームを新設してオーナーになる？

ぼくだったら……。もちろんズッコケ三人組シリーズを書くのをやめて、毎日さかな釣りをして暮らす。」(『ズッコケ財宝調査隊』九巻　八四年)

パターンは初期から変わっていないのがわかる。従って、「作者が、読者との距離を、かなり近いと思っているのがわかる」より、作者が、読者との距離を、近くしようとしている、というのが正確だ。

このあとに、これから始まる物語の口上を述べる「はじめに」が加わり、作者は自らの存在を、物語の始まる直前までアピールする。

フィクションと接するとき、作者と語り手を区別することは、読者の最低限の礼儀なのだけれど、こうしたアピールの仕草は、逆に『ズッコケ』自身が、そうした区別を放棄し、読者に区別を求めないことを匂わせる。

キャラ設定の繰り返される確認、「成長」の回避、作者の存在をアピールすること。そのことで、一体何を生じさせようと、作者はしているのだろう。いや、ここに至って、「作者」という呼称は放棄した方がいいのだろう。「那須」は何のためにこうした手続きをし続けるのか?

5

幸い三十八巻ものタイトルを一挙に見渡せる今、答えは、あっけらかんと、明瞭《めいりょう》だと思う。

まず、『それいけ』以降のシリーズは一巻一作品なのだが、『それいけ』は五つの作品が収載されている。短編集というものだが、シリーズ全体から位置づけると、パイロット版的な役割を果たしており、五つのテクストはそれぞれ、違うジャンルにわけることができる。

「三人組登場」は「探偵物」、「花山駅の決闘」は「校外物」、「怪談ヤナギ池」は「怪奇物」、「立石山城探検記」は「冒険物」、「ゆめのゴールデンクイズ」は「学校物」である。そして二作目以降は全て、このどれかに(複数重なるものはある)属している。

「探偵物」は、『ぼくらはズッコケ探偵団』『こちらズッコケ探偵事務所』『ズッコケ三人組の推理教室』『ズッコケ心霊学入門』『ズッコケ三人組の未来報告』『ズッコケ三人組対怪盗X』『ズッコケ三人組のミステリーツアー』『ズッコケ三人組と死神人形』『ズッコケ怪盗Xの再挑戦《リターンマッチ》』。

「校外物」は、『とびだせズッコケ事件記者』『うわさのズッコケ株式会社』『ズッコケ結婚相談所』『ズッコケTV本番中』『参上！　ズッコケ忍者軍団』『ズッコケ発明狂時代』『ズッコケ愛の動物記』『ズッコケ三人組ハワイに行く』『ズッコケ三人組のダイエット講座』『ズッコケ脅威の大震災』。

「怪奇物」は、『ズッコケ心霊学入門』『ズッコケ恐怖体験』『ズッコケ妖怪大図鑑』『ズッコケ三人組と学校の怪談』『ズッコケ三人組の神様体験』。

「冒険物」は、『あやうしズッコケ探険隊』『ズッコケ時間漂流記』『ズッコケ財宝調査隊』『ズッコケ山賊修業中』『ズッコケ宇宙大旅行』『謎のズッコケ海賊島』『驚異のズッコケ大時震』『ズッコケ山岳救助隊』『参上！　ズッコケ忍者軍団』『ズッコケ三人組のミステリーツアー』。

「学校物」は、『ズッコケ㊙大作戦』『花のズッコケ児童会長』『ズッコケ心霊学入門』『うわさのズッコケ株式会社』『ズッコケ三人組と学校の怪談』『ズッコケ文化祭事件』『大当たりズッコケ占い百科』『夢のズッコケ修学旅行』『ズッコケ三人組の大運動会』。


見やすいように、子どもの日常生活から逸脱している（だから、読み物としてはこちらの方が高い支持を集めるかもしれない）「探偵物」、「怪奇物」、「冒険物」を外《はず》して「学校物」「校外物」を眺《なが》めると、どれもが、子どもにとっての何らかのノウハウ・マニュアル的素材であるのは、簡単に理解されるはずだ。生徒会、文化祭、遠足、運動会、修学旅行といった学校行事。コックリさん、学校の怪談、占い、ダイエットなどの流行、事件記者、株式会社、TV、特許、海外旅行などへの子どものための社会情報、初恋、親の再婚、地震への対処法。放課後の遊び。およそ子どもとその周辺で起きている、日常のなんでもかんでもが詰め込まれている。

つまりこれは、ありとあらゆる、子どもが遭遇する（かもしれない）事物を扱うための装置なのだ。そのためには、何度でもリセットできるキャラを配置すること。そして、ありとあらゆることに遭遇させた三人を、同時にその物語に遭遇した読者の子どもたちを回収する（例えば『ぼくらは海へ』を『あやうしズッコケ探険隊』に書き直すこともその一つだ）ために、那須自身がマスターとして本文以前からその存在をアピールすること。

『ズッコケ』は数冊を除いて、同じ物語構成を採用しているのだが（もちろん、この安定度も那須の意図するところだろう）、それはとてもシンプルな「起承転結」だ。二百ページ前後の一冊が、ほぼ五十ページずつ均等に四つの章にわけられている。『ズッコケ三人組ハワイに行く』（三十五巻　九七年）を例にすると、一で今回のお題であるハワイ旅行に行くことになったいきさつと、パスポート申請から空港使用料まで、ここだけを読めば誰でも、「初めての海外旅行」は大丈夫なほど事細かく語られる。二で、ハワイ見学あれこれ。いえば、ここまでで『ズッコケ三人組ハワイに行く』というお題は果たされている。そして三で物語は転じ、偶然知り合った日系人有村家の先代が、ハチベエの曾《そう》祖父の見合いによる婚約者と駆け落ちしたことがわかり、それがらみで移民の歴史が戦中の話も含めて語られていく。単なる楽しいハワイ旅行体験記にノイズが、那須が伝えたい話が挿入されるわけだ。それから四で、回収作業がなされる。有村の友人とハチベエの曾祖父は別人だったと。これは実に乱暴な回収方法だし、それはこの『ハワイ』だけの乱暴さではないのだけれど、『ズッコケ』はそこにリアリティを持たせようなどとは考えていない。

そして「あとがき」は、「作者からきみたちへのメッセージ」や「はじめに」とは違った真っ直ぐな語りで、今回の素材を取り上げた理由（『ハワイ』の場合、那須の故郷である広島が、ハワイ移民は一番多い点）が示される。これはフィクションが自立するためにはヤバイ行為なのだが、那須は気にも留めない（振り）で、むしろフィクションの後味を残さないようにする。例えば、『花のズッコケ児童会長』（十一巻　八五年）では、

「近ごろでは、選挙しないで、先生のすいせんで会長を決める学校もかなりあることがわかり、びっくりしてしまいました。（略）ぼくにはなんともさびしい気がしてなりません。

ぼくが小学校に入学したのは、一九四九年、日本が民主主義国家に生まれかわってまもないころでしたから、先生も子どもも、民主主義というものが、よくわからなかった時代です。（略）毎日のように学級会がひらかれ、先生も子どもといっしょに討論にくわわりました。もちろん児童会活動も子どもたちだけで運営され、会長選挙もおこなわれていました。

話し合いというのは、けっこう時間もかかるし、めんどくさいものです。先生に、ぱっ、ぱっと決めてもらうほうが、どれくらいらくか知れません。それでもぼくらが話しあいや学級会をつづけたのは、こうすれば、なにかすばらしいものが生まれてくるにちがいないと信じたからです。この確信は、四十年近くたったいまでも、すこしもうすれていません。

この物語は、そうした作者のおもいをこめてできあがりました。児童会活動も、やりかたしだいでおもしろくなるな、そんな感想をもっていただければさいわいです。」

こんなに真っ直ぐなあとがきもちょっとないだろう。

それから最後に、次作のタイトルを予告することで、読者の視線を今読み終えた物語から外すようにする。

6

こうして、この装置は、ノウハウやマニュアル（特許の取り方、海外旅行、株式会社設立法、山登りの心得……）として機能し、それに関連づけて、様々な、ときにはノウハウやマニュアルでは記すことのできないような人の心の闇（嘘、悪意、隠された事実……）までをもノイズとして提供する。ノイズは那須

（マスター）によって制御されており、三人組が成長せざるを得ない事態まで大きくなることはなく、寸止めされ回収される。そうすることで『ズッコケ』シリーズは『ぼくらは海へ』のようなオープンエンドを回避し、一方でノイズをクリアにしようとするハッピーエンディング（もちろんこれも成長の証《あかし》の最たるものである）をも回避する。

つまりは、ズッコケる。

那須が作り上げた『ズッコケ』という装置は、児童書のタブーなどという境界域と対峙《たいじ》（例えば、一時流布した「タブーの崩壊」）するでなく、越えるでなく、回避することで、子どもが関わるありとあらゆることを挿入できるように設定されており、その結果、わずか三十八巻程度を振り返っただけでも、子ども（正確には、男の子）にとっての百科全書となる可能性を秘めている。しかも、二十年程続いていることで、この国の小学校六年生（の男の子）のクロニクルの様相も呈している。

これは、結構すごいことだ。

『ズッコケ』は、現時点での那須の公式発言では、五十巻で終結を迎える予定であるらしい。が、当初は百巻といっていたことを、那須は忘れてはいまい。

五十巻だとか、百巻だとかの、あらかじめ決められた、きりのいい巻数なんてものは、この装置には全く似合わない。

この装置のマスターであるための抑制力が失われたと思ったとき那須は止めればいいだけだと思う。

筆者の希望をいえば、五十巻では少なすぎる。せっかくのこの装置がもったいない。

取りあえず、五十巻と宣言しておけばいい。

で、

気づけば五十一巻目が上梓されている、という事態が一番好ましい。

だって、『ズッコケ』は、そんな風にもズッコケていいのだから。

ズッコケ三人組シリーズ論　3

一歩手前の精神

——ズッコケ的「殺人から身をかわす方法」——

奥山　恵

おくやまめぐみ：一九六三年、千葉県生まれ。千葉大学大学院教育学研究科修了。児童文学評論家、高校教員、白百合女子大学講師。「二つの語り、その九〇年代的《出口》をめぐって」で関英雄記念評論・研究論文募集入選。

1　殺人、殺人、また殺人……!?

先日ある会合で、ズッコケシリーズを話題にしていたところ、ひとりの青年からこんな発言があった。

「ぼくの小さい頃は、先生や図書館のひとなんかが、ズッコケを読めなきゃ子どもじゃない、みたいなことを言うので、かえって敬遠してしまって……」

これには、ちょっと笑ってしまった。

かつて——といっても、ズッコケシリーズが刊行されはじめて十年くらいたった頃のことだが、『ズッコケ三人組の大研究』（石井直人・宮川健郎編、ポプラ社、一九九〇）の中で、赤木かん子は、「〝ズッコケ〟と〝はれぶた〟は本じゃない!?」と題して、不真面目とされていたこのシリーズが、いかに《マットウ》で《健全》であるかを力説していた。それからすでに十年近い時が流れ、シリーズも当時の二十巻からさらに二十巻ほどを重ねた現在、ズッコケが子どもの本の世界で、いかに市民権を不動のものとしたかが、青年の発言からはよくわかる。けれども、このシリーズ、とりわけ近年十年間の世界は、はたして「これが読めなきゃ子どもじゃない」などと、おおっぴらに薦《すす》められるような「健全」なものだっただろうか。私には、どうもそうは思われない。むしろ、市民権を得て、かえってこのシリーズがもともと持っていた現代のひそやかな闇の部分の描出――それは当然、「危険」や「悪意」に満ちてもいる――が、ますます顕著《けんちょ》になってきているように感じられるからだ。

たとえば、シリーズのちょうど二十巻目にあたる『大当たりズッコケ占い百科』（八九）では、《レイコンさん》占いや、《影の呪い》の紙人形などが流行《はや》って、三人組のクラスにさまざまな疑心暗鬼や仲たがいが起こってしまう。そして、その背後に、《栄光塾》というスパルタ式学習塾での競争原理に精神を病んでしまった子どもたちの存在が描かれる。『ズッコケ三人組と学校の怪談』（九四）では、三人組やクラスの女子が作り出した《花山第二小学校の八不思議》なる怪談が次々と現実になり、学校中がパニックに陥《おちい》ってしまう。不安定な気象による《集団幻覚》として説明されるその現象の背後にも、学校という場の持つエネルギー――とりわけ、《憎しみとか、うらみとか、悲しみとか、そんなマイナスエネルギー》の存在が見え隠れする。《神様》という不明瞭なものが子どもたちにのりうつってしまう『ズッコケ三人組の神様体験』（九六）も含めて、社会の構造や不安が人の精神に与えるさまざまな暗い危険な影響を、これらの作品からは感じ取ることができる。

また、『参上！　ズッコケ忍者軍団』（九三）では、何万円もする高価なエアガンやマシンガンを持ち寄って、コンバットごっこをする少年たちが登場し、三人組に《戦争》をしかけてくる。『ズッコケ三人組のダイエット講座』（九七）には、《ダイエットクラブ》なる痩身《そうしん》のためのセミナーが描かれ、モーちゃんはそこで十万円もの大金を取られたうえ、薬物による拒食症に陥るという目にあってしまう。これらの作品には、金やモノやイメージに翻弄《ほんろう》される人々の状況が映し出されているだろう。

さらに、『ズッコケ三人組のミステリーツアー』（九四）や『ズッコケ三人組と死神人形』（九六）などでは、旅行会社の招待ツアーや、雪山の山荘で、三人の目の前、次々と人間が死んでいく。もちろんこれらの作品は、希薄な人間関係・閉鎖空間・連続の惨劇といった典型的なミステリーの設定なのだから、たくさんの死体も舞台装置として楽しめばいいのだろうが、その一方で、それぞれの殺人事件には、やはり現代の闇の部分が深くかかわっているのも事実だ。『ズッコケ三人組のミステリーツアー』の方は、招待旅行を企画した旅行会社の社員が犯人なのだが、殺人の動機には、詐欺まがいの手口で土地や財産を奪われ自殺した家族の恨《うら》みがあった。『ズッコケ三人組と死神人形』になると、殺人の動機はもっと混沌《こんとん》としている。日本のどこかに存在する《ある組織》にそむいた者に、死神の人形が送られて殺されるというのだが、《ある組織》とは、《政治結社か、宗教グループ》、あるいはなんらかの《秘密結社》か、結局不明瞭なままに作品は終わる。ただただ、得体の知れない殺意がどこかで動いているのかもしれない不安を漂《ただよ》わせて……。

こうして、いくつかの作品を紹介しただけでも、現代とは、肉体のみならず精神的な意味で、いかに人をそこなう殺人、殺人、また殺人の時代かがわかる。そしてこんなにさまざまな「危険」や「悪意」の描かれているシリーズなのに、どんどん子どもに薦めちゃっていいんですかね、という気さえしてくる。先の青年の発言に笑ってしまったのはそんな理由からだ。

もちろん、そのような私の苦笑いに対して、反論もありうるだろう。「いやいや、このシリーズは、まさにそのように現代の諸問題に切り込んでいるから子どもに読んでほしいのですよ」と。しかし、こういう言い方もまた、私にはこのシリーズを不十分にしかとらえていないように思える。このシリーズの価値は、エンターテインメントに見えながら、そのじつ「現代の諸問題に切り込んでいる」ところにあるのではない。逆に、「危険」かつ「悪意」に満ちた現代をとらえつつ、それでもエンターテインメントでありうるということこそが、このシリーズの醍醐味《だいごみ》なのだ。しばしば現代の殺伐とした状況におかれてしまう三人組の物語を読みながら、なぜ読者は、おもしろく心地よくなれるのだろうか。問うべきは、その心地よさの由来であり広さである。

さて、そうなればもう、もったいつけずにいってしまおう。ズッコケシリーズのおもしろさ、心地よさは……。そう、さまざまな現代的殺人から身をかわす方法を、ハチベエ・ハカセ・モーちゃんというキャラクターに即して、多彩に語ってくれることなのではないだろうか。

2　殺人から身をかわす方法①――ハチベエの場合

ズッコケシリーズの中に「○○体験」という表題を持つ作品が二つある。『ズッコケ恐怖体験』（八六）と、『ズッコケ三人組の神様体験』。いずれも三人組が不可思議な現象に遭遇する話なのだが、作中、その不可思議を身をもって「体験」するのはきまってハチベエだ。この少年、なぜかしばしばへんなものに取り憑《つ》かれてしまう。『ズッコケ恐怖体験』では、夏休みに泊まりに行ったハカセの田舎で、おたかという女の幽霊に取り憑かれる。おたかは、江戸時代に庄屋の悪事のぬれぎぬを着せられ、幼い息子ともども殺された不遇の女性だった。そのおたかの無念の思いを、ハチベエは意味もわからず口走り、周囲を心配させる。ただ、この作品では、おたか幽霊の息子の名前がたまたま《八兵衛》だったために、ハチベエなるニックネームが古い魂を呼び寄せたという理由づけもなされ、恐怖ではあるがいちおう納得できる結末になっている。ハチベエが取り憑かれた怨念《おんねん》も、特定の場所の特定の歴史的事件にまつわる個人的な思いに限定されてもいる。

だが、『ズッコケ三人組の神様体験』になると、ハチベエは神様というさらに実体の曖昧《あいまい》なものに取り憑かれてしまうのだ。そして、宇宙空間から涙を《あふれ》させつつしみじみと地球を眺めたかと思えば、体が《なん千億という粒子に分解》し《あらゆる物質のなかにはいりこんで》命の源にまでなるというマクロかつミクロ的スケールの大きな体験までする。事の発端《ほったん》は、町の神社の秋祭りを盛り上げようと改めてイベントとして採用された、伝統神楽《かぐら》の稚児舞いの復活だ。ハチベエは祭り推進派の父親のすすめで、その稚児舞いを演じることになる。ところが、その伝統的な踊りには、舞った者に《神様がのりうつって、頭がおかしくな》るといううわさもあった。はたして、ハチベエは、稚児舞いの練習を続けるうちに、神がかり的な学習能力や予知能力を持つようになり、ハカセやモーちゃんを驚かせ、心配させる。そして、とうとう稚児舞い本番の舞台の上で気を失ったハチベエは、先のような驚異的なスケールの体験をする。《そのときになって、ハチベエは自分がなんであるか悟ったのだ。／「**そうか、おれは神様なんだ。**」》と。

神様になるという体験。これは、おたかの幽霊のような、ある怨念のもとを弔《とむら》えばいいという類《たぐい》の明確な根っこのある体験ではない。それゆえこの不可思議な感覚にどこまでものめり込み、現実に帰還できないという危険性をも十分孕《はら》んでいる。それは人間としての「死」ともいえるだろう。では、ハチベエはどうなったのか。幸い、彼の場合は、まもなく病院で意識を取り戻し、異変の原因は、稚児舞い特有の激しい首の動きによる鞭《むち》打ち症《しょう》だという診断を下される。だが、もちろんその診断で驚異的な学習能力や予知能力が解明されるわけでもない。ハカセは《特殊な薬を飲んだり、特別な踊りをおどることによって、神様がからだにはいりこんだと錯覚することは、あるんじゃないの》といい、モーちゃんは《ハチベエちゃんは、花山神社の神様に気にいられたのさ》と語る。医者の診断、ハカセの知識、モーちゃんの信心、そして自分の実体験の記憶……神様体験の真相はどこまでも決定できないままに残る。

そこで注目したいのが、物語の結末、ハチベエがとった次のような態度である。漢字のテストを翌日にひかえて、ハチベエは思う。

もし、神様がのりうつっているのなら、勉強しなくてもテストは満点だろう。かりに、神様がいなくなって、テストが0点だとしても、それはそれで、おおいによろこばしいことではないか。

そこで、ハチベエは決心した。

漢字の練習なんて、ぜったいやらないぞ。

ここでハチベエは、神様体験の真相が決定できないことをまるごとうけとめている。そして、それを巧みに利用している。おっちょこちょいでのせられやすく、かつあきっぽいと語られるハチベエ。しかし、この少年の最大の武器は、まさに決定不能なことをそのまま平気でうけとめられること、決定できないことを利用し楽しめることにあるのではないか。たとえば、未来の出来事が映るテレビを発明する『ズッコケ発明狂時代』（九五）でも、その未来の的中率が案外あやふやであることをハカセに指摘されてもなお、ハチベエは《「わかってるさ。でも、もしもあたれば、二千五百万円だからな。こいつをかけなきゃあ、男じゃないぜ。」》と、競馬に大金をつぎ込んで大いに楽しんでいた。『ズッコケ愛の動物記』（九五）では、かわいがっていた鶏の引き取り手を探して行方不明になった少年をハチベエはひどく心配するのだが、無事戻ってきた少年の、愛にあふれた行動に感動するハカセ、モーちゃんに対し《ついていけそうもない》と感じつつ、しかし《「ま、なにはともあれ、これで工場の動物は、みんな、行きさきが決まったわけだからな。心おきなく修学旅行にいけるっていうもんだぜ。」と、まぁ、こんなところで》自分自身をさっさと《納得させることにし》てしまう。究極の真理など決定できなくとも、楽しめればそれでいい。そう感じることができるとき、すでにハチベエは、神様体験にのめり込む危険性をも一気に脱しているといえるのではないだろうか。

そうして後に残るのは、《お祭り男》ハチベエによる、秋祭りの物語というエンターテインメント的味わいなのである。

3　殺人から身をかわす方法②――ハカセの場合

那須正幹は、エッセイ集『夕焼けの子どもたち』（岩崎書店、九〇）の中で、「いじめられのすすめ」と題して、自身のいじめられ体験を語っている。なかでも、運動場で突如押し倒されて、ズボンもパンツも脱《ぬ》がされたときには、《ほんと、死にたくなった》という。この作者の受難を、『参上！　ズッコケ忍者軍団』でそのまま再現させられてしまうのが、ハカセとモーちゃんだ。そう、この作品は、先に述べたように、小学生が高価なエアガンをコンバットごっこの道具にしていることもひとつの注目点だが、それ以上に、敵につかまったハカセとモーちゃんが、衆目の前でハダカにされてしまうということがよりショッキングなのだ。エアガンももちろん危険だが、死ぬことはない。しかし、この屈辱的《くつじょくてき》な体験は、二人、とりわけ常日頃冷静なハカセをして《死にたくなった》と思わせるに十分な出来事といえる。《「きみたち、ぼくらがどんなひどいいめにあったか、わかってるのかい。ぼくら、第一小の子どもたちのいるまえで、はだかにされたんだよ。そいで、はだかのまんま、走らされて……」／ハカセの声が、とちゅうからなみだ声にかわり、それっきりとだえる》……。

では、この危機をハカセはどうやってかわすのだろうか。そのヒントは、やはり先の那須自身のエッセイにある。あんまりしつこくいじめられた子どもの頃の那須は、《こうなったら徹底的にいじめられてやれ》という気になり、いじめられながら、いじめの手口を分析するようになったという。《なぐられている最中に、自分の意識が体をはなれて、べつな場所から、なぐられている自分をながめられるようになる》。この状況や自己との距離の取り方、これこそ、ハカセにとっての身をかわす方法でもあったのではないだろうか。屈辱的な体験ののち、ハカセがまずやったこと、それは敗戦の原因を徹底的に分析することだった。そして、そこから《正面攻撃は不可能だ》、むしろ敵のすきをつく《忍者的なたたかい》をすればいいという結論を導き出す。さらに、忍者ならまず名前が必要だというハチベエの発案にしたがって、ハカセはいう。

「それじゃあぼくは、〝風魔正太郎〟にしよう。昔、風魔一族という忍者のかしらが〝風魔小太郎〟と名のっていたそうだからね。」

「ちぇっ、名前だけは、いっちょまえだな。」

ハチベエが、いやみをいった。

自らに《いっちょまえ》の名前を与えること、それは自己との距離を作ることにほかならない。そして、敗戦の徹底分析、これは状況との距離を作ることだろう。ハダカにされるという体験、それは世界や他者の前でむき出しにされ、適当な距離を失うことだ。世界や他者との距離がないとき、精神もまた自在に動きうる余地を失いくろぐろとした受動態になってしまう。そうなる前に、世界との距離を作り出す知恵こそが、研究熱心でもの知りというハカセの最大の武器なのだ。その知恵によって、『ズッコケ三人組と学校の怪談』では、東側の新校舎が昔ながらの《南校舎》と呼ばれているために怪現象が起こっていることに気づき、危機を脱する。『ズッコケ三人組と死神人形』で焼死体をまのあたりにしたときも、《ちゃんと、観察して》、《あれはやっぱり辰巳さんだね。骸骨のそばにたんぜんの燃えのこりがのぞいていたもの》と冷静な分析を語る。そうすることで、ハカセは事件との距離をとり、生々しい精神的なショックから身をかわすのだ。

かくして、冷静な分析の結果、忍者軍団として生まれ変わった一団は、ハカセの《悪知恵》作戦により大勝利をあげることになる。そして物語は、再び夏休みの遊びの世界へと溶け込んでいくのである。

ところで、このハカセと世界との距離の取り方、それはまた、このシリーズの語り手と作中人物との関係を思い起こさせる。《作者》と名乗るシリーズの語り手もまた、作品世界、とりわけ三人組との適当な距離を常に保っている。しばしば指摘されるように、シリーズのどの作品においても、三人組が登場するとき、語り手はいきなりその名前を明かしたりはしない。《色黒のちび少年》《らっきょうにめがねをかけさせたような、やせっぽちの少年》《どこもかしこもまんまるな少年》と、外側から語りはじめることで、語り手は三人組との距離を一作ごとに確認する。シリーズを読み慣れた読者なら、それぞれの名前を思い当てることに快感を覚えつつ、やはり三人組と外側から再会していくことになるだろう。ズッコケシリーズは、こうした特徴的な語り手の存在によって、自己紹介のない世界、三人組が自分で自分を語ったりはしない世界になっている。重要なのは、こうして三人組のキャラクター（性格）が、語り手と三人、あるいは三人組同士といった、他者との関係によって作られているということだ。

小森陽一は「個性」という概念が《他者との関係性の中での差異性の集合、束》として捉え直されている今日の文学理論をふまえつつ、ある作中人物のキャラクター（性格）も、個人の内側から出てくる固定的なものではなく、《他の作中人物との相互関係の中で》見ていく必要を述べている（石原千秋ほか『読むための理論――文学・思想・批評』、世織書房、九一）。ズッコケシリーズの《作者》なる語り手もまた――文学理論云々が意識にあったかどうかはともかく――個人の内側からにじみ出てくる性格、もっといえば固定的な自己意識のようなものを、あまり信用していないように思える。自己紹介のない世界――それはなぜか。おそらく、この語り手は、ひとがほかならぬその自己意識によっても殺されるのだということをよく知っていたのではないだろうか。

4　殺人から身をかわす方法③——モーちゃんの場合

《どこもかしこもまんまるな少年》。すでに述べたように、モーちゃんのこのキャラクターは、作品の語り手によって与えられ続けてきたものだ。逆にいえば、モーちゃん自身が自分を《どこもかしこもまんまる》だと明確に意識していたわけではない。だからこそ彼は、『ズッコケ結婚相談所』（八七）で両親の離婚の真相に直面したときも、また『ズッコケ三人組と死神人形』で連続殺人事件に遭遇したときも、食べる楽しみだけは手放さなかった。

ところが、『ズッコケ三人組のダイエット講座』で、《二学期さいしょ》の身体計測において体重が六キロ増加しているという数字にぶつかったとき、モーちゃんに《もうすこし体重をへらしたほうがいいかも》という《ぼんやりと》した自己意識が芽生えはじめる。やがてその自己意識は、ハカセ計算によるローレル指数の値（むろん《そうとうのふとりすぎ》）、口の悪いハチベエの《このままだと、ふとりすぎで死んじまうらしいぞ》なる発言、さらにタエ子姉さんの体重と《ストレス》との関連の話などが加わることでますます明確なものとなっていく。そうして、モーちゃんは、友人の協力のもと、ダイエットをはじめる決意をするのだ。しかし、その苦行はたった一回ごちそうを目の前にしただけで、あっけなく失敗してしまう。あとに残ったのは、自分で自分を見つめるという肥大してゆく自己意識だけ。ダイエットの失敗は、モーちゃんに《どうせ、ぼくはデブなんだもの》という自分の体型のみならず、《ぼくは、だめな男なんだ》《ぼくはみんなの期待をうらぎってしまった》という性格にさえ及ぶ自己意識を植え付けてしまう。すでに述べたような危険な《ダイエットクラブ》に大金を払ってでも参加し、薬物のせいで拒食症に陥って病的に痩《や》せてしまうのも、そもそもは、彼の中で肥大化してしまった自己意識のせいにほかならない。モーちゃんは、自己意識によって、文字通り「死」の危険にさらされたのだ。ここには、「自分探し」という行為に親和性を感じてしまいがちな現代の罠《わな》が隠されている。「自己」という概念が、歴史的なものであり、いかに曖昧で不明確なものかについては、すでに多くの指摘があるにもかかわらず、それでもなお、「自分探し」を奨励《しょうれい》する言説はあとをたたない。それは、「自分探し」をしている（と思える）ときだけ、私たちは、自分が明確には見えないということの幸福を逆説的に確認できるからだろう。だが、いつかは真の「自分」なるものが見えるはずだという予定調和的な期待の方に強く傾いたとき、「自分探し」は一転してひとを窮屈《きゅうくつ》にし、強迫観念にさえなりかねない。重要なのは、そうした窮屈さを孕む「自分探し」を無自覚に志向することではなく、むしろ、「自分」など明確には見えないことのゆるやかな幸福をこそ伝え合うことではないだろうか。

思えば、語り手がまず外側から三人のキャラクターを語りはじめるというこのシリーズの語りの構造は、三人が自分で自分を意識したりはしないという幸福を保証し続けてきた。ハチベエは自分で自分が《お祭り男》だと意識したりはしなかったし、ハカセもまた自分が《悪知恵》が働くなどと意識したりはしなかった。ところが、『ズッコケ三人組のダイエット講座』という作品においては、語り手が距離をとりつつキャラクターを与えるという構造に、危機的変化が生じてしまった。モーちゃんは、語り手の視線を離れて、自分で自分のマイナスキャラクターを意識し肥大化させてしまったのだ。

では、この殺人的危機を、モーちゃんはどうやってかわせばいいのか。ここで語り手がとった方法、それは、改めて他の登場人物にモーちゃんのキャラクターを確認させること、《他の作中人物との相互関係の中で》モーちゃんの肥大化した固定的自己意識を希薄にしていくことである。モーちゃんのあまりの拒食状態を心配したハカセは、ハチベエやクラスの女の子たちに呼びかけて、ごちそうを持ち寄っての忘年会を開く。そして、その中で、太っていた頃のモーちゃんが登場する遠足のビデオを上映する。《モーちゃんが、大きなおにぎりにかぶりついていた。ごはんつぶがひとつ、ほっぺたにくっついていた。なんともしあわせそうな笑みを満面にうかべたモーちゃんの顔が、アップになった》。すると……。

モーちゃんは熱心に、画面を見つめている。そのとき、ふと右手がうごいて、フライドチキンをつまみあげた。つまみあげたチキンをすいと口に持っていく。（中略）

画面は、もう食事のシーンから、草滑りのシーンにうつっていた。高原の斜面を利用して、みんなですべってあそんだのだ。

モーちゃんの巨大なからだが、かなりのスピードで斜面をすべっていき、さきをすべっていく圭子のからだに衝突、ふたりがだんごになってころがっていった。

部屋のなかでは、笑い声と歓声があがった。モーちゃんは、チキンを食べおえ、こんどはお皿のおすしに手をのばしていた。

ビデオに映し出された自分。これは、いうまでもなく、他者の目に映った自分自身である。そのしあわせそうな姿は、《どうせデブ》で《だめな男》という自分で意識した自己の姿とは、はっきりとずれている。《みんな》の存在と《みんな》の視線。他の人物との関係が作り出す別の自己。自分で自分が完全には見えないということ、それらを肯定したとき、モーちゃんには食欲が戻ってくる。そうして、「自分探し」という殺人的な危機から身をかわすのだ。

かくして、ホッとしつつ作品を閉じかけたとき、本の間からパラリとおちる一枚のカラーイラスト。そこには、《モーちゃんの驚異的な一日の食事》と題して、カロリーとともに描かれたおいしそうな数々の食べ物と、その中でお寿司をパクつきながらVサインをしているモーちゃんの姿が描かれているのである。

5　一歩手前の精神

ズッコケシリーズの第一作『それいけズッコケ三人組』が出版された一九七八年。はからずも『日本児童文学』という雑誌は、「タブーの崩壊」という特集を組んでいる（五月号）。それまで、子どもの本において、書くことがためらわれてきた深刻なテーマが、すでにいくつかの作品で描きはじめられ、あるいは翻訳によって紹介され、子ども読者に届けられていることを意識しての特集だった。そして、そこでタブー崩壊のテーマとして挙げられていたのが、「性・家出・離婚」とともに、「自殺」だった。もちろん、明治以後の児童文学において、子どものあやうさを象徴した病死や事故死が描かれることはたくさんあった。しかし、このとき意識されたのは「自殺」である。自分で自分を殺すこともふくめて、殺人的な「死」に子どもが近い存在だということから目をそらすことのできない時代性がそこにはあったということだろう。ただ、そのときも、その殺人的な「死」は、「タブーの崩壊」という言い方そのものがよく示しているように、いまだ子どもの世界に外から入り込んでくる異物でもあったのではないだろうか。同特集の中の座談会「子どもの現実と児童文学」（赤木由子・市村久子・灰谷健次郎・上笙一郎）において、上笙一郎《かみしょういちろう》は次のようにも語っている。《自殺に至ってしまうような条件が随所にあり、子ども自身もそれの克服の道を知らないから、むしろ自殺しなきゃならないような問題からの克服の道を書いてほしい》。上のこのごく常識的な願いが示すように、その殺人的な「死」は克服されるべき《問題》としての異物であった。

たとえば、《三浦耕造、十三歳が、自分の家からかなりはなれたマンションの屋上から落ちて、死んだ。》という書き出しではじまる安藤美紀夫の『風の十字路』（旺文社、八二）。「タブーの崩壊」以後、

「自殺」を正面から描いた創作のひとつだが、この作品でも、耕造なる少年の自殺は、友人たちにとっては、《なんてことだ、いったい。あのばか!》《なんで、また……。》《あっけにとられた》《どうしたらいいのよう!》という具合に、閉塞的《へいそくてき》な日常に突然降りかかってきた衝撃として描かれている。そして、その異物の衝撃力で、残された者たちひとりひとりが自己の生活を見つめ直し、また、お互いの関係を問い返しはじめることにもなる。物語は、バラバラだった友人たちが、自殺した少年の遺書を読み合うために再会を約束するところで終わるが、《駅前の通りを、強い風にあおられた新聞紙が一枚、ふわりと浮きあがって、まるで生命をあたえられたもののように、飛んだ。》という最後の一文には、ひとりの少年の「自殺」が、それぞれの生を立て直す方向で乗り越えられていくような明るい予感さえある。「タブーの崩壊」において子どもの文学に入り込んできた「自殺」という異物は、克服し、いずれ乗り越えていくためにこそ重要なテーマだったといえるだろう。

一方、同じ年にスタートしたズッコケシリーズはこうした「タブーの崩壊」的テーマとは無縁に見えた。とりわけ、子どもの世界に外から入り込んでくる「死」、三人組が見据え、悩み、克服すべき異物としての「死」は、このシリーズには登場しない。しかし、すでに述べたように、八〇年代末頃からの作品を読むと、殺人的「死」はいつのまにか三人組の日常に遍在しているという感じを受ける。現代の探偵小説を論じた笠井潔《かさいきよし》は《多数のイジメ自殺や、少女タレントの連続後追い自殺事件、さらに宮崎事件と同年の女子高生コンクリート詰め殺人など、「平和と繁栄」に酔いしれていた八〇年代の日本は、平凡な青少年が被害者とも加害者ともなる、流された大量の血に浸されていた》(『探偵小説論Ⅱ　虚空の螺旋』、東京創元社、九八)と述べて、現代を《大量生が同時に大量死であるような奇怪な時代》(『模倣における逸脱』、彩流社、九六)だという。また、ブルセラ、オウム、酒鬼薔薇《さかきばら》事件などを対象にしつつ宮台真司《みやだいしんじ》は、決定的な進歩も破滅もありえない《「終わらない日常」はキツイ》(『終わりなき日常を生きろ』、筑摩書房、九五）といい、《人を殺すことに驚くよりも、なぜ人を殺さないんだろうってことに驚いたほうがいいんだ》（宮台真司・藤井良樹・中森明夫『新世紀のリアル』、飛鳥新社、九七）と語る。戦時のように日常的にひとが死ぬことはめったにないにもかかわらず、生きる意味が曖昧な生は、同時に殺人的な「死」をいつも孕ませている。そういう遍在する「死」については、明確に対決し、それを乗り越えて、より意味のある生に至るというような道筋はもう描けない。純粋に生を極めたつもりが、いつのまにか死に反転する。それが現代なのだ。

そのとき、決定不可能を楽しみ、状況から身を離し、自己の見えなさを肯定《こうてい》するという三人組の、ある意味ではいいかげんで不純で曖昧な身をかわす方法が、いかにすぐれたやり方であったかをつくづくと感じてしまう。そう、今必要なのは、真理なり状況なり自己なりといったある一点のみを見極めて、信じたりぶつかったり克服したりすることではない。むしろ、遍在している《大量生＝大量死》を「かわす」という身振り、かわしつつ、生も死も、自己も他者も、同時に眺めて、両者をより多義的にしていくことなのである。

だが、「かわす」というこの巧妙な響き。それは、ハチベエ・ハカセ・モーちゃんという三人組に、ちょっとかっこよすぎるのではないか、という疑問もあるかもしれない。ズッコケ三人組を、そんなに軽妙なかっこいい存在に仕立てあげてしまっていいのか。それこそ、「ズッコケを読めなきゃ子どもじゃない」的発言ではないか、と。それならば、「かわす」をそのまま「ズッコケる」といいかえてしまってもかまわない。ものごとにぶつかる手前で、視線を別にのばし、身をくねらせ、「おっとと……」と「かわす」身振りは、ものごとを成就《じょうじゅ》する一歩前でちょっとだけ失敗し、身をしずませて「ズッコケる」身振りと基本的には同じなのだ。いずれもものごとに直面し乗り越えるのではなく、ものごとの一歩手前で脇へ下へと身をずらし、ぶつからなかった理由の曖昧さを思ってかすかに笑ってしまう、そんな不純な精神なのだから。
たとえば、私は『ズッコケ三人組の未来報告』（九二）を思い出す。この作品では、卒業後二十年たった三人組の姿が描かれる。同じクラスの安藤圭子と結婚して八百屋を継いでいるハチベエ。奈良で古墳の発掘調査をやっている考古学者のハカセ。そして、フランス人女性をお嫁さんにもらったホテルマンのモーちゃん。久しぶりの同窓会では、卒業記念にクラス全員で埋めたタイムカプセルが開けられ盛り上がる。だが、そのタイムカプセルには、いくつか不審な点もあった。その謎を解明しつつ、三人は、クラスメイトのひとりが過去を隠して、世界的なロック歌手になっていることをつきとめる……と、そんなミステリー風の展開で未来が語られていく。とはいえ、あくまでこの「未来」は、ハチベエの見た夢にすぎない。作品の最後で、ハカセもモーちゃんも、ハチベエと同じ夜、同じように《二十年後に、クラス会をやる夢》を見たというのだが、まさか「正夢？」と思うもつかのま、それぞれの夢はそれぞれに都合よく微妙にくい違っていることがわかる。きわめつけは、ハチベエの夢の中で《ジョン・スパイダー》なる世界的ロック歌手になるはずだった少年が、実際にタイムカプセルに入れるべく書いてきた作文だ。

「ジョン・スパイダー……？　なに、それ。」
「おまえの芸名さ。」
「はは、ぼくのは、そんなんじゃないぞ。ぼくの二十年後の芸名は、吹雪純之助っていうんだ。」（中略）
長嶋崇は、作文用紙をハチベエのまえにつきだした。（中略）
長嶋崇は、そこで、えへんとせきばらいをすると、
「チャン、チャカ、チャン、チャン、チャララ、ランチャン、スッチャカチャンチャンチャン……」

口三味線の伴奏をいれながら、『男命の純情歌』を口ずさみながら、いそいそと圭子のもとへとあゆみさっていった。

ここに至って、ミステリー風の味わいで読ませてきた「未来報告」は一気に「ズッコケる」。『ズッコケ三人組の未来報告』とは、三人組が、いやすべてのひとが、つねに「未来」なるものの真相に突き抜ける一歩手前にいるのだという、そして、だからこそ並立している未来を同時に思い重ねることができるのだという、考えてみればごく当たり前のことを逆説的に思い起こさせるタイトルなのだ。その一歩手前のところで、三人組は、くりかえしくりかえし、決定不可能を楽しみ、状況と距離をとり、自己の見えなさを肯定しつつ、時に殺人的な現実から身をかわしてみせる。そうして遍在する「死」の傍《かたわ》らに、無数の風穴をあけていく。

そんなズッコケ三人組を外から眺めながら、私たちはただ、一点突破を目指して一歩先をゆく者に追いつこうとするよりも、不純な意味の重なりを同時にひらく一歩手前の精神とたわむれる方が、はるかに心地よく自由だという単純きわまりないことを思い出せばそれでいいのだろう。

ズッコケ三人組シリーズ論　4

私の「ズッコケ三人組」シリーズ論

飯塚　宣明

いいづかのりあき：一九六七年、東京都生まれ。小学六年の時、「ズッコケ」に出会い、中学二年の時、自らもズッコケたので、以後ズッコケの魅力を痛感。現在会員数四三〇〇名のズッコケファンクラブの会長である。

1　はじめに

「ズッコケ三人組」シリーズはおもしろい。これに勝る結論はないように思われる。だが、何が「おもしろい」のかと言われれば、人によってさまざまな説明がくりひろげられることだろう。ちょっと考えてみると、私が「おもしろい」と言ったのと、私以外の人が「おもしろい」と評したのでは、同じ「おもしろい」でも、その言葉のなかにこもっている意味や内容がちがうかもしれない。

そこで、私の「おもしろい」の意味を、この機会にお話しさせていただこうと思う。

2 「ズッコケ」のすき間

私の場合、「ズッコケ三人組」シリーズに出会ったのが、小学六年生の夏である。(以前、私は文庫本『ズッコケ結婚相談所』の解説に、小学五年生の夏休みに出会ったように書いていたが、あとでいろいろ調べてみると、小学六年生のときのほうが正しいことが分かった。)

ついでに言うと、私が那須先生に初めてファンレターを出したのは、中学三年生のときである。(この研究本の前作・パートⅠ、『ズッコケ三人組の大研究』のエッセイに書いてある、〝中学二年生のとき〟というのと、これまた一年ちがっている。このことに気づいたとき、私はものすごく申し訳ないことをした気持ちがして、ちょっと悩んだが、『日本の歴史』や『世界の歴史』とちがい、私の歴史は一年早かろうが遅かろうが、世の中にほとんど影響をあたえないから、いつか訂正すればよいかな、と思っていた。それが済んで、いまは晴れて無罪放免の心境である。)

さて、すでに読んでお分かりのように、私の場合、はじめて「ズッコケ」を読んだのが、ハチベエ、ハカセ、モーちゃんと同じ小学六年生、しかも私も三人組とおなじ六年一組であったから、私はことのほか三人組たちに親近感をおぼえたわけである。

この親近感というのは、「ズッコケ三人組」シリーズにとって、とても大切な要素だと思う。

事実、「ズッコケ」が子どもたちにしだいに支持されはじめた一九八〇年代初め、評論家の諸先生方は、どこにでも居そうなキャラクターだから、親しみがわくのだろう。だから、「ズッコケ」が読まれるのだろう、と解説していたほどである。

ところが、「ズッコケ」の人気がじょじょに高まるにしたがって、そうした説明もすこしずつ変わってくる。

そして、原作者の那須先生が、「そんな子は今、絶対にいない」と言い切るのが、いまから五年ほど前、一九九四年のことであった。

ちなみに、私が小学六年生当時、三人組のキャラクターをどのように受けとめたかと言うと、ハチベエは、色黒で背の低いところから、当時、私のクラスメイトだった佐久間くん。ハカセは、勉強熱心なところで、これまたクラスメイトの安藤くん。モーちゃんは、太っていて気のよいところで、自分かな、というように、私にとって身近な人たちと重ねあわせて受けとめていた。

もっとも、実際の佐久間くんはおとなしい少年だったから、ハチベエの乱暴なところとは似ても似つかなかったし、安藤くんは勉強しているぶん、成績のほうもすこぶる良かったから、ハカセとは一致しない。私だって、モーちゃんほどにとぼけていなかったから、

(まぁ、似ているところはあるけれども、ハチベエ、ハカセ、モーちゃんは、この本独自のキャラクターかな)

と、どこか冷《さ》めた部分も、持ち合わせていたはずである。

いまのながれからいえば、身のまわりに三人組のような子どもたちはいないそうだけれども、私の場合は、外見では何らかの一致点を見いだしながら、読みはじめたはずである。

ただ、はじめはそうであっても、読みすすめていくうちに、はっきりとちがいを感じて、

(三人組は、「ズッコケ」独自のキャラクターだな)

と思うようになったというのが、私の場合は、より自然な感覚なのである。

私は、東京都中野区という、東京のどまんなかで育ったから、三人組が活躍する「稲穂県《いなほけん》ミドリ市」のような地方都市とはちがい、目にあざやかな草花や木の緑は、整理された公園の一角ぐらいしかなく、走

りまわれる広場も、放課後の校庭開放とか、運動公園ぐらいしかなかった。だから、「ズッコケ」で描かれる、三人組の住むミドリ市の環境に、子どものころ、心のどこかでうらやましさを感じたことがあったはずである。

これに対して、私のいとこのおじさんは、現在は埼玉県日高市とよばれるところに生まれた。当時は埼玉県入間《いるま》郡《ぐん》高萩《たかはぎ》村《むら》大字《おおあざ》小網《こあみ》ヶ《が》谷《や》戸《と》といわれる人家もまばらな田園地帯で、そのせいか、十歳代後半、都会暮らしにあこがれたという。

私にも身に覚えがあるが、少年期から青年期までの人間には、現実に満足できなくて、どこか理想世界に夢はせるところがある。それは、未知の世界への探求心にも一致するところがあるかもしれない。「ズッコケ」が描かれている舞台は大都会でも、田舎でもない、地方都市であるから、どこに生活していようと、どんな境遇にあろうと、読者の置かれている世界と、共通項がどこかに必ずあるような気がする。

三人組のキャラクターにしてもそうだ。ハチベエのように、女の子にもてたいという心理は、どんなに堅物《かたぶつ》で偏屈《へんくつ》な男でさえも、どこかにその原型は潜《ひそ》んでいるはずだし、ハカセのように、努力はしているのだけれども、結果がともなわないというのは、生きているかぎり、必ずあることである。モーちゃんのように、平和を愛し、人に危害をくわえない安心感は、おそらく、ほとんどの人に好感をもって受けとめられるはずである。

すなわち、「ズッコケ」は私からみると、親近感からはじまって、共通項、共感できるところ、取っかかりや引っかかりが多くて、なおかつ、読み手が「ズッコケ」の登場人物や彼らをとりまく世界に立ち入れる〝すき間〟が、かなりあったような気がする。

私は小学六年生のとき、初めて「ズッコケ」を読んでから、それまでのように本を読むのがつらくなくなって、那須先生以外の作者が書いた本をいくつか買いこんで、読んでみたことがある。

ところが、ほかの本の場合だと、どうも読書が楽しくない。楽しくないと言っている以上、作品名や作者名をあげると角が立つから避けるけれども、いま思うと、それらの本は作中の世界、登場人物や舞台の設定、話の展開がかなりしっかりと決まっており、かつ限定されていて、読者の立ち入れるところが少なかったように思われる。

そうした本にみられた、作者から読者に対する、いわば一方通行の語りかけでは、読み手はたしかに、本を読むことで知識を得られたり、作者の言いたいことを感じとることはできる。

しかし、それはすでに用意されたものであって、自分から積極的にはたらきかけて、何かを得る喜びとは、質のまったく異なるものである。

私の経験であるが、人間が生きていて楽しいと思うのは、受け身でいるときではなく、自分から何かに働きかけているときだろうという気がする。

「人類は、(中略)自然に働きかけることを知り、今日の高度で複雑な文明をきずきあげた」とは、高校世界史の教科書の序章、その冒頭の一節であるが、人類が今日まで、その歴史を重ねてこられたのは、自分から働きかけて何かを得ることを〝楽しい〟と感じるからこそではなかっただろうか。

だとすれば、楽しく読める本というのは、それまでの自分の経験や理性、感情、心、それら自分のものを作品世界にもぐりこませ、能動的な姿勢で読みつづけることができる本ということになると思う。

「ズッコケ」の場合、おおよそは、ちょっと頑張って背伸びすれば、もしかすると経験できるかもしれないことを、外面的かつ行動的に描いた作品が多いから、読者が「ズッコケ」の世界のどこかに、取っかかりを見つければ、そこから「ズッコケ」の世界にもぐりこんで、読者自身も主体的にハラハラ、ドキドキ、その世界に入りこんだ気持ちになることができるはずである。

純文学的な内面世界の描写には、社会経験のとぼしい子どもたちからみて、自分たちのそれまでの経験や理性、感情、心をもぐりこませる共通項、取っかかりや引っかかりは、ひょっとすると少ないかもしれない。心のひだが織りなす世界は奥行きがあり、答えも決してひとつではないから、もしかすると、分かりにくいかもしれない。

しかし、肉体的な生気のほとばしりからくる外面的で行動的な描写には、共通項、取っかかりや引っかかりが多ければ多いほど、その作品世界に自分たちの持ち前のものをもぐりこませ、それを許してくれる〝すき間〟があれば、そのなかに立ち入って、遊んだ気持ちになれるはずである。

ましてや、子どもが現実世界でふつうに生活していては、おそらく体験できないようなことを、「ズッコケ」の作品世界ではしごくあっさりと、かつ、ドラマチックに描いているから、「ズッコケ」を読まないと味わえない、「ズッコケ」独特の世界というのも広がっている。

しかも、その特有な世界は、現実の子どもたちをとりまく毎日の、平凡で忙しい生活から、ちょっと〝ズッコケ〟たところにある世界である。ページをめくれば、「ズッコケ」はたいてい、ミドリ市花山町という、どこにでもありそうな地方都市に住む三人の現実からスタートして、おもしろい世界のちょっと手前、退屈しない世界のほんの片隅をなでるようにして、また、現実にもどってきて話が終わる。

夢のようなユートピア、手のとどかない遠大な理想郷に達するには、相当な時間と努力を必要とするだろうが、「ズッコケ」に描かれている世界は、背伸びをすれば届きそうなところにある。そして、その世界を手に入れるには、平凡でありきたりな現実世界でも、ちょっと手を伸ばして「ズッコケ」を手にとり、ページをめくる労さえいとわなければ、すぐに自分のものになる。

人間の若いときに備わっている、現実から理想への到達欲をも、「ズッコケ」は満たしてくれる感がある。

原作者の那須先生が、そういう「ズッコケ」の世界を意識的につくりだしているのかは定かではない。しかし、那須先生の人柄には、だれが入り込んでも、それを許してくれるような寛大さと、相手を傷つけない優しさとがかもしだす、人間的な誠実さがあるように見受けられる。これまで触れてきた「ズッコケ」の世界というのは、じつは、那須正幹の人間性にねざした世界でもあるような気がする。

3 「ズッコケ」が受け入れられた時代、その背景、そして「ズッコケ」読者のうつりかわりについての一仮説

一九七〇年代後半から一九八〇年代初頭にかけて、私はちょうど、児童文学が対象とする読者層の年代だった。当時の書店の児童書コーナーには、太平洋戦争での悲惨なできごとや、日本がまだ貧しかったころのことを描いた作品が数おおく、私も二、三点、大人の人にすすめられて読んだことがある。

いま思うと、じつによいことばかりが書いてあったのだが、そのころの私にとって、それら作品を読むことは学校での勉強の延長みたいなもので、正直、読書を楽しむという心持ちではなかった気がする。……戦争や貧困はたしかに不幸なことであるが、戦争のない、物のある時代を生きている私にとって、それはあくまで過去のことで、将来に必要なものとはあまり思えなかった。当時の私にとって大切なのは、自分の生まれる前のことよりも、自分たちの現在や将来のことであって、そうした心持ちのなかで当時のおおくの児童文学を読むのは、ひとえに、大人が子どもに与え、子どもがそれに抗しがたいときに読む、こういう図式ではなかったかと思う。

ところが、「ズッコケ」についてはまったく違った。おおくの大人たちがまゆをひそめる一方で、子どもたちがすすんで読みたがったのである。

「ズッコケ」がその発刊当初、不良本扱いされてさんざんな目にあったことは、有名な話である。漫画

家・前川かずお先生のさし絵で、マンガ本と混同されて図書館においてもらえなかったこともある。ほんの数行読んだだけで、

（あまり、ためにはならないな）

と直感され、

「もっと、いい本でも読んだら」

と、言われてしまいそうなところもある。

「ズッコケ」の人気が出はじめた一九八〇年代前半、「ズッコケ」を読んでいた子どもたちは、「ズッコケ」を読むのには、とにかく苦労したはずである。時と場合によっては、本ばかりでなく、その読者までも不良扱いされたことだってあるかもしれない。

しかし、そうした苦難に耐えてでも、「ズッコケ」シリーズの初期をささえた読者たちが、なぜ、「ズッコケ」を読みたがったのか……。当時の私の記憶をまじえて想像すると、それはおそらく、戦争のない、物のある時代に生きる三人組を主人公にした「ズッコケ」が、そのころの読者がもとめた軽妙な笑いに耐える内容であったからだろうと、私は考えている。子どもたちにとって、何よりも気になるところの、現在ときには近未来を舞台に、あまり面白くもない毎日の生活に、何かしらの変化をあたえてくれる「ズッコケ」。

それまでの児童文学の多くの本が、〝教育的要素〟をたぶんに含んだものとするなら、実は「ズッコケ」は、本という『商品』として、多くの読者に受け入れられたに違いない。学校の勉強の延長ではなく、子どもの求めているものを満たしてくれる本、それが「ズッコケ」だったという気が、私はしている。

ただ、発刊まもないころ、「ズッコケ」をすすんで読んだ子どもたちは、おそらく、優等生でも劣等生でもない、いわゆるふつうの子どもたちだったろうと、私は想像している。私が子どもだったころ、

「ズッコケ」を読んでいた人たちのことを考えあわせると、なんとなくだが、そういう気がしてくるのだ。

一九七〇年代後半から一九八〇年代は、受験戦争の激しいころであったから、ペーパーテスト全盛の時代にあって、高得点をマークする勉強熱心な子どもたちは、それで現実社会に適応して認められている。だから、「ズッコケ」の世界のように、勉強がすこしぐらいできなくても、子どもが子どもとして認められている世界に、強いあこがれをいだく必要はない。そして、おそらく、「ズッコケ」を読んでいる時間的余裕もなかったであろう。

反面、ペーパーテストのうえでの劣等生は、たぶん、本はあまり読まなかったかもしれない。もし読むとしても、たまに読むんだったら、背のびをして、有名な本を読もうとしたような気がするから、成長途上にあった「ズッコケ」は、読んでも読まなくてもどっちでもいいと感じて、読まなかったのではないだろうか。あのころの顔ぶれを思い浮かべると、なにか、そんな気がしてくる。

そのいずれにも属さない子どもたち、イコール「ズッコケ」がシリーズ化されて人気が沸騰《ふっとう》するまでに「ズッコケ」を読んでいた子どもたちは、本当は、ズッコケ三人組のように主体的に生きたいのだが、親御さんや先生が言うから、ちょっと勉強しておかないとまずいかな……と考えていた、学校教育のなかの窮屈さにもがいていた子どもたちではないかと、私は考えてみたりする。

つまり、学校教育のなかでたまっていたストレスを、「ズッコケ」を読むことでいやしていたのではなかったかと……。

きわめて優等生的な子どもに受け入れられる内容ならば、おそらく、親御さんもわが子のすることは、自信をもって眺めることができるだろうから、「ズッコケ」を読むことに文句は言わないだろう。

ところが、初期の「ズッコケ」の読者は、私が想像するに、家庭で勉強できる時間に、「ズッコケ」を読んでいたものと思われる。親御さんが見たら、

（「ズッコケ」さえ読まなかったら、この子はもっと、勉強できるようになるんじゃあないかしら）

と、思わせてしまったはずである。

いわば、「ズッコケ」を読むということで、親御さんや先生に不安をあたえてしまったところ、くわえて、「ズッコケ」人気もまだ本格化する以前の時分であるから、大人の人たちも「ズッコケ」の内容をよく知ることなく、その外観や本文を数行読んだところで、

（ろくなものではない）

と早合点し、こうしたことが、一時の「ズッコケ」批判に結びついていったものと思う。

しかしながら、大多数の子どもたちにとって、窮屈な学校生活、社会生活が続けば続くほどに、「ズッコケ」は楽しい読み物、心をいやす本になってくる。ささやかな自由時間を「ズッコケ」の読書時間にあて、「ズッコケ」の世界に自分の主体性をもぐりこませながら、好きなところで、その本をパタンと閉じ、そのとたんに、将来への不安や競争原理がうずまく、殺伐とした感のある現実世界へと帰っていく。読みたいときに本を開き、読みたくなくなったら本を閉じる。子どもが好きで読んでいる本だから、強制や束縛はほとんどない。

やがて、「ズッコケ」は熱気を帯びて、子どもたちから支持されるようになる。時代は一九八〇年代半ば、「ズッコケ」は増刷につぐ増刷で、「ズッコケファンクラブ」なるものを組織しようとの話がもちあがり、たまたま縁あって、私がファンクラブ手帳や入会試験問題の原稿をつくったものだから、当時は人間関係にあまり積極的でなかった私が、会長を引き受けることになった。

一九八五年四月から一九八六年三月にかけて、関西テレビと宝塚映像が「ズッコケ」をテレビドラマ化し、そのうち、「ズッコケ」をテーマにした歌、阿久悠《あくゆう》作詞、宇崎竜童《うざきりゅうどう》作曲「ズッコケロックンロール」と「ズッコケ純情」がレコードになって、これと前後してファンクラブが発足することになる。

やがて、地方紙、全国紙の新聞が「ズッコケ」をとりあげるようになった頃には、「ズッコケ」はまさにブームと化したのである。

児童文学界で、那須正幹という作家が世におくりだした「ズッコケ」。一児童文学作家が書いていた「ズッコケ」を、子どもたちから進んで読みふけり、楽しんでいるころには、その様子をあまり快く思っていなかった大人たちも、「ズッコケ」が社会現象となってくると、しだいに関心をもちはじめるようになり、やがて、大人たち自らが「ズッコケ」を読みだすようになる。そして、このとき初めて、子どもたちが心踊らせて読んでいた「ズッコケ」の世界にふれるところとなる。

ただ、そうした親御さん読者にとっての「ズッコケ」は、たぶん、子どもたちが「ズッコケ」に寄せる思いとは違うものだったと想像する。

おそらく、大人の読者からみた「ズッコケ」は、昔なつかしい、自分たちがまだ若くてみずみずしかったころの世界、家のちかくに空き地があり、日が暮れるまで遊んでいられた、あのなつかしい時代の匂いがしたにちがいない。

ここに、「ズッコケ」が大人の読者にも受け入れられた理由があると、私は思っている。

こうして「ズッコケ」は、子どもの読者にまず受け入れられ、ついで、大人の読者層にまで拡大していった。

ブームというのは、おもしろい。

「ズッコケ」発刊当初は、子どもたちの手に支えられ、「続編が読みたい」との声に引かれている感のあった「ズッコケ」も、ブームという名の波にのると、「ズッコケ」のネームバリューが、読者を引っ張るようになっていた。そのころには恐らく、優等生もそうでない子どもたちも、「ズッコケ」を読むようになっていたことだろう。もう、親の目をぬすんで、あるいは先生にニラまれることを覚悟のうえで、

「ズッコケ」を読む時代ではなくなった。傷つきかけた心をいやすためや、大人や社会からの強制に対するささやかな抵抗のあかしとして、「ズッコケ」を読む時代ではなくなり、大っぴらに読んでも、だれからも文句を言われない時代がやってきたのである。

不確実性の時代といわれた一九八〇年代も、昭和天皇の崩御で「昭和」という、戦争と暗い事件ばかりが目につく時代、そのあとを追うようにして過ぎ去り、「平成」の到来とほとんど一致して、一九九〇年代に突入する。

ただ、一九九〇年代になってから、「ズッコケ」はかつてのような伸びを見せなくなったに違いない。「ズッコケ」はたしかに、発刊当初からしばらくは飛躍的な伸びを見せたかもしれないが、「ズッコケ」のようなスタイルの作品が読者に受け入れられたことで、似たような傾向の作品が数々、世の中に送り出されてきた。

かつての「ズッコケ」は、いわばパイオニアであったのだが、それに追随するかのように、読んで楽しい分かりやすい内容の作品が、この時期たくさん出まわったものと思われる。

そうなると、「ズッコケ」はそれら作品群のなかのひとつとして、読者の目に映るようになってくる。

そのころには、「ズッコケ」発刊当時によくみられた、学校での勉強の延長みたいな作品は、明るく楽しい多くの作品の勢いにおされて、より一層、読者から遠ざけられていったかもしれない。

しかし、実は「ズッコケ」は発刊当初から、読者の求めるものとは不幸にも一致しなかった一連の作品群のなかにあってこそ、その後の大ヒットに結びついたのであって、そうした対比なくして、「ズッコケ」が注目されることはおそらく、なかったであろう。

さて、シリーズ化当初は明るく楽しいムードにあふれていた「ズッコケ」も、もっと明るくさわやかな内容の作品が児童文学の世界にあふれ出してくると、次第に地味な内容の作品にみられるようになってきたはずである。

そんな一九九〇年代初頭は、平成景気にわきたって、のちに言われるところのバブル期全盛のころである。

好景気に酔いしれて、世の中が楽してもうけること、たいして苦しまなくても良くて、それでいて楽しいことばかりを追い求める風潮が蔓延《まんえん》しはじめたときに、「ズッコケ」はおそらく、かつての輝きをうしないかけたことだろう。シリーズ化当初は、「ズッコケ」は不真面目な印象があったかもしれないが、一九九〇年代にはいってみれば、時代は「ズッコケ」を追い越して、時代そのものが軽薄になった。

それとの対比からすれば、誠実な人柄の那須先生が書く作品は、「ズッコケ」シリーズ化当初との見方とはうってかわって、地味で真面目な作品に映っていたに違いない。

地味に真面目に働くことさえが馬鹿くさく思われた当時であるから、「ズッコケ」の世界よりも、もっと楽しいものに目を奪われたはずであるし、「ズッコケ」以外の楽しい本に、興味をもつことも多かったはずである。

私が小学生だったとき、戦争体験や貧困を題材にした作品に違和感をいだいたことはすでに述べたが、そのころの子どもたちは、ひょっとすると、それに近い違和感を、「ズッコケ」に感じていたかもしれない。それでいて、なおも読みつがれてきたのは、いまの子どもたちが、「ズッコケ」を児童文学の名著として、一生のうちに一度は読んでおくべき本として、読んでいるのかもしれないのである。

ここ何年か、ポプラ社編集部に寄せられる読者からのおたよりを拝見していると、きっと優等生だろうなと思われる少年少女からのお手紙が増えてきた。かつてのように、子どもの心をいやすはたらきもあろうが、むしろ、児童文学の名作として読まれることが増えてきたのかもしれない、と私が感じるのは、こういうところにも理由がある。

さらには、一九七〇年代後半からつい最近にいたるまでの間、じつに多様なかたちで、学校教育をはじめとするさまざまの教育問題があらわれたことで、良心的な大人の人、諸先生や親御さんたちが、一生懸命になって子どもたちの心を理解しようとし、その解決にとりくんだ結果、ゆとりの教育や昨今の少子化の時流のなかで、いまの子どもたちは心をいやす必要が、かつてほどにはなくなったのだとも思いたい。

ただ、私がこれまで述べてきたような説明で、「ズッコケ」が発刊から二十年以上もの長い間、読み継がれてきたと説いただけでは、これから将来、「ズッコケ」に薄暗い見込みをつけざるを得ない。なぜなら、子どもの数も少なくなるし、一時は頻発《ひんぱつ》していた教育問題も、最近はいくらか落ち着いてきた感があるようだから……。

なるほど、過去を振り返りながら説明しようとしたのでは、そうなってしまうかもしれない。だが、人間に備わっているのはなにも理性だけではない。感性もあれば、勘もある。それらで「ズッコケ」をながめると、恐らく、これからも読みつがれていくだろうという予感が私にはある。では、そうなることの背景はいったい、何なのであろうか。

4　「ズッコケ」の奥底に流れるもの

本書に収録されている「子ども座談会」に出席した子どもさんから寄せられた読書感想文のなかに、こういう一節があった。

「何しろこの三人は、おたがいを認め合ってるじゃないですか」

私はこの一節がとても印象に残っている。

私たちの生きる世界、学校だけでなく、職場でも、世間一般の人間関係でも、至るところで言えることだが、私たちの意識のなかにはどこかに、できない人よりできる人を認める価値観がある。勉強のできない人よりできる人、仕事のできない人よりできる人、人付き合いのできない人よりできる人、できる人のほうができない人より優れていると評価して、社会的にも認める傾向がある。

なるほど、できないよりもできたほうが良いかもしれない。

が、私はこれまでの人間関係でも感じたことなのだが、たとえば、仲間をいじめても、あの子は勉強ができるからいい子だとか、人を苦しめても、あの人は仕事ができるから仕方ないんだとかいうように、これまでの世の中が大切にしてきたある特定のこと、これができるかできないかにあまりに重きをおきすぎて、面倒見がいいとか、優しいとか、嘘をつかないとか、責任感があるとか、そういう人間的な良い面を、あまり評価しないところがありはしなかっただろうか。

勉強や仕事ができるのは、確かにいいことかもしれないが、それはあくまでその人の属性の一面なのであって、それが、面倒見がいいとか、優しいとか、ウソをつかないとか、責任感があるという他の属性に優越するととらえるのは、やや偏《かたよ》ってはいないだろうか。

しかし、いまの世の中、勉強や仕事のできが良ければ、他の属性の免罪符として認めてしまいがちなところがある。

これは恐らく、太平洋戦争敗戦後、何もないところから急ぎ足で、今日の日本をつくってきた私たちの社会が、勉強や仕事面で能力の高い人に重きを置いたことの必然なのかもしれない。

しかし、面倒見の良さとか優しさとか人付き合いの良さとかいう、人間が人間らしく成長し、生きていくのに大切な要素が、他の強力な免罪符に置き換えられていくとしたら、これは明らかに、人間社会としては偏ったところがあると言わねばならない。

だが、「ズッコケ」の世界では、勉強や仕事はあまりできないかもしれないが、他の属性をたくさんもった登場人物たちが活躍し、私たちはそれを読んで元気づけられている。

こう考えると、「ズッコケ」は人間のかなり本質的な部分に根ざしたものであり、それだからこそ、読んでおもしろい作品なのだという気がする。ここにおそらく、「ズッコケ」がこれからも読みつがれていくだろうとの予感の源泉がある。

欲をいえば、私たちは今後、「ズッコケ」の世界のように、人間として多様な属性をもち、お互いに認め合える社会を築いていくことが大切なのであって、そうした社会を求める気持ちが私たちにあるかぎり、「ズッコケ」は私たちとともにあり続けるだろう、そう感じたりするしだいである。

ズッコケ三人組の大事典Ⅱ

石井直人・宮川健郎 編

『ズッコケ山岳救助隊』（第21巻）から『ズッコケ三人組のバック・トゥ・ザ・フューチャー』（第40巻）までの二十冊に登場する主要人物や重要事項をとりあげて解説した。これを読めば、君も、ズッコケ博士！

ズッコケ三人組の大研究Ⅱ

芦野社長【あしのしゃちょう・人名】芦野賢三。ミドリデパートの経営者。五十歳くらい。ぱりっとしたスーツ姿で、黒々とした髪を七三にわけ、日焼けした面長の顔は、映画俳優のようにハンサムである。『ズッコケ怪盗Xの再挑戦』で、同デパートで八月十七日からひらかれる「世界の宝石展」にXから犯行予告がとどき、芦野社長は、三人組に警備の協力をしてもらうことにする。が、フランスのルーブル博物館から借りたリージェントという一四〇・五カラットのダイヤなど、有名な宝石は、盗まれてしまう。彼は、警察にだまって一人でXと取り引きをしようとする。→怪盗X、権藤警部

有本秋人【ありもとあきと・人名】花山町子ども会の世話人。花山商店街でおもちゃ屋を営む。大学時代に山岳部に所属していた。『ズッコケ山岳救助隊』で、子ども会の夏休み行事として「八方山登山合宿」を企画し、リーダーをつとめる。が、天気の予想に失敗して、熱帯性低気圧による霧と大雨のために、ハチベエたちが行方不明になってしまう。四十歳をすぎたばかりだが、前頭部がきれいにはげあがっているのが特徴。有本真奈美・一郎の父親。→大村みゆき、八方山

池本浩美【いけもとひろみ・人名】花山第二小学校五年一組の放送委員。アナウンサー志望。『ズッコケTV本番中』で、先輩のモーちゃんを慕って、三人組といっしょに放火魔事件を取材したビデオ作りに加わる。が、放送部の仕事をさぼってビデオのリポーターをしていたとわかり、六年生の藤井里香に非難される。わかってしまった原因がハチベエのおしゃべりだったことから、モーちゃんは、めずらしく怒り、ハチベエと本気のケンカになる。→藤井里香

大川小の三人組【おおかわしょうのさんにんぐみ・グループのよび名】ミドリ市の大川小学校の三人組。三人の容姿が「ズッコケ三人組」とよくにている。『夢のズッコケ修学旅行』で山陰方面を旅行中になんどか出会う。ドライブインで「花山の山ザル」といわれ、ケンカになりかかるが、大鳥湖畔の松野市で、彼らが中学生の不良に金をせびられているところを、ハチベエたちが助けて仲良くなる。大川小学校は、川向こうにあり、花山第二小学校のとなりの学校。

大村みゆき【おおむらみゆき・人名】『ズッコケ山岳救助隊』で、犯人・種田要一に誘拐された女の子。八雲県羽衣市の小学生。足首に手錠をかけられ、山の中の小屋に閉じこめられていた。花山町子ども会の八方山登山合宿にきていて道に迷ったハチベエたちが、偶然、小屋にたどりついたことによって発見される。くぎを使って手錠のカギをあけてくれたのは、モーちゃんだった。→有本秋人、八方山

海底人【かいていじん・人類】紀元前一万五千年に文明国をなしていたニライ人の子孫。海底の生活に適応できるよ

うに遺伝子操作によって生み出された新しい人類。海底都市をつくり、テレパシーでコミュニケーションする。地球の環境破壊による不幸を心配して、陸上人がニライ人と同じあやまちをくりかえさないように「見守る人」を育成している。しばしば、「カッパ」とまちがえられる。（『ズッコケ海底大陸の秘密』）→知念耕作、藤本恵

怪盗X【かいとうえっくす・人名】正体不明のどろぼうの名前。アルファベットのXの一文字をワープロで印刷したカードを犯行現場に置いていくことから、マスコミが怪盗Xとよぶようになった。変装の名人であり、人殺しはしない。手下とともに、トリックを使った、あざやかな手口で、現金や宝石を盗む。チームワークがとれていることから、かつて倒産した「間沢物産」に関係した会社でいっしょに働いていた仲間なのではないかと、ハカセは推理する。『ズッコケ三人組対怪盗X』で、古美術品をねらって失敗したXは、『ズッコケ怪盗Xの再挑戦』で三人組に復讐するべく、再び姿を現わす。→権藤警部、九条茜、国際学習能力開発センター

川本さやか【かわもとさやか・人名】袋町小学校六年一組の生徒。カンがよくて、未来のできごとがわかることがあるという。『ズッコケ三人組のミステリーツアー』の招待客として両親と三人で参加する。自己紹介で、合唱クラブにはいっているというと、ハチベエは、趣味もおれとぴったりだなどと一人でうなずく。二人は、十年前に「海と山の温泉の旅」で出会っていた。そのときも、一歳のハチベエは、さやかにちょっかいをだして、ぬいぐるみ人形をよこどりしたりしていた。山賀温泉の露天風呂で、ハチベエは、おばあさんの声をさやかとかんちがいして女湯をのぞこうとして、対岸の林に幽霊のような人影を発見する。→山賀温泉、ミドリ旅行社

北校舎・南校舎【きたこうしゃ・みなみこうしゃ・建物のよび名】花山第二小学校には、北校舎・中校舎・南校舎の三棟がある。同校は、ことし、創立百二十周年をむかえる。これを記念して、同窓会の編集で母校の歴史をしるした校誌（定価三千円）が出版された。第一章の「学校の沿革」によれば、いまの体育館やプールがあるところに、南北に並ぶ二棟の木造校舎があった。現在の校舎は、二十年前に完成し、東西に並んでいるにもかかわらず、北校舎・南校舎とよばれている。『ズッコケ三人組と学校の怪談』では、雨のグラウンドに無数のあかんぼうが現われて、子どもたちにおそいかかってくる。ハカセは、校舎の名前とこのおばけの出現に関係があることに気づく。→花山第二小学校の七不思議を考える会

菊花賞【きっかしょう・競馬のレースの名】サラブレッド四歳馬によるクラシック・レースのひとつ。十一月に京都競馬場でおこなわれ、距離三千メートルを走る。『ズッコケ発明狂時代』で、液晶テレビに、未来（三か月後）の菊花賞の実況中継がうつる。一着ワルキューレ、二着フ

ジノホマレで、馬番連勝の百円の馬券にたいして配当金がなんと二十五万三千八百四十円という大ニュースだった。三人組は、これを信じて、実際に馬券を買うのだが……。ちなみに、『ズッコケ三人組の未来報告』の最後で、ハチベエは、「わかんねえぞ、未来のことなんて……」といっていた。↓四次元電波

キャサリン有村【きゃさりんありむら・人名】愛称キャッシー。ハワイ在住の日系四世の女の子。コ・オリナ・リゾートの高級ホテルやゴルフ場のオーナーであるマイケル有村の孫娘。三人組がホノルルのチャイナタウンで迷子になったときに出会って、助けてくれた美少女。『ズッコケ三人組ハワイに行く』で、有村老夫妻は、ハチベエに孫のキャッシーと結婚して自分の事業をついでくれないかと申し出る。↓田浦房

清末老人【きよすえろうじん・人名】花山団地市営アパート旧館の住人。元中学校校長。老人クラブの考古学サークルのメンバーである。『ズッコケ妖怪大図鑑』で、花山神社の片狛犬の根元から権九郎ダヌキの骨を掘り出す。妖術をつかう大ダヌキをよみがえらせ、その力を借りて、古くなった旧館がとりこわされ、自分たちが追い出されるのを妨害しようとする。↓ごくろう塚

九条茜【くじょうあかね・人名】花山第二小学校の四年生。花山西町に住む。父親の九条徹は、ミドリ大学の助教授で心理学者。『ズッコケ三人組対怪盗X』で、夕方、家に帰る道で、「全身黒ずくめの服を着た、七十ちかい老人」から、お父さんにこの手紙をわたしてほしいとたのまれる。これが怪盗Xの犯行予告だった。やがて、茜は、四年一組の藤川美千代先生に変装した怪盗Xの一味によって誘拐されてしまう。↓怪盗X、栖柴肩衝

邦枝正太郎博士【くにえだしょうたろうはかせ・人名】古墳の里資料館館長。ハカセの尊敬する考古学者。主著に『八雲県の古代文化』。作業服を着て、ぼさぼさの白髪頭にタオルではちまきをした、色のまっ黒けなおじさんである。『夢のズッコケ修学旅行』で、トイレにいくふりをして単独行動で面会にいったハカセに、発掘中の「妙源寺三号遺跡」から出土した古代の土笛を吹いてきかせてくれる。ちなみに、『ズッコケ三人組の未来報告』で、三十三歳のハカセは、考古学者になっている。

黒瀬まゆみ【くろせまゆみ・人名】六年三組の生徒。色白でまるい顔の女の子。『ズッコケ三人組のダイエット講座』で、モーちゃんは、となりの席の後藤淳子から黒瀬まゆみの母親が三週間で二十キロやせたときき、まゆみの家にでかけ、ダイエットクラブに紹介してくれるようにたのむ。モーちゃんは、クラブで、「黒瀬さんの紹介だから今回は特別に入会を許可する」といわれる。

国際学習能力開発センター【こくさいがくしゅうのうりょくかいはつせんたー・社名】実在しない。怪盗Xがトリックに使う偽会社。『ズッコケ怪盗Xの再挑戦』で、三人

組に同社からカセットテープが送られてくる。精神をリラックスさせ、潜在的な能力をひきだして、苦手な科目ができるようになる新製品の試供品だという。が、実は、催眠術のテープだった。ハカセとモーちゃんは、暗示にかかって、火事になった九条家の土蔵から茜ちゃんを助けるつもりで「楢柴肩衝」を運びだしてしまう。これが怪盗Xのしかえしだった。→怪盗X、楢柴肩衝

ごくろう塚【ごくろうづか・石碑の名】妙蓮寺の境内にある石碑の名前。江戸時代の元禄八年に、橋爪幸右衛門（花山村の庄屋）が建立したと刻まれている。表に「犬」の一字がある。かつて、花山にあったが、花山団地を造成するために現在の場所にうつされた。稲に害虫がつかないように祈る、「虫封じのまじない塚」と伝えられている。けれども、ほんとうは、権九郎というタヌキの首塚だったことがわかる。当時、家来をひきい、妖術をつかって村人にわるさをしていた大ダヌキを殺して封じたのだった。（『ズッコケ妖怪大図鑑』参照）→清末老人

後藤淳子【ごとうじゅんこ・人名】三人組のクラスメイト。『ズッコケ三人組と学校の怪談』で、オカルトマニアでオカルト現象にくわしいことから、「花山第二小学校の七不思議を考える会」のメンバーに加わる。クラスでいちばんのグラマーで、体格がよいわりに、こわがり。『夢のズッコケ修学旅行』で、吾妻高原のリフトにのるが、こわさのあまりモーちゃんにしがみつき、熱烈なカップルとかんちがいされる。

駒沢民【こまざわたみ・人名】民ちゃん。ハチベエの初恋の乙女。ハチベエは、一年生のころは、女の子にもてたのか、妙蓮寺の境内で安藤圭子たちとままごとをしていたという。そのときの一人。記憶では、おとなしくて、色の白い目の大きな三つ編みの髪の女の子。『ズッコケ三人組のバック・トゥ・ザ・フューチャー』で、ハチベエが再会をはたす。現在は、小林民（こばやしたみ）。ミドリ駅近くの二葉町美鈴が丘のマンションで、離婚した母親と暮らしている。中学一年生。ハチベエというニックネームは、ロックグループのマークスにいた室木八郎（背がひくくて、おっちょこちょい）ににていることから、民ちゃんがつけたのだった。→横田小学校

権藤警部【ごんどうけいぶ・人名】警察官。稲穂県警察本部捜査一課の警部。『ズッコケ三人組対怪盗X』および『ズッコケ怪盗Xの再挑戦』で、事件の捜査を指揮する。Xの逮捕がうれしくて油断し、九条邸から護送する途中に逃げられたり、ミドリ空港でエアメイト航空のパイロットの替え玉に気がつかなかったり、三角デパートの屋上から飛び去るヘリコプターにくやしがったり、ミスを重ねる。が、見方をかえれば、怪盗Xがつかまらずに活躍できるための最重要人物ともいえる。→怪盗X

西条昌昭【さいじょうまさあき・人名】発明家。ミドリ商事株式会社の営業部につとめるサラリーマン。ハカセの父

親・山中真之助係長のもとで働く。機械いじりや工作が趣味で、ミドリ市内の発明教室にかよっている。三人組に特許や実用新案のことを教えてくれたり、ハチベエのラジオ付き雨傘というアイデアを批評してくれる。（『ズッコケ三人組の発明狂時代』参照。）↓ハチベエ発明研究所

死神人形【しにがみにんぎょう・人形の名】『ズッコケ三人組と死神人形』で、死の予告としてとどく西洋の死神をかたどった人形。高さ三十センチ弱。頭蓋骨にわずかな髪の毛、ぽっかりとあいた目の穴、ふぞろいの歯、ミイラのような灰色の体に、深紅の裏地のフードつき黒マントを着ている。右手に大きな鎌をもつ。「プロローグ」で、不動産会社社長、ブティック経営者、映画俳優の三人の死とこの人形のつながりが語られる。↓古川清

ジョン・スパイダー【じょんすぱいだー・人名】ロック歌手。コンピュータ制御の電子楽器をつかったスペースロックの元祖。ヒット曲に『闇のかがやき』など。アメリカでデビューしたけれども、年齢・国籍が不明の謎の人物。死者からのメッセージを作詞作曲して歌うのだという。『ズッコケ三人組の未来報告』は、彼の正体をめぐるストーリーである。日本をさけているようだったが、初来日してミドリ市の市民球場でコンサートをひらく。

スリースターガム【すりーすたーがむ・商品名】ノンカロリー甘味料を使用した風船ガム。スリースター製菓株式会社が一月から発売をはじめた。懸賞つき。ガムの包装紙についている三つ星のシールを十枚集めて送ると抽選で三人のグループ三十組が三泊五日のハワイ旅行に招待される。ハチベエは、くじ運のよいモーちゃんにシールをわたして応募してもらうことにする。（『ズッコケ三人組ハワイに行く』参照）↓ハワイ

瀬戸大橋【せとおおはし・橋の名】岡山県倉敷市児島と香川県坂出市をむすぶ本州四国連絡橋のひとつ。六つの橋からなり、海峡部の全長九・四キロ。一九八八年に完成した。また、体育の組み体操の演技種目のひとつ。『ズッコケ三人組の大運動会』で、六年生の男子がこれを演じる。二つの人間タワーを作り、ハチベエと宮下努がそれぞれのいちばん上に立つ。けれども、予行演習のときにタワーが崩れ、宮下努が落ちて右足を骨折してしまい、運動会に出られなくなる。彼は、ハカセがわざとやったと思い込み、かならず敵《かたき》をとるという。↓宮下努

タイムカプセル【たいむかぷせる・品名】いろいろな品物や手紙などをいれて土に埋め、何年かたってからあけて、当時の生活や考えを後世に伝えるための器。『ズッコケ三人組の未来報告』で、かつての六年一組は、二十年ぶりにクラス会をひらき、卒業記念のタイムカプセルをあける予定だった。が、直前に学校の倉庫から消えてしまう。ちなみに、二十年後、ハチベエは安藤圭子と結婚して八百屋を経営、ハカセは独身で奈良の国立埋蔵物研究所員、

モーちゃんはホテルマンとしてフランス人の妻ジャクリーヌとともにミドリ市のミラクルホテルに勤務している。が、これは、どうもハチベエの夢らしい。→長島崇

田代信彦【たしろのぶひこ・人名】三人組のクラスメイト。馬面少年すなわち顔の長い男の子。『ズッコケ愛の動物記』で、「花山動物園」でニワトリ（雄鶏）のピーくんを飼う。お祭りで買ったひよこが大きくなった。が、タクシー運転手の父親に、鳴き声がうるさくて寝不足になるから処分しろといわれる。とり鍋にして食べられるくらいなら、「ぼく、ピーくんといっしょに家出するから。」という。将来、マンガ家になりたいと思っている。（『ズッコケ三人組の神様体験』参照）

辰巳陽一郎【たつみよういちろう・人名】ミドリ市の企業家。「青が森山荘」のほんとうのオーナーともいわれる。あくどいやりかたの金もうけで、評判がわるい。『ズッコケ三人組と死神人形』で、妻と泊まりにきていたが、車庫が火事になったときから、行方不明になる。→古川清

タヌキ【たぬき・動物名】イヌ科の哺乳動物。雑食性。山地や草原に穴をつくって巣にする。体の大きさは、頭と胴が五、六十センチ、太い尾が十五センチくらいの中型。毛は、茶色で、手足や目のまわりのふちは、黒い。狸または貍と書く。腹鼓を打つ、人を化かすといわれている。それゆえ、とぼけたふりをして実は悪賢くて油断のならない男の年寄を「たぬきおやじ」「たぬきじじい」とよんだりする。『ズッコケ妖怪大図鑑』では、ハカセ、モーちゃんの住んでいる花山団地の周辺に、タヌキのあやつる妖怪や幽霊が出没する。このタヌキと子どもたちが連れてきた犬が戦う。→ごくろう塚

田浦房【たのうらふさ・人名】『ズッコケ三人組ハワイに行く』のマイケル有村の母。ミドリ市の商家の一人娘だった。花山町の八百屋の八谷良吉と婚約するが、三角関係にあった有村茂三郎とかけおちして、ハワイに移民する。明治四十一年十一月、結婚式の五日前のことだったという。ハチベエは、八谷良吉のひ孫なのか？→キャサリン有村

稚児舞い【ちごまい・舞踊の名】花山神社に古くから伝わるおどり。江戸時代の終わりから秋祭りの宵宮に奉納されていた。が、戦時中にとだえていた。戦前の秋祭りを撮影した八ミリフィルムが発見され、六十年ぶりに復元される。神楽から生まれたらしく、六人の子どもたちが刀をもって、はげしくおどる。昔から、夢とも幻ともつかない体験をして、意識がもどらないといううわさがある。東南アジアのシャーマン（巫覡《ふげき》）の動作ににているともいう。『ズッコケ三人組の神様体験』で、ハチベエも「稚児舞い」の練習中に記憶力がよくなって百点をとったり、「神様体験」をする。→花山神社

知念耕作【ちねんこうさく・人名】世界的な実業家。三年前に引退してタカラ町の別荘で暮らす。海岸も買い取って、

ドーベルマンを放ち、立入禁止にしている。カッパのうわさをひどくきらう。『ズッコケ海底大陸の秘密』の海底人によってえらばれた「見守る人」の一人だとわかる。別荘は、八谷不動産が世話した。→海底人、八谷勝義、藤本恵

坪谷玲二【つぼたにれいじ・人名】花山第二小学校三年二組の生徒。『ズッコケ愛の動物記』で、モーちゃんたちが廃工場で子犬を飼っていることを知って、家で飼えない二匹の子ネコをつれてくる。子ネコは、母ネコのクロが口にくわえて家につれかえってしまうが、玲二は、次にヘビ（アオダイショウ）の入った水槽をかかえてくる。ハチベエは、ヘビが苦手らしいが、意外に荒井陽子をはじめとするクラスの女の子に人気があって見物人がふえる。これをみて、ハカセは、柳池でつかまえたイモリやウシガエルのおたまじゃくしなどの野生生物を飼育してみようと思い立つ。→花山動物園

ドラゴン部隊【どらごんぶたい・グループ名】『参上！　ズッコケ忍者軍団』で、三人組たちの「忍者軍団」と戦った部隊。隊員は、花山第一小学校の五、六年生およそ二十名。リーダーで創設者の森茂男は、花山中学生。ナンバー・ツーは、片山健作。八幡谷にテントをはって秘密基地とよび、数万円のエアガンでコンバットごっこをくりかえす。野外でバーベキューをしたり、勉強もする。最後は、ハカセの知略によって「戦争」に敗ける。→忍者軍団、八幡谷

内藤省吾【ないとうしょうご・人名】映画俳優、アクションスター。『夢のズッコケ修学旅行』で、花山第二小学校の一行は、中国山地の吾妻高原ハイランドにたちより、野外ロケに行き合う。それが、内藤省吾主演の『非情の掟』の撮影だった。ハチベエは、荒井陽子たちの代わりにサインをねだりにいき、彼から映画に出演しないかといわれる。死体の発見者になる山村の子どもの役なのだが、クラスメイトは、ハチベエが出演できるなんてホラー映画なのかなどといっている。

長嶋崇【ながしまたかし・人名】三人組のクラスメイト。『ズッコケ三人組の未来報告』の中の未来では、ロックがやりたくて、家出同然にアメリカに渡って行方不明となり、十八歳で車ごとガケから転落して死んだことになっている。が、現実の長嶋崇は、将来、吹雪純之助の芸名で演歌の歌手になりたいという作文を書いてタイムカプセルに入れる。「男命の純情歌」を口ずさむ。→タイムカプセル

名越修次【なごししゅうじ・人名】花山第一小学校の六年生。フランケンシュタインの人造人間を連想させる顔をした男の子。花山神社の氏子総代・寺島老人の孫。『ズッコケ三人組の神様体験』で、「稚児舞い」の主役をつとめる。→稚児舞い、花山神社

楢柴肩衝【ならしばかたつき・茶器の名】大名物楢柴肩衝。九

条家に伝わる国宝級の茶入れ。高さ二十センチ未満の小さな陶製のつぼ。別名、博多肩衝。中国からもたらされ、徳川家の宝物として江戸城にあったが、行方不明になっていたもの。『ズッコケ三人組対怪盗X』で、Xがねらう。売れば一億円以上という。が、持ち主の九条徹は、娘を誘拐され、未練なく茶器を手放す。「九条さんの宝物は、あんな古くさいつぼじゃなくて、茜ちゃんなんだね。」とハカセは、感心する。→怪盗X、九条茜

忍者軍団【にんじゃぐんだん・グループ名】『参上！　ズッコケ忍者軍団』で、結成された戦闘集団。六年生が三人組と荒井陽子・榎本由美子・安藤圭子、五年生が貝原勇介・松崎浩司、四年生の中村翼と二年生の大輔の兄弟、野犬のエス。それぞれが忍者の名前を名のる。ハチベエ＝伊賀の小猿、ハカセ＝風魔正太郎、モーちゃん＝根来の三吉。はじめ、別のメンバーで「タイガー部隊」を作り、第一小の「ドラゴン部隊」と戦ったが、ハカセとモーちゃんが捕虜になり裸にされてしまう大敗北。ハカセは、しかえしに燃えてゲリラ戦を提案し、さまざまな武器や戦法を考えだす。→ドラゴン部隊、八幡谷

ハチベエ発明研究所【はちべえはつめいけんきゅうじょ・施設名】八百八の裏手の倉庫のこと。『ズッコケ発明狂時代』で、ハカセは、夏休みの自由研究に発明をして特許をとるつもりだという。うまくいけば大金持ちになるときいて、ハチベエが父親から倉庫を借り、ハカセの集めたガラクタや工具をもちよって研究所にした。特許とは新しい発明について他人が無断で商品化したりしないように発案者に独占権を与えることだけれど、モーちゃんが知っていたのは「東京特許許可局」という早口ことばだった。→四次元電波

八幡谷【はちまんだに・地名】花山町と花山中町の境目にある谷。正式の地名ではなく、子どもたちがつけたよび名。ふもとに八幡さま（花山神社）がある。この谷の奥にカブトムシやクワガタムシがたくさんとれるクヌギ林があり、花山第二小学校のかぎられた子どもだけが知っている。『参上！　ズッコケ忍者軍団』で、夏休みに五年生の貝原勇介と松崎浩司がでかけると（二人に場所を教えたのはモーちゃん）、第一小の連中が八幡谷を占領していた。二人は、捕虜になり、逃げるところをエアガンで撃たれる。これがきっかけで、ハチベエたちと第一小の「戦争」になる。→ドラゴン部隊、忍者軍団

八谷勝義【はちやかつよし・人名】八谷勝平の弟。ハチベエのおじさんにあたる。八谷不動産社長。ミドリ市出身だが、会社は松山市、自宅は愛媛県タカラ町にある。妻、俊子。『あやうしズッコケ探険隊』の「四国のおじさん」と同一人物か。タカラ町は、佐田岬半島の瀬戸内海側のつけ根にある小さな港町。マリンレジャー施設や別荘地がある。三人組は、夏休みにハチベエのおじさんのクルーザー・ラルゴ三世号にのせてもらって海釣りをしようと

タカラ町にやってくる。ここで「カッパ伝説」を知る。（『ズッコケ海底大陸の秘密』参照）

八方山【はっぽうざん・地名】中国山地の山のひとつ。稲穂県と八雲県の県境にある。標高一三二六メートル。『ズッコケ山岳救助隊』の舞台となる。花山町子ども会は、八月二十五日から二泊三日の予定で八方山から海見岳を縦走する登山合宿に出発する。が、三人組と有本真奈美の四人は、八方山の頂上をこえた草原で濃霧（ガス）にまかれて道に迷い、遭難してしまう。このことが、別の誘拐事件の解決につながる。→有本秋人、大村みゆき

花山音頭【はなやまおんど・歌の名】花山町の愛唱歌。また、その踊り。春に一般公募した新しい歌に、花山第二小学校の国頭恵子先生（体育専科の教員）がふりつけをした。『ズッコケ三人組の大運動会』で、十月十日におこなわれた秋の運動会の最後の種目として六年生全員、ＰＴＡ、地域の有志、教職員がこれを踊った。また、『ズッコケ三人組の神様体験』でも、花山神社の秋祭りに「花山音頭」のパレードがあった。

花山神社【はなやまじんじゃ・神社の名】土地の氏神。八幡神をまつる。別名、花山八幡宮、八幡さま。花山中町の丘の中腹の小さな神社。国道から参道をすすみ、石段をのぼった高台にある。境内が上下二つあり、上に本殿、下は広場になっている。社務所はなく、ミドリ市内の常磐神社の神主・千草宮司が神事をとりおこなう。『花のズッコケ児童会長』で、ハチベエが正義館道場の津久田茂たちにリンチされていた皆本章（ネズミ）を助けようとしたのも、この境内か。『ズッコケ三人組の神様体験』では、十月第四日曜日の秋祭りをもりあげようと、「手作りおみこしコンテスト」と「花山音頭大パレード」というイベントがおこなわれる。また、六十年ぶりに「稚児舞い」という子どもの剣舞が奉納されることになり、ハチベエは、本番めざして練習を重ねる。→名越修次、稚児舞い、八幡谷

花山第二小学校の七不思議を考える会【はなやまだいにしょうがっこうのななふしぎをかんがえるかい・会の名】「学校の怪談」の創作グループ。『ズッコケ三人組と学校の怪談』で、花山第一小学校に七不思議があって第二小にないのがつまらないなら、七不思議をつくればいいというハカセの提案でできた。三人組、金田進、田代信彦、荒井陽子、榎本由美子、安藤圭子、後藤淳子、水島かおりの十人。実際にはモーちゃんの考えた「給食おばけ」をいれて八つの話ができたので、「花山第二小学校の八不思議を考える会」に改称。でも、本人たちが新しく創作したつもりだったのに、ハチベエの父親たちが学んだ木造校舎時代にあったという忘れられていた怪談にそっくりだったのは、なぜ……。→北校舎・南校舎

花山動物園【はなやまどうぶつえん・施設名】『ズッコケ愛の動物記』で、ハチベエが計画する。ＪＲ花山駅の北側に

ある廃工場の空き地で、いらなくなったペットを飼育して動物園にしようとする計画。モーちゃんは、花山団地の坂道で子犬をひろうけれど、アパートはペットが許可されていないうえ、雑種のメスは、もらいてが見つからない。そこで、三人組が廃工場で世話することにしたのだ。やがて、田代信彦のニワトリ、安藤圭子のリスザル、坪谷玲二のアオダイショウ、学校のウサギなどがふえていく。が、工場の敷地の売却が決まって、立ち退きを命じられ、「花山動物園」は、おしまいになる。→田代信彦、坪谷玲二

ハワイ【はわい・地名】 一九五九年からアメリカ合衆国の州のひとつ。太平洋の中央部にある。八つの大きな島と多くの小さな島からなる。旧称は、サンドイッチ諸島。州都は、オアフ島のホノルル。かつてはサトウキビの栽培がさかえたが、いまは観光が中心。「明治以来日本からの移民がおおく、現在ではハワイ人口の約二十三パーセントが、日系住民」だとハカセは本で読んだそうだ。『ズッコケ三人組ハワイに行く』で、三人組は、もちろんハワイにいくのだ。

ビューティ・ダイエットクラブ【びゅーてぃ・だいえっとくらぶ・会の名】 黛加奈子が主催するダイエットクラブ。高砂町のマンションの一室にある。先生こと黛加奈子は、紫色のレオタードに白いネッカチーフを首にまいた痩身の女性。彼女は、エステティックサロンのような商売ではなく一種の研究会だという。モーちゃんは、貯金をはたいて十万円の会費を払う。トレーナーすがたの女性にまじって、イメージトレーニングをしたり、ダイエット食品をもらったりすると、食欲がなくなり、体重が減ってゆく。やがて、クラブは、警察の捜査を受け、インチキだったとわかる。だが、ダイエットをやめても、モーちゃんは、どんどんやせていってしまうのだった。（『ズッコケ三人組のダイエット講座』参照）

深見弥生【ふかみやよい・人名】 神戸市の福池小学校の六年の女の子。『ズッコケ脅威の大震災』で、彼女の手紙がハチベエにとどく。阪神・淡路大震災にあい、家が全焼して、父親がなくなり、二か月間の避難所生活をしたという。が、「こんどはわたしが、あなたに元気をわけてあげようと思います。どうか、わたしの元気をうけとってください。」ただし、ハチベエがありがとよ、とつぶやいた方角は、沖縄方面だった。地理が苦手なのだろう。→平成〇年稲穂県南部地震、ミドリデパート

藤井里香【ふじいりか・人名】 三人組のクラスメイト。六年一組の放送委員。五年生の一年間も同委員だった。声がよく、話し方がはっきりしていて、放送部制作の「委員会だより」や「おもしろクイズ」のアナウンサーをつとめる。四月のホームルームで、清水学が給食委員に立候補したため、モーちゃんがもう一人の放送委員に決まる。彼は、ハチベエ、ハカセと公園や駅前でビデオを撮って

カメラの練習をするが、藤井里香は、素人にならってもだめだという。(『ズッコケTV本番中』参照)→池本浩美

藤本恵【ふじもとめぐみ・人名】タカラ町の女の子。いかにも海の町の育ちらしく、目のくりくりした、日にやけた健康美人。父親は、藤本剛。職業は大工だけれど、地元のダイビングクラブの会長。人工のピラミッドだといわれている三角岩の付近でカッパの巣をさがしていて行方不明になった。恵は、三人組といっしょに父親をさがし、カッパのうわさをたしかめようとする。やがて、四人は、海底都市につれていかれるはめになる。(『ズッコケ海底大陸の秘密』参照)→海底人、知念耕作

古川清【ふるかわきよし・人名】青が森山荘のオーナー。サラリーマン時代にハカセの父親の部下だった。青が森山荘は、中国山地の滝口温泉の奥にあるペンション。古川清・登志子夫妻が経営する。『ズッコケ三人組と死神人形』で、三人組は、クリスマス・イブからここに宿泊する。が、山荘にとどいたひとつの小包は、「死神人形」だった。その夜、車庫が火事となり、焼けた人の骨がみつかる。荒れ模様の天気がつづき、外部と連絡がとれなくなる。→死神人形、若森礼奈

平成○年稲穂県南部地震【へいせい○ねんいなほけんなんぶじしん・地震のよび名】『ズッコケ脅威の大震災』において、四月十九日(日曜日)の午後一時三分ごろ、稲穂県南部で発生した地震。震源地は、ミドリ市の南方十キロにある黒瀬島付近の海底。震源の深さは、二十キロ。地震の大きさは、マグニチュード7・3、地震のゆれがもっともはげしかったミドリ市から坂城郡かけて、震度7の激震が観測された。六年一組の四十二人は、けが人がいたけれど、全員無事だった。が、花山商店街は火災になり、ハチベエの家が全焼。ハカセとモーちゃんの住んでいる花山団地の市営アパートは二号棟と五号棟が倒壊。三人組は、花山第二小学校で、避難所生活をすることになる。→深見弥生、ミドリデパート

放火魔【ほうかま・犯罪者のよび名】火事をおこすためにわざと火をつける放火をくりかえす犯人のこと。花山町では三月から、ラーメンの屋台や花屋のごみ箱が燃える事件がつづき、商店会も夜間のパトロールを始める。そして、三人組が火事の現場で撮ったビデオにあやしい人物が映っていた。(『ズッコケTV本番中』参照)

ミドリデパート【みどりでぱーと・店名】ミドリ市の繁華街、紙屋町交差点にあるデパート。『ズッコケ脅威の大震災』で、モーちゃんの家族三人は、ミドリデパートに買物にきていて、十一階にあるファミリーレストランで食事中に地震にあう。ちなみに、モーちゃんは、チャー飯を口に運ぼうとしていた。まもなく、厨房から火事になる。エスカレーターを歩いて下りて外に逃げる途中、モーちゃんは、逃げそびれたどこかのおばあさんと二年生くらい

の女の子を助ける。「不思議なことに、おばあさんをせなかにおぶったとたん、モーちゃんのからだにもりもりと力がわいてきた」のだった。また、ミドリデパートは、『ズッコケ怪盗Xの再挑戦』で「世界の宝石展」の会場になっている。→芦野社長、平成〇年稲穂県南部地震

ミドリ旅行社【みどりりょこうしゃ・社名】ミドリ市紙屋町の旅行会社。『ズッコケ三人組のミステリーツアー』で、創立十周年記念としてゴールデンウィークの五月三、四、五日に二泊三日のミステリーツアー（目的地やコースを秘密にした旅行）を企画する。ハチベエの家に三枚の招待券がとどくが、両親（八谷勝平・よね）が酢ダコで食中毒になり、かわってハカセとモーちゃんがいくことになる。が、バスにのって出発した参加者は、おたがいにどこかで会ったことがあるように感じる。添乗員の木島義文、藤崎和子は、同社社員。→山賀温泉

宮下努【みやしたつとむ・人名】六年四組の転校生。花山上町の住吉銀行社員アパートに住む。兄の宮下学は、中学の陸上部。弟も足が速い。『ズッコケ三人組の大運動会』で、ハチベエは、五十メートル七・四〇秒という全校一の記録をもっていたが、徒競走の練習中にはじめて宮下努にトップをうばわれる。（予行演習ではハチベエが勝つ。）モーちゃんをなぐったり、ハカセをうらんだり、性格がわるい。が、兄がアキレス腱を切って選手をやめたのは自分のせいだと悩んでいたとわかる。→瀬戸大橋

山賀温泉【やまがおんせん・観光地の名】『ズッコケ三人組のミステリーツアー』の二日めの宿泊地。中国地方の山中にある。深い谷川にそって三、四の旅館があるだけの小規模な温泉。ハチベエたちは、いちばん奥まった「山賀旅館」にとまる。ここは、ミドリ旅行社が十年前におこなった「海と山の温泉の旅」でも宿泊したが、当時、ツアー客の国本という四十くらいの男が谷底に転落死したのだった。酒ぐせがわるく、他の客とトラブルを起こしていたため、警察が事故か殺人かについて捜査したという。そして、いままた同じ場所でミステリーツアーの一人が死体で発見される。→川本さやか、ミドリ旅行社

横田小学校【よこたしょうがっこう・学校名】タチバナ市にある小学校。ハカセが一年生の十月から二年生の五月まで通学した。ハカセの母親が交通事故で入院したため、ハカセと妹の道子は、母方のおじいさんの家にあずけられた。ハカセは、白鳩幼稚園に通っていたころまでは、しょっちゅう熱をだして、病気がちだったけれど、タチバナ市に住むようになったとたん、健康になったという。ハカセというニックネームは、メガネをかけはじめたのを見て、横田小学校の友だちがつけてくれた。『ズッコケ三人組のバック・トゥ・ザ・フューチャー』で、ハカセの母親の交通事故（ひき逃げ事件）と駒沢民の転校に関係があったことがわかる。→駒沢民

四次元電波【よじげんでんぱ・物理学用語】われわれが感知

できる三次元空間ではなく、宇宙の多次元空間（ここでは四次元）をとおりぬけた電磁波。『ズッコケ発明狂時代』で、テレビがふしぎな電波を受信するようになったわけについての「ハカセの難解な解説」にでてくる。ハチベエの家の裏手にある電柱に落雷があり、何万ボルトという電流が流れた影響で、「発明研究所」においてあった液晶テレビが未来の電波をキャッチする機能をもったか、あるいは、未来の電波が流れこむ空間のひずみができたかだという。このテレビに、アイドルの婚約や競馬のレースや落雷事故などの未来の映像がうつる。→菊花賞、ハチベエ発明研究所

ローレル指数【ろーれるしすう・保健用語】栄養指数のひとつ。やせているかふとっているかを判断する数値。体重を身長の三乗で割って十の七乗をかける。標準値は一一五から一四四。ハチベエは、身長百三十八センチ、体重三十キロ。ハカセの計算によると「きみのローレル指数は一一四だから、ごくごく標準ということになるね。」ハチベエは、背はひくいけれど、身長と体重のバランスは理想的なのだ。でも、「世のなかというのは、いろんなタイプの人間がいるから楽しいのです。」（『ズッコケ三人組のダイエット講座』「あとがき」参照）

若葉保育園【わかばほいくえん・施設名】モーちゃんが通った三篠町の保育園。彼は、花山団地の市営アパートに小学校入学の一か月前に引越してきた。花山第二小では一年三組で、大坪先生のクラス。モーちゃんというニックネームは、学校に通うとき、モーちゃんのお姉さんが、のろのろと歩いている弟を「もー、ちゃんと歩きなさい。」と口癖のように注意していたことからつけられた。ちなみに、ハカセは、花山団地の白鳩幼稚園で、一年生は山路先生のクラス。（『ズッコケ三人組のバック・トゥ・ザ・フューチャー』参照）→横田小学校

若森礼奈【わかもりれいな・人名】「青が森山荘」に宿泊した女子大生グループのひとり。学校は東京だが、実家が岡島県にあるという。田所麻衣、川崎若菜、北村佐代子の友だちでリーダー格。目の大きな女性で、ハチベエにスキーを教えてくれる。北村佐代子は、ハカセといっしょに事件の推理をするが、やがて、彼女も遺体で発見される。（『ズッコケ三人組と死神人形』参照）→死神人形、古川清

『ズッコケ』愛読者大座談会

一九九九年一月六日、ポプラ社にて

ズッコケ三人組の大研究Ⅱ

（出席者）阿久戸哲也（小学六年生）
橋本奈々子（中学一年生）
林　利紗（小学四年生）
廖　沙織（小学六年生）
（司会）飯塚宣明（ズッコケ三人組ファンクラブ会長）
（構成）石井直人・宮川健郎

●座談会まで●

まず、一九九八年の夏、ズッコケ三人組ファンクラブのメンバーに、ファンクラブの会報といっしょに、愛読者座談会への参加者募集のチラシを送った。参加したい人は、『ズッコケ』への思いをつづった作文を書いて応募してもらうことにしたのである。

あつまった作文は、それほど多くはなかったのだが、おもしろいものが、いくつもあった。石井直人《いしいなおと》と宮川健郎、それにポプラ社編集部で作文を読み、四人の小中学生に座談会に出席していただくことにした。

座談会は、一九九九年一月、冬休みのある日に行われた。司会をしてくださったのは、ズッコケ三人組ファンクラブ会長、飯塚宣明さんである。当日は、飯塚さんを中心にかなり長い時間、和気あいあいと話をしたのだけれど、ここでは、そのところどころを活字にする。

それより先に、まず、座談会に参加してくださった四人の作文を紹介しよう。

リーダーは、だれだ？

林《はやし》　利紗《りさ》

ズッコケ三人組でリーダーをねらっているのは、第一こうほがハチベエで、第二こうほがハカセではないだろうか。第三こうほ者は…というといない。内気なモーちゃんは、自分でりっこうほしないからだ。

ここで一つ課題ができる。だれが一番リーダーにふさわしいか。それが問題だ。まず、ハチベエのプロフィールから、見てみよう。

本名、八谷良平。両親が花山商店街で八百屋をけい営している。兄弟はいない。十二月一日生まれ。AB型、いて座。身長一三七㎝。体重は……これが女の子なら書かないが男だから書こう、三八㎏マイナス一〇㎏だ。すきなことがいたずらとけんかというのが変わっている。まあ、ハカセの読書、実験というのよりはいいだろう。好きな色が赤。うん、これはリーダー感を持って堂々といばれる人が好きな色だと思う。好きな食べ物、これが問題だ。ビフテキとラーメン。どう考えてもつり合わない。成せきは、体育以外は、そんなにできない。だがかれの足の力はすごい。世界のマラソン選手の記録をあざやかに消していくにちがいない。それほどかれの足の力はすごいのだ。

第一こうほ者、ハチベエリーダーはズッコケ三人組を変えていくだろう。けんかっぱやい、世界の歴史に残るマラソンチームに……ということで、ハチベエは、あまりリーダーにむいているとはいえないだろう。

「では、ハカセに決定だ。」と考える人はせっかちだ。この文を読んでいる君はかちこち頭のトイレ好き人間がリーダーになれると思うかい？　そうは思わないだろう。まあ、とにかくかちこち頭のトイレ好き人間ハカセ君のプロフィールを見てみよう。

本名、山中正太郎。妹に、山中道子がいる。六月六日生まれのふたご座。A型。好きな食べ物がお茶づけ。これはかわっていると思う。好きな色が青……ということは、わりとクールな人間だということだ。なぜ青が好きだとクールなのか。それはわからない。だけどいろいろな説を見ても、青が好きだとだいたいクールな人だと記されている。シンプルだという説もあるがかちこち頭のトイレ好き人間ハカセ君にはどちらもあっているといえる。

よってハカセリーダーがたん生するとかちこち頭トイレ好き人間があと二人たん生するということだ。よってハカセ君はリーダーには好ましくない。

そうするとリーダーこうほがいないではないかというといるのだ。自分でりっこうほしなくても、選ばれるということができる。つまりリーダーにふさわしいのは、モーちゃんなのだ。理由はかんたんだ。モーちゃんなら自然のままのズッコケ三人組を作っていけるからだ。モーちゃんというのは、いつでもマイペースをたもっている。それに緑という色が好きだ。緑という色は自然の色だ。つまり自然のままにあやつっていけるのではないかということだ。モーちゃんリーダーにばんざい！

LOVE♥LOVE♥ハカセ

廖《りょう》　沙《さ》織《おり》

私は入会してから一年ほどの新米会員です。ズッコケの本を読み始めたのは、四年生の、春です。けれども今ではすっかりはまって、おこづかいがたまったら、すぐ本屋へ行きズッコケシリーズを買いに行きます。

そんな私の大大大好きなキャラはハカセです。初めてハカセを見た時、ハカセのトイレで本を読むという事がと～ってもおかしくて私もまねをしたら、

「本当だ。問題がスラスラとける！」

と、思ったほどです。その後、お母さんにトイレに机をつけてと言ったら、おこられました。まあそんな話は後にして、本当にハカセは、私の探し求めていたキャラなのです。私は今までに、本をたくさん読みましたが、どの本も、どのキャラも私の心を満たしてはくれませんでした。だからハカセを見た時、なんでもっと早くこの本を見なかったんだと、思い悲しくなりました。なぜかハカセは他の本のキャラとはちがうのです。それは、ちょっと変わった人柄のせいかもしれません。いくら、勉強してもその努力はむくわれない性格は、なぜかひきつけられます。でもハチベエに色々言われたら、私も悲しくなります。だから那須先生にお願いしますが、ハチベエにそんな事を言わせないようにきびしく言っといて下さい。ハチベエ、そんな事言ったらダメだよ。ハカセもハカセなりにがんばっているんだから。と、お説教はこれぐらいにして、そろそろ私がハカセを好きな理由のまとめといきましょう。私がハカセを好きな理由。

その一。ハカセは、ぎ問をもったらすぐ調べるタイプである。ものしりタイプはカッコイイから私は、ハカセが大好きです。

その二。友達をとても大切にする。これは、ハチベエにもモーちゃんにも言えることです。

その三。どんな事件が起きても、決して希望をすてない。これもハチベエにも言えることです。では、なぜ私はハチベエではなく、ハカセを選んだのでしょう。それは、

その四。ハカセはハチベエとちがい、あきっぽくな

い。これはたんじゅんに、私があきっぽい性格なのであきっぽくない人をそんけいします。私がハカセを好きな理由はたった四つですが、私にとっては重要な四つなんです。ハチベエやモーちゃんにはない、ハカセだけがもっているおかしな(?)性格。私が探し求めていた性格。だからハカセが大好きなんです。そのらっきょうにメガネをかけたような顔も、大好きなんです。もちろん、ハチベエもモーちゃんも那須先生も前川先生も高橋先生も、宅和源太郎先生も(笑)好きです。でも、ハカセはその何倍も、何十倍も私の心をおかしくしてくれました。もうハカセなしでは生きてはいけません! 本当です。もう、LOVE♥LOVE♥ハカセという気分です。

最後になりましたけど、私は台湾人です。でも、ズッコケを思う気持ちは国なんて、関係ないと思います。

ズッコケ脅威の大震災を読んで

阿《あ》久《く》戸《と》哲《てつ》也《や》

ぼくは、今まで大きな地震にあったことがない。だから地震には無関心だ。しかし、この本を読んでみて、地震は大変なものだと分かった。

もしあなたの町に突然、大きな地震が来たらどうだろう。あなたならにげるだろうか。ぼくならにげて、他人のことなど考えずに、自分だけは安全なところにいくだろう。

しかし、ズッコケ三人組はちがう。危険なところにいる家族などを助けに行ったのだ。こういう所はたとえ物語の中の話でも見習いたいと思う。

さて、この話は地震の話だが「ズッコケ」という題だけあって、どこかズッコケている。そう、大地震という中でもズッコケたおもしろさがある。ぼくはこの本のそういうのが好きでこのシリーズを読んでいる。

さて、前に書いた様にこの話は地震だが、おもしろかったりする場面がいくつかある。例えば、地震にあったのに、それでも食いしんぼうのモーちゃんは配給されるものをどんどん食べたり、ハチベエはみんな元気なのに、父が死んで、友達の家族はみんな大けがをしてしまったと、ボランティアの人に言ったりして、本当に地震にあったのと思うくらい明るくて、たのしい場面がこの話にはある。こういう場面はおもしろくておもしろくて何度読んでも笑いがこみあげてくる。そう、このズッコケ三人組シリーズは、何度読んでもつい笑ってしまうほどおもしろいのだ。おもしろいだけでなく、たまには、役に立つ様なことが書いてあるのだ。つまり役に立つ本でもあるのだ。ぼくはおもしろくて役に立つ本、これほどいい本はないと思う。

この本の全ての感想をまとめるととにかくおもしろくていい本だということ。

ズッコケ三人組、このシリーズはとてもおもしろいのでみなさんにもぜひ読んでほしい。

すごいぞズッコケパワー!

橋本奈々子《はしもとななこ》

ズッコケって、今思うとすごい本ですね。あんなに分厚いのに読者をあきさせないじゃないですか。それも三十七巻もあるのにマンネリ化しないんですよ。そこがすごいです。それも読み終わったとき、ただの「あ〜、おもしろかった」じゃなくって、そのあとを考えさせられるんです。そして、ズッコケパワーをもらっているような気になるんです。じゃあ、そんなズッコケパワーの源って何かなあ。わたしは、パワーの源を探してみました。

主に登場するのはハチベエ、ハカセ、モーちゃんの仲良し三人組。どこにでもいそうな少年です。だから、その三人にすごく親近感がわくんですよ。ハチベエの起こしたささいなけんか。ハカセと道子の朝のトイレの奪い合い。モーちゃんのマイペースな行動。こういうのあるあるって、つい読みながらにやけてしまいます。だけどそのあと、「えっ!?」と思う様な行動にでるんですよね。そこがおもしろかったり、

「三人組らしいなあ」なんて思えるんです。もう、同じクラスの友達のような見方になってますね。そこが、身近に感じられて、ズッコケの世界に入ってっちゃうんです。三人組といっしょに、くやしがったり、喜んだり感動したり……。だけど、身近に、こういう三人組ってあんまりいませんよね。読書家、スポーツマン、マイペースな子。性格バラバラなのに何で仲いいんだろうって。でもそれは、この三人組だから成立してるんだと思うんです。何しろこの三人は、おたがいを認め合ってるじゃないですか。ハチベエの行動力にモーちゃんは感心してるし、ハカセはハチベエがいたからこそ、自分の計画が実行できたと思っているはずです。そしてハカセのことをハチベエは心の中で尊敬し、モーちゃんは素直に感心している。また、自分達のけんかをモーちゃんがいつも止めてくれていることをハチベエは分かってるし、ハカセは女の子に協力してほしいときはモーちゃんを起用するんです。そんなふうに自分達の個性を生かして、三人以上の力を出す三人組が成立しているのです。この三人組だからこそ、成功するんです。失敗しても、それはそれで友情が深まっているんです。そんな三人組なんですね。

じゃあ、ズッコケパワーの源っていったいなんだったんでしょう。それは、それぞれ性格のちがう個性あふれる三人が集まって生まれる、パワーだったんですね。そのパワーにきっと、はげまされたり、感動できる、言葉にできない何かがひそんでるんでしょうね。

ハチベエ！　ハカセ！　モーちゃん！　これからもわたしに、ズッコケパワーを分けてください。お願いします！

私がファンクラブ会長です

飯塚　ズッコケファンクラブの会長の飯塚宣明です。今から十一年くらい前、ファンクラブが発足したときから、会長をつとめています。

　私が那須先生の『ズッコケ』を初めて読んだのは、小学校六年生のときですから十二歳、今から十九年前です。初めてファンレターを出したのが中学三年生のときでした。『ズッコケ時間漂流記』があるでしょう、あれが最初出たときに、物語のおしまいで、三人組が「時間って、ほんとうに、なんだろうね」と言ったところが、ものすごく印象に残って、ファンレターを出して、それから結構ファンレターを度重ねて出してたんですよ。

　実はきょう着ている服は、「サン・ジョルディーズ・デイ」と書いてあるんですけど、これはズッコケファンクラブが創設されるときに、横浜伊勢崎町の有隣堂という本屋さんで、「ズッコケ祭り」をやったときに、いただいた服なんです。そのときには、鉄パイプを組んで赤じゅうたんを敷いた、そういう特設ステージで、那須先生がサイン会をやったの。今なら那須先生のサイン会だったら、たくさんの人たちが並ぶんですけれども、当時は結構、人が途切れちゃったりして、那須先生がステージに一人だけぽつんと座っていらっしゃいました。私は、いかにしてこっちの方に注目してもらおうかと考えながら、大きな声を張り上げたりしたんですよ。

ズッコケファンクラブ会長　飯塚宣明さん

『ズッコケ』との出会い

飯塚　皆さんは、『ズッコケ』を初めて読んだのはいくつぐらいのときですか？
橋本　小学校四年生。
廖　私も四年生。
阿久戸　三年生か四年生。
林　三年生。
飯塚　最初、何を読みました？
林　『参上！　ズッコケ忍者軍団』。
阿久戸　『参上！　ズッコケ忍者軍団』。
橋本　『ズッコケTV本番中』。
廖　『それいけズッコケ三人組』。
飯塚　じゃあ、最初に読んだその本の感想を聞かせてください。『参上！　ズッコケ忍者軍団』はどうでした？
林　題名がおもしろそうだった。それで、中味もすごく迫力があっておもしろくって、それでシリーズがあるから、それを全部買って読んだ。
廖　何か三人組が協力して悪さみたいなことをしているのが、すごくおもしろかった。
飯塚　『それいけズッコケ三人組』では、トイレットペーパーに、「泥棒に捕まってますから助けてください」と書いて、手紙のかわりにして送る場面があるでしょう、あれがものすごく印象に残ってるんです（第一話「三人組登場」）。

廖　「強盗」じゃない？

飯塚　あ、「強盗」だったよね、スミマセン。はい、それでは橋本さん、テレビのお話は？

橋本　私が『ズッコケTV本番中』を最初に読んだのは、題名がおもしろそうだったのと、あと見たことがあるような絵だったんで選んだんだけど。『ズッコケ』みたいな厚さの本は、今までそんなに読んだことなかったんだけど、『ズッコケTV本番中』って、最後は推理ものみたいになっちゃうじゃないですか。その展開がおもしろかったので、初めてそういう厚い本を読み終えて、ほかのも読んでみようって思った。

飯塚　今まで読んだ『ズッコケ』の中で一番自分の気に入った作品を教えてもらいたいんですけれども。

橋本　『とびだせズッコケ事件記者』。

廖　わたしは、神戸市の中央区から来たんですが、自分の体験とかさなるから、やっぱり『ズッコケ脅威の大震災』。

阿久戸　『参上！　ズッコケ忍者軍団』。

林　わたしも最初に読んだ『忍者軍団』。

飯塚　どういうところが気に入ったんですか？

林　本当に『ズッコケ』という名前のとおり、モーちゃんとかが捕まるときも、後になってから気づくズッコケたところが好きだった。

橋本　私は『とびだせズッコケ事件記者』で、最初の方はハチベエがネタを捜して、自分が自転車で転んだのを勝手に新聞に載せちゃったりして、そこがおもしろかったんですけど、最後の方は本当に自分たちが新聞に載っちゃったっていうのはおもしろかった。

飯塚　重富《しげとみ》フサさんというおばあちゃんが出てたでしょう。探偵ばあさん、どうでした？

橋本　探偵ばあさんのキャラクターがおもしろかった。チラシを勝手に偽札《にせさつ》と間違えちゃって。

三人組でだれが好き？

飯塚　登場人物で誰が一番好きですか？

阿久戸　廖　モーちゃんが一番好きです。

『ズッコケ脅威の大震災』の中でモーちゃんが人を助けてあげるところが、すごくやさしいなって思う。

飯塚　そうですね。モーちゃんは小学校六年生なのにすごい力持ちだな。ところで、林さんは、作文で、ズッコケ三人組の中で、リーダーとして一番ふさわしいのはモーちゃんだって言ってましたけれども、林さんももしかするとモーちゃんが一番好きかな。モーちゃんは人気あるんだね。橋本さんは？

橋本　好きなのですか。私はハカセ。

飯塚　廖さんも、作文で、Ｌｏｖｅ♥Ｌｏｖｅ♥ハカセって書いてる。でも、ハカセとモーちゃんは人気あるのに、何でハチベエは人気がないのかな。私もね、あんまりハチベエがいいなと思ったことがない。だからハチベエに多少冷たいところがあるのかもしれない。

編集部　ファンレターはハチベエが一番多いですよ。

飯塚　那須先生自身は自分をハカセだと思ってる。

石井直人（傍聴者）　だから、あんまりハカセが究極的に何かひどい目にあったりしてないよね。

宮川健郎（傍聴者）　那須先生は、自分を救いたいんだ。

石井　ハチベエは、手ひどい目にあうのにね。

飯塚　ハカセは、でも、もてないよ。

石井　そういう色恋ざたのことは、うそはつけないんだよ。
飯塚　でも、意外にハカセが主人公の話がないですよね。

絵か題名か

飯塚　初めて読んだときに、やっぱり、絵が印象的じゃなかったですか。そうでもない？　それとも題名の方がおもしろそうだなと思った？
廖　まず、題名見てから、そいで絵見て決める。
林　わたしも同じです。
飯塚　題名から入る？
林　題名見て、字の大きさを見て決める。
飯塚　字の大きさね。で、あんまり字がちっちゃいとやめちゃう？
林　読みやすかったらいいけど、読めなかったらしんどいし。
飯塚　漢字がたくさん使ってある本ってどう？
林　あまり好きじゃない。字が細かい方がやや漢字が多い。絵が少なくなるし。
橋本　『ズッコケ』の絵は学校の図書室の歴史の秀吉の本で、漫画が描いてあるのを見たことがあったので。
飯塚　前川かずおさんだ。前川先生、高橋先生がおかきになっている絵、どう思う？
橋本　イメージにぴったりだなと思いました。
飯塚　何かいかにも三人組って感じ。だけど、『ズッコケ』っておもしろい話、楽しい話だから、ああいう感じの絵っていうのは結構いいのかもしれない。

廖　ハチベエが驚いた顔とかそういう表情がすごい出てておもしろい。

林　絵はちょっと変わってるなと思う、ちょっと。ハカセのラッキョウみたいな感じの顔とかはなかなかけないけれど、おもしろくちゃんとかけてる。

飯塚　廖さんはハカセのファンだけど、ハカセの絵はどうですか？

廖　すごくおもしろい。

飯塚　もうちょっとここら辺がこうだったらいいのに、とかっていう注文、何かありますか？

廖　別に、あのままの方がいい。

飯塚　やっぱり好きだから、そのまんまでいいということ？

廖　うん。

飯塚　絵でいうと、ハチベエって色黒でしょう。さっき、話を聞いたら、ハチベエに人気があまりなかったですよね。ハチベエっていうのは絵を見て人気がないのか、それともあの本文の中に出てきている印象からして、どうもあまり好きじゃないのかどっちなんでしょう？

廖　絵は好き。文を読むと、なんか性格が、なんかそんなに好きになれない……。

飯塚　基本的に女の子にもてない性格なんだ。でも、ハチベエが何かしないと物語は進まないよね。だから、ハチベエがいないと困るんじゃないかな、物語として。皆さんの身の回

左から廖 沙織さん、橋本奈々子さん

りにハチベエみたいな人はいますか?
橋本　います。
林　いない、あまり。

どこで『ズッコケ』を発見したか

飯塚　最初に『ズッコケ』を本屋さんで見たのか、図書館で見たのか、どこで初めて発見したのかな?
林　図書館。
阿久戸　買ってもらった。
廖　学級文庫の中にありました。
飯塚　橋本さんは?
橋本　学校の図書室。
飯塚　学級文庫と学校の図書室とまた違うんですか。
橋本　教室毎に本棚があるのが学級文庫。
飯塚　じゃあ、クラスのみんなが持ち寄ったり、先生が用意してくれることもあるかな。廖さんのクラスの先生は、『ズッコケ』が好きだったのかな。なぜそこにあったのか。
廖　ほとんどあった。
編集部　感謝します、先生に。よろしく。
飯塚　阿久戸君はだれにプレゼントしてもらったの?
阿久戸　お母さん。

飯塚　お母さんは、何で『ズッコケ』を選んだのですか？

阿久戸（母）　プレゼントした記憶がなくって、本人が図書室から借りてきたと思い込んでいたんですよ、意外に記憶が違っているみたいで。もしかしたら、上の子ども、お兄ちゃんが先に図書室から借りてきたのかもしれないですね。それをシリーズで買ってあげたのを、下のこの子は読んだのかもしれない。上の子のクラスの子に、『ズッコケ』の大ファンがいたんです。

飯塚　友達にファンはいますか？

橋本　います。

飯塚　やっぱりその人たちも、ファンクラブに入ってる？

橋本　はい。

飯塚　その人たちと『ズッコケ』について話し合ったりすることはありますか？

橋本　あります。

飯塚　そのときの話の模様って、ちょっと聞かせてください。何を話すの？　シリーズのこれを新しく読んだとか……。

橋本　そういうのも話す。

飯塚　林さん、四年生だと、そんなに周りに『ズッコケ』を読んでる人っていないんじゃない？

林　たくさんはいない。

飯塚　何人くらい。

林　四、五人かな。

飯塚　結構いますね。それは林さんがすすめて回ったの。あなたも読みなさいって。

林　そんなことない。……あ、でも、少しは勧めた。

編集部　後で感謝状あげます。
飯塚　でも、一人で読んでるよりは、そういう友達がいたりすると、みんなの話題になったり、情報交換したり……。
橋本　あと、友達と夏に映画見に行ったり。（東映映画「ズッコケ三人組―怪盗X物語」、一九九八年夏公開）
飯塚　映画がありました。どうでした、映画。
橋本　実写だったけど、出てる人が本当にそっくりだったから、よかった。
飯塚　那須先生はどうでしたか。
橋本　はい、刑事で出てました。でも、那須先生ほとんどしゃべらなかったから、ちょっと残念でした。

『ズッコケ』を読む時間

飯塚　一冊をみんなはどのくらいの時間で読むの？　読みはじめたらずっと続けて読むんですか。休憩とかしないで、一気に読むんですか。どのくらいかかるものですか。
橋本　半日くらい。
廖　三十分か四十分くらい。
林　三十分くらい。
阿久戸　一時間くらい。
石井　一冊を？　速いな。そうか。僕ら読むと、二時間半ぐらいかかるのね。読み方も違うんだと思うけれど。
飯塚　目が、眼球の動きが速い。一回だけ読むんですか。
廖　何回も読む。

橋本　気に入ったのだったら、また読んだりもします。

飯塚　読み返したくなる作品ってどんなの？

橋本　私はね、何度も何度も読み返したのは、『とびだせズッコケ事件記者』それから『花のズッコケ児童会長』。

林　いっぱい失敗するところとか、楽しいとこを何回も読む。『ズッコケ時間漂流記』だったら、鏡の中からもどってくるところとか。

廖　一回目に読んでる途中で、読みはじめのところに座席表とかついてるときがありますでしょう。あそこで、読んでる途中でクラスメートとか出てきたらどんな人かなって裏返してみたりとか、そういうのもあります。

　一回読んだらまた最初から最後まで読むけど、やっぱり、怪盗Xとの戦いのときとかだと、三人組がXを捕まえそうになるようなとことかをよく読みます。

飯塚　今度また、怪盗Xが『ズッコケ怪盗Xの再挑戦《リターンマッチ》』で出てきましたけれども、怪盗Xのこと、三回目、四回目も読みたいですか？

林　でも、早く捕まってほしい。

橋本　『それいけズッコケ三人組』の「夢のゴールデンクイズ」の最後の最後のところ、よく読みます。

左から阿久戸哲也さん、林　利紗さん

飯塚　そうでしょうね。廖さんは？
廖　最初に怪盗Xが出てくるやつで、空港でXを捕まえそうになるのに、入れ替わってたとこ。なんか、もう少しなのになとか。

印象的な登場人物

飯塚　皆さんが『ズッコケ』を全員が全員、全部読んでいるようですね。じゃあ、ファンクラブの入会試験の問題は難しかったですか？
橋本　あれを解くために全部読んだ。
飯塚　ああそうか。
飯塚　では三人組の話で、これからこういう話を読みたいなとか思っている人、いますか？
橋本　探偵ばあさん、もう一回出してほしい。
飯塚　探偵ばあさんのどこがいいの？
橋本　何かおっちょこちょいなんだけど、いろいろ教えてくれたりするところがいい。
飯塚　たしかに、その一冊にしか出てこない人物っていますよね。そういう人物で、印象に残っている人いますか？
林　『ズッコケ時間漂流記』の雪子先生だったかな。あの先生のお家が大好きです。
飯塚　探偵ばあさんは出そうと思えばいけるかもしれない、花山町に住んでいるから。
廖　『ズッコケ㊙大作戦』の北里真智子が、その後、どうなったか、ちょっとだけでも知りたい。
飯塚　北里真智子、あの子はどう？

林　あれは好き。

廖　結構好きです。

橋本　『ズッコケ㊙大作戦』好き。

飯塚　どこが好き、具体的に。

橋本　最初はモーちゃんがただ好きになって、プロポーズするだけだなあと思ったんだけど、最後に全部うそだということがわかって、でも、北里真智子本人はばれてるということを知らないで、そのままどっかに消えちゃったというのが。

飯塚　マコは結構よくうそをつくでしょう。どう思います？

廖　お父さんと離ればなれで暮らして、そいでマコは自分で働いているし、あのときのうそは仕方のないような……。

飯塚　私は、『ズッコケ㊙大作戦』っていうのと『ズッコケ宇宙大旅行』っていうの、最初読んだときに、そんなにいいと感じなかったんだけれども、比較的年齢が上がってくると、いいなと思うようになった作品の代表なんです。ところで『うわさのズッコケ株式会社』ってあるでしょう。あれはどうですか？

林　ハチベエが自分の家で八百屋やっているようにまた商売を始めたから、読みはじめたときはどきどきした。読み終わったときになると、自分も始めてみようかと思った。だけど、ハチベエたちはやめちゃったの、それがちょっと残念。

飯塚　続けた方がよかった？

林　続けた方がよかった。

廖　自分もちょっとやってみたいなと思ったけど、大変そうだった。

林　私は事件記者をやってみたいなと思いました。

飯塚　『ズッコケ』を読んでいると三人組がいろんなことに挑戦してますけれども、だけど、三人組がやってるようなことをやってみたいなと思っても、実際にやるのって結構大変ですよね。実際なかなかできないですよね。『ズッコケ』を読んでいて、なんとなく三人組が自分のかわりにやってくれているみたいな気持ちで読んだりしている人はいますか？

全員　（うなずく）

飯塚　実は、皆さんの作文を読んで、皆さんの作文の中で共通するところはどこかななんて捜してみたんですよ。やっぱり三人組がマイペースでやってるところ、モーちゃんなんかそうでしょう。それから、みんなそれぞれ人間味あふれる個性的な三人ですよね。やっぱり、そういうところにものすごく引かれてるんだなと思いました。

三人組の卒業式

飯塚　『ズッコケ三人組』、一応今まで出ているのは三十八巻までで、那須先生は、以前、五十巻までは書きたいと言ってました。最後の五十巻めは『ズッコケ三人組の卒業式』だそうですけれども、そのときは、二〇〇四年なんです。二〇〇四年に『ズッコケ』が終わっちゃっても構わないと思いますか。後も続けてもらいたいと思いますか。

橋本　続けてほしい。

林　卒業させても、中学になってからを書く。

飯塚　おもしろい、なるほど。今より大人のズッコケ三人組、中学生とかね。

廖　中学生とかだったらまだ見られるけど、さすがに三人組が高校生だったら、そんなに……。

橋本　あとがきに次回の予告いつも書くじゃないですか。あれは、何にも次の筋を考えないで題名のせているんですか。

編集部　そうです。こういうの書きたいなっていうことですよね。まだ全然筋が決まってないんですけど、のせます。全然筋決まってないと言っても、大体、先生の頭の中ではこんな感じっていうのがあると思うんですね。

飯塚　ちょっと絵のことについて、例えばずっと『ズッコケ』の絵が、次の作品からがらっと変わったら、どう思う？　いきなりあのハチベエの顔が、あるいはハカセの顔がまるっきり変わっちゃったらどうします？

橋本　絶対いやだ。

林　イメージが変わっちゃう。

飯塚　『ズッコケ』が出始めたころ、あの絵にはものすごく衝撃を受けた。当時としては新しい絵だったんですけどね。
　私も『ズッコケ』を読んで、子どものときに読んだのとついぞ最近読んだのとでは印象違いますけど、同じ本でもね、読む年齢によって見方も変わってくるかもしれませんね。それぞれの年代に応じた読み方というのもあるし。皆さんは、どうなっていくのかな。
　きょうは、ありがとうございました。

お疲れさまでした！

なぜ、愛読者大座談会か

宮川健郎

先日、車で、東京・H市内を走る機会があった。走っていると、左側に図書館の建物が見えてきた。私は、とっさに車を路上駐車して、図書館にとびこんだ。H市内に十ちかくある市立図書館のひとつだった。奥のほうに、児童書のコーナーがある。著者名のあいうえお順に本が並んでいるようだ。私は、「那須正幹」をさがした。そして、ああ、と思った。那須さんのいろいろな本のあいだに、『ズッコケ三人組』シリーズが二十冊ほどもあったのだ。

以前、ポプラ社の坂井宏先さん、『ズッコケ』シリーズの生みの親となった編集者であり、現在はポプラ社社長の坂井さんから、H市立図書館は、長いこと『ズッコケ』を購入しなかったと聞いたことがあった。でも、現在は、そうではないようだ。H市立図書館は、『ズッコケ』を読みたいという子どもの要求にこたえるようになったのだろうか。それとも、かつてとはちがって、図書館のほうで、『ズッコケ』に価値を見出すようになったのだろうか。

私に「価値論」と「要求論」ということを教えてくださったのは、東京・多摩地区にある福生《ふっさ》市立武蔵野台図書館の館長さん、島弘さんだった。図書館における児童サービスに熱心にかかわってこられた方だ。図書館の仕事のなかで、もっとも大切なことのひとつに「選書」がある。たとえ図書館といえども、刊行されるすべての本を買うわけにはいかない。そこで、出版された本のなかから何を購入するか、そして、その図書館の蔵書をどのように構成していくか、それが重要な問題になってくる。「価値論」と「要求論」というのは、その図書選択と蔵書構成に関する議論なのだという。私自身も、図書館学の本を読んで、少し勉強してみた。河井弘志他編『蔵書構成と図書選択』〈図書館員選書・四〉（日本図書館協会、一九八三年十一月）に、「価値論と要求論」という見出しの一節があって、そこには、こう書かれていた。

〈図書選択の原則について、歴史上二つの相異なった立場があった。すなわち、図書自体の価値を基準とする立場と、読者が要求する図書であるかどうかを基準とする立場である。L・カーノフスキーは、前者を価値論（Value theory）、後者を要求論（Demand theory）と呼んだが、W・ムンテは、一九世紀末に前者から後者へと主導権が移ったと述べている。しかしR・N・ブローダスも認めるように、価値論と要求論はいずれも今日の図書選択論の中に存在しており、時折論議の的となっている。（中略）

わが国でも近年、児童図書の選択をめぐって、子供にすぐれた図書を提供するか、子供が求める図書を与えるかで激論がかわされたことがある。価値論と要求論の対立は未解決の課題なのである。〉

（カッコ内原文）

「価値論」と「要求論」ということを最初にいい出したカーノフスキーは、アメリカの図書館学者である。引用した文章のおしまいにある、わが国における「激論」というものがどういうものであったのか、佐藤涼子編『児童サービス論』〈新編図書館学教育資料集成・六〉（教育史料出版会、一九九八年五月）といった、過去の重要な論考をあつめた資料集をながめても、よくわからないのだが、そういう「激論」がありうるだろうことは、容易に想像がつく。

かつて、子どもの本における「顧客の二重性」ということをいったのは、菅忠道《かんただみち》だった（「児童文学史の方法について」、『新児童文化』一九四〇年十二月）。子どもの本の読み手は、子どもだ。ただ、多くの場合、子どもの本の買い手は、子どもではない。大人である。私は、この、子どもの本と子ども読者のあいだに立つ大人たちのことを「媒介者《ばいかいしゃ》」と呼んできた。「媒介者」は、親だったり教師だったり図書館の司書だったりする。「媒介者」は、子どもの本を買う人であるばかりではない。意志をもって積極的に子どもと本をむすびつけたり、逆に切りはなしたりする。よい本だから読みなさい、よくない本だからやめておきなさいというふうにだ。一九六〇年代、日本の大人たちは、『ちびくろ・さんぼ』を子どもの本として理想的なストーリーだと考えて、大いにすすめた。八〇年代末、『ちびくろ・さんぼ』は黒人差別を助長するというアメリカの考えをうけて、当時出ていたすべての『ちびくろ・さんぼ』を絶版にしたのも、また大人たちだった。（註1）

「媒介者」の大人である図書館員がどういう立場で子どもの本をえらぶか、これは、なかなかむずかしいことだ。日本の児童図書館にかかわる人びとのなかでは、先ほどのことばを借りれば、「価値論」が強かったようだ。前記の資料集『児童サービス論』の第四章「児童室の蔵書構成」におさめられている諸論を読むと、そう思う。たとえば、松岡享子《まつおかきょうこ》「児童図書」（初出は、『図書館ハンドブック』第四版、日本図書館協会、一九七七年）のうち、児童室の蔵書の選択の重要性を述べたなかに、つぎのくだりがあった。

〈子どもの時代は短いということ。子どもたちは、日々、刻々成長しており、その変化の大きさ、のちの生活への影響という点からいって、子どもの時間は、おとなの時間より貴重だといえる。その貴重な時間を、質の低い書物を読んで過ごしてしまうことは、いかにももったいない。また、子どもの本の中には、ある年齢の子どもにしか十分楽しめない種類のものもある。昔話やファンタジーなどがその例だが、そうした書物にふれる機会をのがさないためにも、子どものための蔵書は、丹念に選ばれる必要がある。そして、対成人と違って、対児童の場合は、数、あるいは多様性よりも、質が、より重要視されなければならないことを強調しておきたい。〉

〈貴重な時間を、質の低い書物を読んで過ごしてしまうことは、いかにももったいない。〉とか、〈質が、より重要視されなければならない〉ということばに、「価値論」の立場が明確にあらわれている。

私に「価値論」と「要求論」ということを教えてくれた島弘さんは、「要求論」にやや傾斜した考えをもっているようだ。島さんの話を聞きながら、そう思った。資料集『児童サービス論』には、島さんの論文「二極化する子どもの図書館利用―福生市立図書館の10年を通して」もおさめられている（初出は『図書館雑誌』八十五巻四号、一九九一年）。これは、児童書の選択の問題に直接タッチしたものではない。「図書館を利用する子ども」と「利用しない子ども」の二極分化がすすんでいるということを、福生市立図書館での調査にもとづいて論じている。ただ、「利用する子ども」について述べたなかに、こんなところがあった。

〈今、女の子たちは、講談社X文庫、集英社文庫コバルトシリーズ、ポプラ社文庫（TOKIMEKI BUNKO）、ポプラ社とんでる学園シリーズなど（もちろんこれだけではないが）を大量に読み続けている。〉（カッコ内原文）

右の部分には、図書館を利用する女の子たちがどんな要求をもっているかということに関する島さんの観察がある。島さんの勤める図書館に行ったことはないのだけれども、その本棚には、女の子たちに人気のある講談社X文庫などが並んでいるらしいこともわかったのである。

さて、なぜ、『ズッコケ』愛読者大座談会なのか……。一九九〇年に刊行した、最初の『ズッコケ三人組の大研究』の刊行のことば「ようこそ、ズッコケ・ワールドへ」で、編者である私たちは、こんなふうに書いている。――〈三人組が大活躍をする、このシリーズは、子どもたちに熱い支持をうけてきました。ぼくたちは、しばしば、本屋の店先で、その一冊を子どもたち自身が買いもとめるのを見かけたり、バスのなかで、小学生が『ズッコケ』の文庫本を小わきにかかえているのを目にしたりします。シリーズの売りあげは、単行本、文庫版をあわせると、とうとう一千万部に達したといいます。ところが、「ズッコケ」ということばのせいでしょうか、デフォルメをきかせたマンガの挿絵のせいでしょうか、一時期、図書館や地域の文庫では、このシリーズが「悪書」としてあつかわれたこともあったのです。〉

ここには、『ズッコケ三人組』シリーズは、子どもたちには強く支持されているのに、〈図書館や地域の文庫〉を運営する大人たちは、その価値を認めてくれないという不満があらわれている（註2）。この不満は、右の文章を書いた十年後のいまも、消えてはいない。『ズッコケ』シリーズを愛読してきた子どもたちのなまの声を、「価値論」の立場に立つ大人たちも聞くべきではないか、そんなふうに思いつづけてきた。子どもも読者の声を聞くというのは、前の『大研究』でもやりたかった企画なのだが、今回、作文や座談会というかたちで、ようやく実現したというわけである。

註

1　『ちびくろ・さんぼ』の問題については、子どもの本のあしたを考える会編集・発行『「ちびくろ・さんぼ」はどこへいったの？』（一九九〇年二月）などを参照のこと。

2　『ズッコケ三人組』シリーズの子どもの評価と大人の評価のずれについては、一九八〇年代後半に、『ズッコケ三人組』シリーズをとりあげた新聞記事でも言及されている。「今、人気絶頂の本〝ズッコケ三人組〟小学生にウケテマス―「ふざけてる」…批判どこ吹く風　年内に500万部ファンクラブ結成」（草地勉記者、『西日本新聞』一九八六年十月十三日）、「「ズッコケ三人組シリーズ」の那須正幹さん―児童文学界の〝寅さん〟大人の疑問よそにヒット」〈夢・作者・下〉（『信濃毎日新聞』一九八八年五月五日）などを参照のこと。

対談

那須正幹の物語世界、その魅力をさぐる

那須正幹 VS 砂田 弘

ズッコケ三人組の大研究II

砂田弘さんは、『ズッコケ三人組』シリーズには日本的な間のユーモアがあるという。一方、那須正幹さんは、子どもの頃からラジオで落語を聞いていたという。

那須ワールドのおもしろさは、どこからやってくるのだろうか? 評論家でもある砂田弘さんといっしょにさぐってみることにしよう。

司会 石井直人・宮川健郎

一九九九年二月二十七日

東京・新宿・ホテルセンチュリーハイアットにて

砂田　弘・那須正幹の出会い

――きょうは、砂田弘先生と那須正幹先生のお二人に、『ズッコケ三人組』を中心にして、那須正幹の作品について、対談していただくことにします。考えてみると、砂田・那須の両先生は、児童文学のなかで、エンターテインメントを志向している点で似ているのか、社会派の点で似ているのか、作家としていろいろと共通点があるようにも思います。自由にお話しいただきたいのですが、まず、出会いからお聞きしましょうか。砂田先生が最初に那須先生ご本人や作品にふれられたのはいつですか。

砂田　弘（すなだ　ひろし）
1933年、朝鮮南部で生まれ、敗戦後、山口県に引き揚げる。早稲田大学仏文科卒。スリの少年が主人公の『東京のサンタクロース』や、『道子の朝』『さらばハイウェイ』といった社会派の児童文学作品を書く。ほかに『二死満塁』、評論「変革の文学から自衛の文学へ」など多数。

砂田　僕は、三十年来かんたんな日誌をつけているんですが、それによると、那須さんと初めてお会いしたのは、一九六九年八月一日。当時、後藤楢根《ごとうならね》（注1）さんがやってた日本童話会（注2）が主催で、毎年一回、同人誌作家全国大会というのをやっていた。この年は、八月一日から三日まで、場所は、伊豆湯ヶ島の川端康成（注3）ゆかりの福田屋旅館。ここは、大石真（注4）さんが定宿に使ってたところですよ。ですから、そのときも大石さんと同じ部屋でした。そのときです、初めてお会いしたのは。たしか、学研の後藤さんも来たのかな。

那須　そう。最初に砂田さんが、那須さんは、広島だそうですね、僕も広島、縁があるのよといわれて、僕は舟入《ふないり》高校で、那須さんどこの学校かいうて、基町高校だと言うたら、砂田さんが基町高校だったらおるよと言うて、当時学研編集部におられた後藤健夫さんを紹介してくださったんですね。だから、広島の顔ぶれに……。

砂田　鮮明に記憶に残っています。考えてみると一九六九年というと、ちょうど三十年前ですね、これも何かの機縁かと思うんですが。八月十一日に——何か日誌をたどってるみたいですけど——那須さんから手紙が来てます。僕は、手紙も比較的とってる方だけれども、あんまりいい手紙じゃなかったのか（笑）、みつからなかったんですが、僕の記憶では封書で墨で書いてあった。

那須　八月十一日に手紙を出しとるわけ。

砂田　十一日に着いているんですね。

那須　その同人誌作家全国大会の後に出したわけだ。

砂田　丁重な手紙をいただいた。何が書いてあったのか忘れたんだけど、筆で書いてあった。

●砂田弘・那須正幹　対談注（掲載順）

注1　後藤楢根（ごとう　ならね）（一九〇八～九二）童謡詩人・作家。『光に立つ子』『童話実作入門』など。

注2　日本童話会　一九四六年二月、後藤楢根が創立。同年五月、機関誌『童話』創刊。

注3　川端康成（かわばた　やすなり）（一八九九～一九七二）小説家。伊豆湯ケ島を舞台とする『伊豆の踊り子』のほか、『雪国』など。ノーベル文学賞受賞。

注4　大石真（おおいし　まこと）（一九二五～九〇）児童文学作家。『チョコレート戦争』『教室二〇五号』『眠れない子』など。『大石真児童文学全集』全十六巻。

那須　当時、那須さんは、お父さんの書道塾を手伝ってたんですね。僕は、まだ、お姉さんの竹田まゆみ（注5）さんともお会いしていなかったと思うのですけど、彼女は、時々、作品などを送ってくれてたことがありましてね。お姉さん、ものすごい達筆ですよね。那須さんの字も、なかなかユニークな字でした（笑）。書道の先生がよくつとまってい るなと思ったような記憶がある。

砂田　そうだよね。それはみんないうもん（笑）。同人誌作家全国大会のときは、砂田さんが『道子の朝』（注6）の……。

那須　発想から完成までということでしゃべったと日誌に書いてある。

砂田　あのときは大石さんも一緒だったのかな。

那須　ええ。参加者約四十五人って書いてありますね。

砂田　大石さんは、『さとるのじてんしゃ』（注7）だったかな。あの作品は印象に残ったな。児童文学の文章というものに、はじめて出会ったような気がした。

「野風道」と「首なし地ぞうの宝」の思い出

砂田　それから、もうひとつ、これも調べてみましたら、ずっと年月は飛ぶんですが、一九八四年の八月四日に、私が郷里の周防大島《すおう》（注8）の家にいるときに、那須さんと吉本直志郎（注9）さんが二台の車をつらねて、前川かずおさんと坂井宏先（注10）さん、ポプラ社の現社長と一緒に見えたことがあるんです。そのときは、周防大島の一番はずれ、あのあたりを島尻といいますけれどね、伊保田というところに魚釣りに行こうとい

注5　**竹田まゆみ**（たけだまゆみ）（一九三三〜）児童文学作家。那須正幹の実姉。『あしたへげんまん』『冬のイニシアル』『海の見たい日』『風のみた街』など。

注6　**『道子の朝』**（砂田弘、盛光社一九六八年）

注7　**『さとるのじてんしゃ』**（大石真、小峰書店一九六八年）。フォア文庫版の解説は那須正幹が執筆。

注8　**周防大島**　山口県大島郡に属する島。屋代島ともいう。

注9　**吉本直志郎**（よしもとなおしろう）（一九四三〜）児童文学作家。『青葉学園物語』全五巻など。

注10　**坂井宏先**（さかいひろゆき）（一九四六〜）『ズッコケ』シリーズ第一作からの担当編集者。一九九八年から、ポプラ社社長。

うので、僕のところに立ち寄ってくれて、僕も同乗して行った。そうしたら、ものすごい嵐が来た。

那須　あの年は雨が多かったんですよ。

砂田　夕方から台風になった。とうとう一晩中嵐の中で酒を飲んでいて、明くる朝早々に、こら大変だというんで引き上げた。前川さんがまだ大変元気だったころだったから、今も忘れられません。おもしろかったのは、あれは木造の釣宿の二階でしたね、一晩飲んでたら旅館のおばさんに、あんたたちこの嵐に釣りにやってくるなんて一体何者ですかって聞かれてね。そこで、わしらは野風道（のふうどう）よ、といった。野風道というのは、広島でも使うでしょう？

那須　広島は、野風道だね。

砂田　なんていうのかな、怠《なま》け者というのかな。いつもぶらぶらしているやつ。

那須　まあ、横着《おうちゃく》な。

砂田　そう、野風道だと名のって、なにかみんなで大笑いした記憶があります。

那須　あれは、吉本さんがいったの。河島英五（注11）の「野風増」（のふうぞ）いうフォークが流行っとったころで、広島じゃ野風道の方が本当なんだ、風がぱーっと野原を渡ると道ができるから野風道というんだというて、あの人が蘊蓄《うんちく》たれて。おそらくは、でまかせだろうけどね（笑）。

砂田　那須さんとはそんなふうで、非常に親しくつき合わせていただいている。一九八三年かな、僕が山口女子大学（注12）の教師をしてて、公舎に住んでいたんですが、僕のところに娘が生まれたということで、病院から帰って二、三日たたないうちに、那須さんが

注11　河島英五（かわしまえいご）（一九五二〜）シンガー・ソングライター。代表曲に「酒と泪と男と女」など。「野風増」は一九八五年の作品。

注12　山口女子大学　山口県立の大学。一九七五年の設立当時から、文学部に児童文化学科があり、児童文学・文化の担当の教員として、古田足日、砂田弘、浜野卓也、石井直人がつぎつぎと赴任。那須正幹も、八〇年度後期に非常勤講師をつとめる。九七年、山口県立大学に改組されるとともに同学科は廃止された。

車にベッドを積んできてくれましてね。そのときも吉本さんが一緒だった。二人でベッド組み立ててくれた。那須さんの長男の真悟《しんご》君がそのベッドで育ったということで、私の娘とベッドきょうだいというのかな、そんなこともあったりして、私事に関する思い出はたくさんあります。

那須　それ以前に砂田さんに会ったのは、僕が記憶してるのでは、『日本児童文学』（注13）の編集長をやられとったときに、鈴木三重吉（注14）の故郷を訪ねるというので、広島に来られて、竹田と三人一緒に「千鳥」の舞台の能美島《のうみじま》（注15）へ渡ったんですよね。

砂田　竹田さんのご主人も一緒じゃなかったかな。

那須　ああ、車を運転。あのときに宇品《うじな》（注16）の桟橋で、砂田さんが僕は実は本当は一般文学をやりよったんだという話をして、「二つのボール」（注17）の話を聞いて、伊丹十三（注18）と友だちだという話を聞いたのね。あれが、二回めぐらいじゃないですか。

砂田　そうですね。不思議な縁ですね。同人誌作家全国大会の明くる年に、学研の児童文学賞に「首なし地ぞうの宝」が入選をしますよね。そのとき、僕は、下読み選考委員だった

注13　『日本児童文学』　日本児童文学者協会の機関誌。一九四六年創刊。児童文学の評論や創作を掲載。現在の発行元は小峰書店。砂田弘は、何度か編集長をつとめたが、上記は、一九七二年十月号〜七四年十月号の編集長の時期。雑誌巻頭に「作家のふるさと」というグラビアページがあり、「鈴木三重吉と広島」は、七三年九月号に掲載。

注14　鈴木三重吉（すずきみえきち）（一八八二〜一九三六）小説家・童話作家。広島市生まれ。「千鳥」「桑の実」「ぽっぽのお手帳」『古事記物語』など。一九一八年七月に主宰、創刊した児童雑誌『赤い鳥』は、大正児童文学の中心となる。

注15　能美島　広島県佐伯郡に属する島。

注16　宇品　広島市南区の町。宇品港築港にともなって開かれた。

んですよ。当時は、コピーじゃないですから、しかし、生原稿でもなかったような気がする。

那須 活字になっていた。

砂田 活字にはなってないね。読ませてもらって、あ、これは那須さんじゃないかという記憶がありますね。

那須 名前は消してあったんじゃないですか。

砂田 いやいや、下読みといっても、最終に残った何本かで、僕は、皆川博子（注19）さんの名前も記憶しているから……。

那須 古田足日（注20）さんにいわせりゃ、消してあったと。

砂田 いや、僕は、その段階で那須さんとわかったような気がする。ちょっと定かではありませんけどね。

――「首なし地ぞうの宝」の原稿をごらんになったときは、どんな印象でしたか。

砂田 ストーリーテラーとしての素質が、いち早く発揮されていた作品でしたね。

那須正幹の物語の世界の魅力

砂田 それでは本題と行きましょう。きょうの対談に備えてこの三日ばかり、僕はそれこそ那須ワールドにつかっていました。これまで読んだ作品の読み直しだとか、読んでない作品もあるので、本棚をひっくり返して、といっても、全て目を通したわけじゃありませんが。そこで、僕なりの那須さんの物語の世界の魅力を語ってみたい。文学っていう言

注17　**「二つのボール」**　砂田弘の短編小説。一九五九年四月、第五五回サンデー毎日大衆文芸賞に入選。

注18　**伊丹十三**（いたみじゅうぞう）（一九三三～九七）俳優、「お葬式」などの映画監督、『女たちよ！』などのエッセイスト。

注19　**皆川博子**（みながわひろこ）（一九三〇～）小説家・児童文学作家。『恋紅』で直木賞。児童文学作品に『海と十字架』『炎のように鳥のように』。「川人」は、那須正幹のデビュー作「首なし地ぞうの宝」が佳作となった第二回学研児童文学賞フィクション部門で入選。

注20　**古田足日**（ふるたたるひ）（一九二七～）児童文学作家・評論家。『現代児童文学論』『宿題ひきうけ株式会社』『児童文学の旗』『おしいれのぼうけん』など。学研児童文学賞の選考委員だった。

い方がありますよね、灰谷《はいたに》文学（注21）だとか今西文学（注22）だとか。僕は、那須さんの場合、那須文学なんて言い方は不適切だと思います。やっぱり、那須さんの物語の世界というのが　ぴったりだと思うんだけど、その魅力は何だろうか考えてみると、僕なりの仮説ですけどね、最大の魅力は楽天主義じゃないかと思うんです。那須さんのシリアスな作品を含めて、その底を貫《つらぬ》いてるのは楽天主義、いってみれば、フランス人がよくいうセ・ラ・ヴィ、これが人生だっていう。別に、あきらめだとか否定的な言い方じゃなくて、人生を肯定している、人生っていうのは辛《つら》いこともあるけど楽しいものだという、そういうムードが最大の魅力じゃないかと思うんです。

かつて、那須さんがいっていたと思うけれど、車のセールスマンやってたときに（注23）、車はちっとも売れない――おそらく一台も売れなかったと思うんですが――そこで途中で車を止めて、草原かなにかに寝転んで、空を見上げて、これからの行く先のことを考えたなんて、たしかそんなのありましたよね。それがちっとも悲観的じゃないんですよね。あしたはあしたの風が吹くというような、何かそんなのどかな感じなんです。それが那須さんのいわば人生観ではないかと思うんです。

最近はやりの言葉に「癒《いや》しの文学」ってあるでしょう。「癒しの児童文学」（注24）なんていう言い方、好きじゃありませんでね、大人が子どもをこんなに痛めつけておいて、はたして癒すなんていう権利が、大人にあるのかって気がするの。那須さんの作品の場合は、そうじゃない。あくまで、子どもと一緒に楽しむことがメインであって、中にはずいぶん挑発する作品もありますけどね、結果として子どもを励ますものになっている。今、子どもたちが自殺事件なんか起こすと、世の評論家たちはともかく生きてほ

注21　灰谷文学　『兎の眼』『太陽の子』など、灰谷健次郎（はいたに　けんじろう　一九三四〜）の文学世界のこと。

注22　今西文学　「一つの花」「ヒロシマの歌」など、今西祐行（いまにし　すけゆき　一九二三〜）の文学世界のこと。

注23　車のセールスマンやってたときに　那須のセールスマン時代については、「ズッコケの那須正幹さんをたずねて(1)」〈シリーズ・作家が語る〉（『日本児童文学』一九九七年七-八月号）などを参照のこと。

注24　「癒しの児童文学」　一九九三年に、石井直人が「いま、児童文学は、変わろうとしている。かつてのように読者にむかって「理想像」を示すことをやめ、傷ついた子どもたちを癒すことをめざすようになった。」と述べたことがある（「『児童文学』の変容」『産経新聞』大阪本社版夕刊、八月六日）。

しいと、つまり、生きてりゃいいことがたくさんあるんだという言い方をするでしょう。言葉でいうのはかんたんなんだけど、那須さんは、そういうことを作品の中できちんと書いてるんじゃないかと思う。

『ズッコケ三人組』シリーズの本の表紙の裏に作者の写真が載《の》っていますね。ずっと見ていって、おもしろいのは、初めから十冊めぐらい、もっとかな、半分ぐらいかな、一九八〇年代の半ばぐらいまでは、ひょっとして二十歳代じゃないかっていう写真を載っけてるんじゃないかな。

那須　そうですよ、十六作め（注25）までは。

砂田　髪が黒々としてさ。われわれは、児童文学作家だから、若いときの写真を載っけてるのは、内容にはそぐうけど、そこにもなにか那須さんらしいものを感じる。それがシリーズの途中から急に、白髪の老人とはいわないけど、熟年の写真になる。これも、いかにも那須さんらしい。おもしろいと思いました。どうでしょうか、まず第一の魅力について。

注25　十六作め　『謎のズッコケ海賊島』（那須正幹、ポプラ社一九八七年）

那須正幹、楽天主義について考える

那須　そうねえ、楽天主義というのか、僕は今まで人生で後悔というのを一度もしたことがないんですね。多分同じような人生歩んでも、人によってはあのときああしたらよかったとかいうこと思うんかもわからんけど、僕は今まで、あのときああしとったらよかったということ一切思ったことないね。今も本当、五十六歳になるまで、後悔ということ、何かのときに釣りであそこの場所におれが行っとったら、しもうた、あそこで場所変えりゃあよかったと思うことが一遍あったけどね、それ以外でそういう後悔というのをしたことがなくって。それと、僕は広島弁で「まあええわ」という言葉がすごく好きなんですよ。うちのかみさんなんか、あんたはいつも「まああええわ」ですぐ済ましてしまうという。僕は何でもどんなに怒っていたときでも、「まあええわ」と思ったら、それで済んでしまうところがあるねえ。

——浄土真宗（注26）の影響でしょうか。

那須 だから、割とその意味ではそれが楽天主義なのか、人生何をやっても損はないわいという気持ちがあるね。そこから見ると、おまえはいろんなことをやっとるなあと言われるけど、今考えりゃ、今のことにそれが全部役に立っとるしね。まあ、その意味で非常に幸運な人生、自分でも、最後に、しもうたと思うんかもわからんけど、今のとこそれがないからね。やっぱり、それが作品を通して出てくるのかもわからないね。

ただ、写真に関しては特別な意味はないんです。僕は別に何も若いときの写真を使ってほしいと言ったわけじゃない。今はカラーの写真でもできるようになったけれど、当時は必ずモノクロの写真をくださいと言われよったからね。たまたま家にあったモノクロ写真を使ったんです。

——何歳のときの写真ですか。

那須 あれは二十六歳のとき（注27）の写真です。

砂田 ああそうか。じゃあ、僕と出会う前の写真なんだ。

那須 そうですよね。眼鏡の縁も違うし。

注26　浄土真宗　仏教の一派。悪人こそ阿弥陀仏の本願によって極楽往生できるという、開祖・親鸞が説いた「悪人正機」を根本思想とする。那須には、浄土真宗の蓮如上人の白骨の御文章の出てくる作品『さようならポチ』（ＰＨＰ研究所一九八九年）がある。那須は、小学校にあがる前に、この御文章をおぼえさせられたという。

注27　二十六歳のとき　一九六八年。姉の竹田まゆみに誘われて、広島児童文学研究会に入会し、同人誌『子どもの家』に作品を発表しはじめたころである。

——ハカセみたいな写真ですよね。

那須ワールドの幅広さ

砂田　それから、二つめの魅力は、僕の仮説を続けると、前の『ズッコケ三人組の大研究』の目次にも、「那須正幹ワールド　エンターテナーは、いろいろな仕事をするのだ!」とあるんですけど、那須さんの世界って非常に幅が広いんですよね。色川武大(いろかわ・ぶだい)っていう作家がいますよね。色川武大(いろかわ・たけひろ)(注28)って読むのが正しいのかもしれないけど。彼も、片方で『麻雀放浪記』(注29)のようなエンターテインメントを書き、片方では『怪しい来客簿』(注30)だとか『狂人日記』(注31)なんていう純文学的な作品を書いている。いってみればメジャーな作品とマイナーな作品、二つを書き分けた。それは見事に書き分けていますよね。そういった意味で——きょうはとにかくまず褒《ほ》めまくります——那須さんはいってみれば児童文学の色川武大である、と僕は考えているのですが、どうですか。

那須　みんなに言われるんだけどね、僕自身が飽《あ》きっぽいんじゃないかと思うね。一つのことをやりよったら、もう飽きてきて、だから、僕は、一つの原稿を書きよるときに、もう次の作品のことを考えるんですね、片方でね。それは今書いとる作品と全く違う。三十年間ずうっと原爆のことばっかしとかね、一つのことを書きよると、ようあれで飽きんな思うて。

だから、僕は、『ズッコケ』みたいなのを書きよったら、たまにはまじめなものを書

注28　**色川武大**(いろかわたけひろ)(一九二九~一九八九)小説家。別名阿佐田哲也。『離婚』で直木賞、『百』で川端康成文学賞。

注29　**『麻雀放浪記』**(阿佐田哲也、『週刊大衆』一九六九年一月~七二年六月)

注30　**『怪しい来客簿』**(色川武大、一九七七年話の特集社)。泉鏡花文学賞受賞。

注31　**『狂人日記』**(色川武大、福武書店一九八八年)。読売文学賞受賞。

きたくなるし、僕だっていつもいつも『ズッコケ』みたいなことを考えとるわけじゃないし、やっぱり時には教育のことを考えたりするわけで、そのときそのときで自分の書きたいものを書いてきてね。それがたまたま広がったのと、昔は、五十歳まではともかくいろんなものに、形式とかテーマの違うものを書いて、五十歳くらいになったら自分の得意分野がわかるだろうから、一つに絞《しぼ》ろうかなと思いよったけど、もう五十六歳になってまだ絞り切れずに、なにかいろんなものを書きたいんですよ。なにか欲が深いのかな、やっぱり、新しい分野に。それから一つのことをずうっと追及するのはあまり上手でないというか、あまり好きではなくて、まあ、二、三作書いたら大体終わりだなあという感じだねえ。『ズッコケ』の場合は、パターンは同じだけど、その都度《つど》、自分の新しいテーマを見つけて書きよるからね。

日本的な間のユーモア

砂田 それで、三つめなんですけどね。くり返しますが、僕はこの三日間、那須ワールドにつかっていた。三日間って大変なものですよ（笑）。

那須 ご苦労さま、お疲れさまです（笑）。

砂田 那須さんの作品、とくに『ズッコケ』が持つ、非常に豊かなユーモアというのかな――ペーソスもさることながら、ユーモアがメインだと思います――これも、大きな魅力の一つじゃないかと思った。このユーモアって、一体何だろうかと考えてみた。『ズッコケ』シリーズを続けて読んでると、全ての巻についていえることじゃないんだけど、読みながら、つい、ククッて笑ってしまう。で、非常に腹が立つわけ、笑う自分に。僕も物書きですから、『ズッコケ』にこんなに笑わされてたまるかと思いながら、笑っちゃうということにね。

　このユーモアは、日本の児童文学作品では、すごくユニークなユーモアなんですね。僕なりの仮説なんですけど、ひょっとしたら、非常に日本的な笑いなのではないか。落語につながるものだし——ここでも褒めまくりますけど——夏目漱石（注32）のいわゆる低徊《ていかい》趣味（注33）にもつながっているのではないか。つまり、物事をゆったり眺める、見つめるというね、そこから来るもんじゃないかなと思ったんです。これは、『吾輩は猫である』（注34）や『坊っちゃん』（注35）など、漱石の初期の作品にずいぶんあると思うんだけど、漱石以外にはあまりないんですよ。たとえば、『坊っちゃん』の冒頭部分にこういう描写がある。両親が坊っちゃんについて、乱暴だし、ろくな者にならないといっていることを受けて、「ごらんの通りの始末である。行く先が案じられたのも無理はない。ただ懲役《ちょうえき》に行かないで生きているばかりである。」と書く。これで読者を笑わせるという、そういう感じ、つまりワンクッション置いて笑わせるというのかな。これは、間のある笑

注32　夏目漱石（なつめ　そうせき）（一八六七〜一九一六）小説家。『それから』『こころ』『明暗』など。

注33　低徊趣味　もともとは、漱石が、俳人でもあった高浜虚子の第一小説集『鶏頭』（春陽堂一九〇八年）についていったことば。「余裕のある小説」という意味。やがて、漱石自身の初期作品についても、このことばが使われるようになった。

注34　『吾輩は猫である』（夏目漱石、『ホトトギス』一九〇五年一月〜〇六年八月）

注35　『坊っちゃん』（夏目漱石、『ホトトギス』一九〇六年四月）

い、間を置いた笑いだと思うんです。これと似た文脈は、たとえば、『それいけズッコケ三人組』（注36）のハカセの紹介のところにもある。「ハカセの読むものは、もっぱら学習図鑑とか辞書とか、それもなるたけ厚いやつを読むことにしている。」これだけだっておもしろいんだけど、その後で、「先月は電話帳を一か月かかって読んだが、あれはなかなか読みごたえがあった。」と書く。

那須さんも、子どものころ、非常に落語が好きだったという。僕も、落語が大好きでして、若いころ、はなし家にあこがれて、桂文楽の黒門町の家の門の前でしばらくたたずんだこともあるくらいです。古今亭志《ここんていし》ん生《しょう》はよく落語のまくらで、小野小町がものすごい美人だという話をしたものです。どんなに美人だったかということを話した後で、皆さんに見せたかったという。それからちょっと間を置いて、私も一度見たかったといって、どっと笑いを取る。それは、畳みかける間のユーモアなんですよね。これこそ日本的なユーモアだと思うんだけど、『ズッコケ』にも、それを感じる。それは、別に那須さんが計算してやってるんじゃないと思うんです。自然に身についたテクニックというのかな、そういうもんじゃないかと思うんです。だから、那須さんの作品の中には、ずいぶんシリアスな作品というか、さっきあえてメジャー、マイナーと分けましたけどね、たとえば、『屋根裏の遠い旅』（注37）だとか、『ぼくらは海へ』（注38）といった作品もあって、それらを高く評価している人もいるんだけど、それらの作品が持つ役割を評価することにはやぶさかじゃないけど、僕は何といっても、那須さんの本領は、やっぱり『ズッコケ』にあるんじゃないかなという気がします。

というふうに、あくまでも私なりの仮説で、那須さんの物語の世界の魅力はなんだろ

注36　**『それいけズッコケ三人組』**（那須正幹、ポプラ社一九七八年）『ズッコケ三人組』シリーズ第一作。

注37　**『屋根裏の遠い旅』**（那須正幹、偕成社一九七五年）

注38　**『ぼくらは海へ』**（那須正幹、偕成社一九八〇年）

うと考えたことをまとめてみたわけです。もっとも、作品というのは、僕も、物書きの端《はし》くれだから思うんだけど、書かれた後は、なんといっても読者のものですからね。僕のいまの仮説について、作者がいちゃもんつけようったって難しいと思うんだけど、いかがでしょう。

那須 落語は今でも好きで、この間も、八代目可楽（注39）のCDを大枚四万円くらい払って買ったけどね。

砂田 「らくだ」（注40）が入ってたでしょう。

那須 入っとった。僕はあの人の「二番煎じ」（注41）が大好きでね。夜まわりの場面の会話なんか最高ですね。やっぱり、落語は僕らの世代が代表世代だから、ラジオでそういうのを聞いとったんと、徳川夢声《とくがわむせい》（注42）の「宮本武蔵」とか、「西遊記」を聞いて育った、そういう耳から入った話芸みたいなものが、それなりに自分の中に身についたのかなあという気がする。自分でもあえてここで笑わせようという計算ずくじゃないけど、そうねえ、自分でもようわからんね。

砂田 いやそういうのはやはりあるでしょう。体質とでもいうのかな。体が生み出しているんだと思いますけどねえ。別にこれ、理屈《そしょう》でどうなるもんじゃないから。

那須 僕はどんなところでも、この間住民訴訟の原告の意見陳述でも、場内を笑わしたから。どんだけ、糾弾《きゅうだん》をしよっても、ついそのユーモアを入れたくなる。一種の照れ臭さもあるんだろうな。こっちもね、あまりくそまじめなことをいうのも照れ臭いな思うて、ついそういう、笑わせてしまうところがあるんじゃろうけど、こらまあ、半分持って生まれた性質だろうし、瀬戸内海の楽天的な気候風土の中で生きてきたということもあるだ

注39　八代目可楽　八代目三笑亭可楽（さんしょうていからく）（一九〇六〜一九六四）落語家。独特の渋い芸で人気があった。

注40　「らくだ」　長屋で「らくだ」というあだ名の男がフグの毒にあたって死んだ、その通夜の話。八代目可楽が晩年に得意とした。

注41　「二番煎じ」　旦那衆が火の用心のために、夜、番所に泊まりこんで…。落語の演目のひとつ。

注42　徳川夢声　（とくがわむせい）（一八九四〜一九七一）芸能家。活弁、漫談、話劇、映画俳優など多芸多才。一九三九年からNHKラジオで、吉川英治の『宮本武蔵』を連続放送し、話芸に人気。「西遊記」は、NHK「ラジオ漫画」として一九五〇年七月から放送された。

ろうしね。

ユートピアとしての『ズッコケ』

砂田 次に、『ズッコケ』に絞って考えていきたいと思います。『ズッコケ』の魅力はなんだろうかというと、いくつかあると思うけれど、まず、ユートピアとしてのミドリ市。それから、花山第二小学校、これもまさにユートピアなんですね。僕も瀬戸内海が郷里ですからね、非常によくわかるんだけど、広島市を真ん中にして、あの沿線には魅力的な都市がたくさんありますよね、尾道《おのみち》だとか福山だとか岡山、岡山県まで入れていいのかな。あるいは岩国だとか、僕が中学時代を過ごした柳井《やない》だとかいろいろあるわけなんですけどね。そういったところの、作者として一番好ましいものを集約して作り上げた都市だと思うんですが、ここには、まだ地域共同体が残ってますよね。向こう三軒両隣もあるし、暖かい家庭もある。那須さんのあたりの世代だと、「よたろうくん」（注43）なんていう漫画があったでしょう。

那須 山根赤鬼（注44）の。

砂田 それから、「スポーツマン金太郎」（注45）だとか、「サザエさん」（注46）あたりも含めて描かれた良き時代の日本をふまえて、当然、戦後民主主義とも重なってくるわけなんですけどね、ユートピアとしてのミドリ市が生まれたのではないか。
『ズッコケ結婚相談所』（注47）では、三人組が東京に出かけます。ミドリ市から東京までの距離が八九四キロメートルとある。これは、広島から東京までの距離です。時刻

注43 「よたろうくん」（山根赤鬼、『少年クラブ』一九五六年一月〜）
注44 山根赤鬼（一九三五〜）漫画家。
注45 「スポーツマン金太郎」（寺田ヒロオ、『週刊少年サンデー』一九五九年四月〜）
注46 「サザエさん」（長谷川町子、『夕刊フクニチ』一九四六年四月〜）
注47 『ズッコケ結婚相談所』（那須正幹、ポプラ社一九八七年）

那須 表で確かめましたけど。かといって、ミドリ市イコール広島市じゃない。あれは、もう完全に一九六〇年代の後半の広島、人口もちょうど六十万人ぐらいになるかな、あのころの広島、それとやっぱり花山町というのは僕の生まれ育った己斐《こい》町、市電と郊外電車の、ちょうどロータリーになっているところ、やっぱりあそこが僕が遊び回ったところだから、土地勘もあるし、ぱっと描写しよってもすぐに頭の中に浮かんできてね。当時書いている作品は、『屋根裏の遠い旅』もそうだよね。最初の『首なし地ぞうの宝』（注48）もそう、己斐町を頭の中で描いている。最近になってやっと防府《ほうふ》市（注49）を頭の中に浮かべて書けだしたですね。それまで、やっぱり広島をずっと書いとったからね。別に意識的にそうするいうよりも、やっぱり僕の中にある町というものがやっぱりそれだったからね。

注48 『首なし地ぞうの宝』（那須正幹、学習研究社一九七二年）
注49 **防府市** 山口県防府市。那須が一九七八年から住む。

百科全書としての『ズッコケ』、語り物としての『ズッコケ』

砂田 『ズッコケ』の魅力の二番めには、もちろん、三人のキャラクターがあるんだけど、『ズッコケ三人組の大研究』でも、この『ズッコケ三人組の大研究Ⅱ』でも、いろんな人が論じているので省略して、第三番めにですね、いわば百科全書的な魅力があるでしょう。つまり、子ども全百科みたいな役割も果たしている。ここには政治、経済、歴史、科学、あるいは民俗、それから芸能、スポーツあらゆるものが入ってる。だから、楽しみながら子どもたちが人生の基本的なことを学ぶなんて言葉は嫌いだけど、あえていえば、いい意味で、おもしろくてためになる。ですから、これまたヨイショなんですけれどね。かつてバルザック（注50）は『人間喜劇』という壮大なドラマを作り上げた。なにかそれに相当するような大事業、ここまでいうと、言い過ぎかな……。

那須　いよいよ、バルザックと並び称された（笑）。

砂田　それから、四番めに——ちょっとランダムにいってますけど——語り物の要素が非常に強いわけでしょう。特に、僕がおもしろいなと思ったのは、随所《ずいしょ》に読者に対する呼びかけがある。「読者はごぞんじであろうかな」とか「読者はどう考えるだろうか」とか、これはかつて少年小説で佐藤紅緑《さとうこうろく》（注51）が盛んに「少年諸君！」と呼びかけたり、それから江戸川乱歩（注52）もやってる手法ですね。

那須　やっぱり、講談が好きだったし、それであいうのどういうのかな、いわゆる本当の物語世界を書くやり方もあるし、それから読者とある意味のキャッチボールをしながら、読者の側に立ちながら一緒に三人組を見て、あのシリーズというのは何とはなしに、最初からそういう書き出しでやったものだから、「ここはミドリ市郊外の花山団地の一室。三年生くらいの女の子が、トイレの前でどなっている。」というような書き方をしたもんだから、何かそれをずっとやってきて、別に意識的にそうしたものをつくろうというのはなかったんだけど、たまたま『6年の学習』の連載のときにそういう書き方をしたもんだから、それをずっと続けていったというのが本当でしょうね。意識的にそういうのをやろうと。要は、やり出したらほかの人はあんまりやらないことだし、これはこれでおもしろいんじゃないかと思うてね、だから悪ノリして、作者が、あまり作者が顔を出すとよくないというけど、逆にそういうのもおもしろいんじゃないかなというのが

注50　**バルザック**（オノレ・ド・バルザック）（一七九九〜一八五〇）フランスの小説家。『ゴリオ爺さん』『谷間のゆり』など、『人間喜劇』の名で呼ばれる九一編の小説をのこした。

注51　**佐藤紅緑**（さとう　こうろく）（一八七四〜一九四九）小説家。少年小説に『あゝ玉杯に花うけて』『少年讃歌』など、少女小説に『夾竹桃の花咲けば』などがある。

注52　**江戸川乱歩**（えどがわらんぽ）（一八九四〜一九六五）小説家。少年読者のための作品に『怪人二十面相』『少年探偵団』などがある。

あって、最近は、意識的に作者がぱっと出てきたりすることもあるね。

六年生の物語としての『ズッコケ』

砂田 それと、これは六年生の物語ですよね、最初に連載を頼まれた時点で、六年生にしようと思われたわけですね。いろいろな制約があったはずだけど、それを、いつの間にか那須さんが自分のものにした。考えてみれば、六年生というのは、小学校の最終学年だし、六年間を集約した形としてあるわけでしょう。とすれば、この世界は、五年生では成立しにくい、しかもシリーズとして成立するのは難しかったんじゃないかという気がします。作者は、どうお考えですか。

那須 そうねえ、やっぱり、五年生ではそこまでの、ちょうど情報がいろいろ入ってくるじゃない、それをこなせる年代でもないし、もっと子どもっぽくなるし、だから、いわゆる大人の狭間に立った子どもだから、割と大人の世界の会話みたいなのを理解できる。その意味では、やっぱり僕の中では六年生という一つのこういうイメージがあったからね。それに合わせて書き始めたから、それはそれで、やっぱりあれは五年生ではちょっと無理だなという。今、五年生を主人公にした作品書いてるけど、ちょっともう少しグレード落とすというか、幼稚っぽい男の子を出して書いてますね。そういう意味じゃ、六年じゃないと成立しない世界かもわからんですね。

砂田 四十冊にもなると、やはり多少はでこぼこというのかな、あるとは思うけど、しかしいずれもが、水準を保っている。しかもユニークでバラエティーに富んでいる。つまり、金太郎飴じゃないんですよね。変わり玉っていう感じがするんですね。なめているうちに色が変わっていくという、あの変わり玉の感じがする。それと、これはいつか那須さんがどこかに書いてらして、僕はなるほどと感心して、僕もぜひ真似《まね》たいと思いながら、なかなか真似できないんだけど、何ページかの間には決して同じ表現を使わないという、そういうくふうが作品世界を豊かなものにしている。

那須　そうですか。

砂田　忘れましたか。

那須　忘れた。

砂田　四半世紀もの間、常にいま現在を視野に入れているところも魅力の一つですね。

那須　……そうねえ、あんまり今をどんどん取り込んでという意識はないですね。

僕は自分では『ズッコケ』は古典的な作品だと思っとるから、だから、ほかの作品の方がやっぱりまだ今を書こうとかね。というのはほかの作品では、ある程度意識して書くことはあるけど、『ズッコケ三人組』シリーズはそういうことは、たまたまそういうことをねえ、占いとかいうのはやるけど、あんなものは昔の子どものコックリさんそのものだしね。あんまりそれは意識してないですね。

砂田　それとね、これは『ズッコケ』だけではなく、那須さんの作品全体についていえることだけど、泣くシーンって非常に少ないんですよね。ことに感激して泣くというようなシーンはまずない。泣かせるシーンを書くっていうのはあんまり難しいことじゃないんです。それよりも笑わせるってことの方が、はるかに難しい。熱いものが込み上げるといった描写もなくはないのだけど、それにしても、喜怒哀楽についていえば、哀という部分が非常に少ないというかな。これは非常に貴重だし、すばらしいことだろうと思います。

読者との共同制作、子どもの変化

砂田　『ズッコケ』には少女の読者も多いでしょう。それも大変うらやましい。

那須　でも、女の子よりやっぱり男の子の方が多いんじゃないかな。ファンレターをくれるのは女の子で、ただファンレターを書こうというのは女の子だから。

砂田　それはあるかもしれないけど。僕は、この五年ばかり早稲田大学の児童文学の講義をしています。三百五十人くらい受講生がいるんですが、出席をとりませんから、百人を切るときもありますけどね。レポートの課題は「日本の児童文学――私の一冊」。講義ではもちろん那須さんの作品にも触《ふ》れるけど、いわゆる芸術的な児童文学が中心です。ところが毎年、十人から十五人、『ズッコケ』を取り上げる学生がいます。ことしも十二人いましたが、そのほとんどは女子学生でした。

ところで、『ズッコケ』の場合は、「あとがき」を見ると、読者からのアイディアを拝借したケースもあるようですね。それが一つのモチーフになるだとか、あるいは、リクエストにこたえるとか。

那須　結構ありますよ。やっぱりファンレターからも、そういうケースがあったからだろうけど、今度はこういうことを書いてくださいというのがすごく多いですよ。要するに、たまたま僕の書きたいものと子どもたちのリクエストが合ったときには、それを使って書きましたというのを「あとがき」に書くからなんだけどね。『ダイエット講座』（注53）も読者の手紙をヒントにしました。手紙を見て、そういうのもおもしろいなと思って書いたな。『花のズッコケ児童会長』（注54）もそうですね。子どもは実生活の中で、こういうことをやってもらいたいという、文学的なアイデアというより、自分の暮らしの中からこういうことをやってほしい、書いてほしいというのを持ってくることがあるから参考になります。

砂田　読者というか、子どもとの共作という側面もあると思います。

那須　ちょっとずれるかもわからんけど、もう二十何年ファンレターもらってて、だんだん、今の子どもたちと子どもの質が変わってるなと思うのは、最初のころは僕も三人組と同じように秘密基地をつくりましたとかね、要するに僕の作品に触発されて自分たちも同じことやりたいというのが、『ズッコケ文化祭事件』（注55）のころまでは多かったんですね。ところが、今ごろはどっちかというと私たちのやれないことを三人組がやってくれるんですごく楽しいという感想が多い。

砂田　まあそういうことですよね。代行してくれるいうことがあるんだろうな。

那須　子ども代理店みたいになった感じですね。かつてはそれほど離れてないところにズッコケ・ワールドがあったのが、今はかなり離れてしまって、それこそファンタジー、本当

注53　『ダイエット講座』『ズッコケ三人組のダイエット講座』（那須正幹、ポプラ社一九九七年）

注54　『花のズッコケ児童会長』（那須正幹、ポプラ社一九八五年）

注55　『ズッコケ文化祭事件』（那須正幹、ポプラ社一九八八年）

砂田　のユートピアになってるんだなというのを僕は感じますね。
おもしろいのは、現在の大学生たちのレポートを見ると、今の子どもたちはかわいそうだという言い方するわけね。われわれのころには、まだ『ズッコケ』と共通するような世界があったけど、今の子どもたちにはどうだろうかと、もっともらしいことをいうのがおもしろくてね。

僕なんかにいわせると、今の大学生が子どもだった十年前には、もう地域共同体などなかったのに、なぜだと思うんだけど。

那須　意外と若者というのは年寄りくさいことをいう。

砂田　そういうことといいたいということもあるんでしょうね。

那須　やっぱり卒論のテーマだか、研究レポートだか、何かそういう問題提起を前提に書いているんじゃないかな。今の子どもも、後十年たちゃ同じことをいうんだろうけどね。

那須ワールドの光の部分と陰の部分

砂田　『ズッコケ』とはちがった、もう一方のグループの作品。さきほど、僕は、あえてメジャーとマイナーという言い方をしたんだけど、これはさっき那須さんがいわれたように、いろんなことをやりたいということもあるだろうし、それから那須さんは何ておっしゃったかなあ、飽きっぽい、そういうこともあるのかもしれないけど、しかし第三者から見ると、光と陰の部分を分けて、陰の部分はこちらで語っているのではないか、そういう見方もできなくはないような気がします。作者は意識してないかもしれませんけれどね。

那須　まあ、文体が変わってしまうからね、文体が変わると、つくり上げる世界がやっぱり変わってくるでしょう。だからそれはあるんだろうけど、どうなんだろうな。やっぱり意識して書き分けてるのかなあ。

砂田　けど、子どもっておもしろいですよね。『ズッコケ』の読者がじゃあ、そちらの読者になるかというと、必ずしもそうじゃない。

那須　講演会なんかで、よく訴えるんだけど、僕なんか司馬遼太郎《しばりょうたろう》（注56）が好きになったら、司馬遼太郎の本がどこの出版社から出てても、どんなタイトルでも、やっぱり読むけど、あんたら『ズッコケ』しか読まん。那須正幹という名前を覚えて、那須さんの本だったらみんな読みなさいっていったんだけどね。子どもというのは本当好みがはげしいからね。江戸川乱歩が好きでも、『怪人二十面相』シリーズしか読まない。子どもに名前を覚えられた児童文学作家は椋鳩十《むくはとじゅう》（注57）と松谷みよ子（注58）と灰谷さん、名前で売れている作家というのはそんなもんじゃないかな。僕も本当は大いにまじめな本も読んでほしいけどね。だけど、この間作者の名前につられて『折り鶴の子どもたち』（注59）読んだという子どもがいて、うれしかった。

砂田　でも、それはそれでいいと思うんですよね。

那須　その辺やっぱり少し淋《さび》しい。『ズッコケ』を読んどる子どもには、『屋根裏の遠い旅』も読んでもらいたい。あの作品は結構『ズッコケ』と共通性があると思うんだけどね。

――『屋根裏の遠い旅』の舞台は、花山小学校。『ズッコケ』は花山第二小学校ですね。

注56　**司馬遼太郎**（しばりょうたろう）（一九二三～九六）小説家。『龍馬がゆく』『坂の上の雲』など。

注57　**椋鳩十**（むく　はとじゅう）（一九〇五～八七）小説家。児童向きの作品に「大造爺さんと雁」「月の輪熊」「片耳の大鹿」など。

注58　**松谷みよ子**（まつたにみよこ）（一九二六～）児童文学作家。『龍の子太郎』『ちいさいモモちゃん』『ふたりのイーダ』など。

注59　**『折り鶴の子どもたち』**（那須正幹、ＰＨＰ研究所一九八四年）

那須　同じ舞台なんだからね。

読者を挑発する作品について

砂田　もう一方の那須さんの作品てのはね、読者に対してかなり挑発していると思うんです。でも、なかなか向こうは挑発に乗ってこない。

那須　そうですね。『ねんどの神さま』（注60）は完全にこっちで読者を挑発してる。今までのそのカタルシスのある予定調和の世界から文学、児童文学で、そういう物すごく納《おさ》まりの悪さみたいなものもあっていいんじゃないかと思うし、特に戦争を語るときに下手に納まるようになんて、ああ、よかったよかったじゃ困るしね。やっぱり、何か今の子どもたちのハートに、ある種の傷をつけてやって、それをずうっといつまでも覚えておいてもらいたいという気持ちがあった。後味の悪さというのは文学として必要じゃないかなという気がして。馳星周《はせせいしゅう》（注61）は、読まれたことありますか。

砂田　あります。

那須　あの人のこの間、台湾の八百長野球選手の話で『夜光虫』（注62）っていうのを読んだんだね。あれは本当後味の悪い作品だったけど、どんどん落ちていく主人公が結構それなりに存在感があるというのかな、ある意味で共感を持てた。その前に『血と骨』（注63）かな。

砂田　梁石日《やんそぎる》？

那須　あれなんかも、むちゃくちゃなやつを書いとるんだけど、やっぱりその辺で物すごく圧

注60　『ねんどの神さま』（那須正幹作、武田美穂絵、ポプラ社一九九二年）

注61　馳星周（はせ　せいしゅう）（一九六五〜）小説家。デビュー作は『不夜城』。

注62　『夜光虫』（馳星周、角川書店一九九八年）

注63　『血と骨』（梁石日、幻冬舎一九九八年）

倒されて、感動するわけでね。今までの韓国人・朝鮮人の書いた作品とは全然違う、悪い感じというかな、人間的にすごく性悪《しょうわる》なやつを書いていて、それがすごく存在感があったし、ああいう作品がやっぱり一般文学でもあるんだから。児童文学でも、ある意味では、これは砂田さんなんかが一番得意だろうけど、児童文学にはそういう人間がいないという、やっぱり読者が眉《まゆ》をひそめるような作品が出てきてほしい。なにかそういうものを少しやってもいいんじゃないかなという気がして、でもなかなか挑発には確かになりませんね。

砂田 那須さんの最近のお仕事に『探偵団』（注64）シリーズがありますね。僕はこれあまり感心しないんだなあ。これはやっぱり『ズッコケ』の系列だと思うんですよ。『ズッコケ』が持つのは、さっき僕はユーモアとペーソスだといったけど、それが隠し味になってる。ところが、同じ形にしたくないと思うのかな、隠し味が効《き》いてない、薄められてるというのかな。そんな感じ。少し悪口みたいになったな。

那須 ちょっと書き過ぎたところがね。

砂田 むしろそういったものから離れた非日常的な世界を描いた作品、そちらの方がおもしろい。たとえば、『おばけがっこう』シリーズ。これは幼年ものですけど、とくに、『おばけがっこうのユータくん』（注65）ですか、これなんか実におもしろかったですね。

注64　『探偵団』シリーズ
『とうがらし探偵団』シリーズ（小学館一九九一年〜）や『コロッケ探偵団』シリーズ（小峰書店一九九八年〜）など。

注65　『おばけがっこうのユータくん』（那須正幹、ポプラ社一九九七年）

那須正幹の書く女の子について

砂田 那須さんの作品の中に出てくる女の子たちについてひとこと。何かいまいち、物足りない感じがする。
「りぼんちゃん」（注66）などはそれなりに魅力的だと思うんだけど、たとえば『ズッコケ』の中に出てくる荒井陽子（注67）ですか、偶然なことに僕も荒井陽子という名の女の子を知っているんですけどね、どんな女の子なのか、どうもうまくイメージできない。少女を書くというのは難しいといえば、難しいんだけど。

那須　やっぱり書けないですね。男の子から見た女の子像しか書けないですね。『ズッコケ』の中は、意識的にそういう男の子の見た女の子というのを書くからね、余計そうなんだけど。ただ、北里真智子（注68）は結構自分なりに愛情込めて書いたけどね。そうね、やっぱりもてなかったからね。これだけは、唯一心残りは、もてない人生を歩んだ、あれだけはやっぱり棺おけに足を突っ込んだときに、僕の人生は何だったんだろうかなんて思うかもわからんな。

砂田　でも、僕はそれなりに成功しているのではないかとも思う。荒井陽子にしても、クラス一の美人で、非常にスタイルがいいことはわかるんだけど、じゃ、笑うとえくぼができるだとか、安達祐実《あだちゆみ》（注69）ふうであるだとか、そういう具体的な描写はない。僕はそれが成功してると思うんですね。つまり、パターンとしての美人ということで留めている。

注66　りぼんちゃん　『りぼんちゃんの新学期』（那須正幹、ポプラ社一九八八年）にはじまるシリーズの主人公。

注67　荒井陽子　ズッコケ三人組のクラスメート。美人で頭もよい。『花のズッコケ児童会長』では、ハチベエに児童会長候補としてかつがれる。荒井陽子後援会のキャッチフレーズは〝I　LOVE　ヨーコ〟。

注68　北里真智子　『ズッコケ㊙大作戦』で、ズッコケ三人組のクラスに転校してくる、とびきりの美少女。モーちゃんは、彼女にすっかりまいってしまう。

注69　安達祐実（あだち　ゆみ）（一九八一〜）タレント。三歳から子役として活動。ドラマ「家なき子」「ガラスの仮面」などで主演。

那須　あんまり書くと、かえって読者が一つのイメージつくり過ぎてね。僕の中では『ズッコケ』は女性が読むよりも男の子に読んでもらいたいという気持ちがあるから、どうしても、男の子が見た女の子像として書くからね。男の子というのは大体そうでしょう。その女の子のここが好きだから好きだいうんじゃなしに、みんなが美人だ美人だいうから、自分もあこがれてしまうわけでね。そんなにその人間性みたいなものにほれたりというのは、あんまりないんじゃないかな、小学生のころはね。もう少し大きくなるとあるんだろうけど。

「自由な民」の生き方について

砂田　『ズッコケ三人組の大研究』の古田さんとの対談の中で、那須さんが自分の出自というかな、先祖のことに触れてるところがある。「たたら」（注70）。「もののけ姫」（注71）に出てきますよね。これはどうなんですか。

那須　どうなんですかっていうのは。

砂田　つまり、「たたら」というのは、漂流の民ですよね。そういったこと感じますか、自分の中に。

那須　詳しくいいますと、うちは「たたら」の親方さんなんですよ。つまり「たたら」の経営者なんですね。経営者ですから、ムラゲとか炭焚《すみた》きとかいう職人ではない。どっちかというと搾取《さくしゅ》した方の人間なんです。ただ確かに土地を持たない民、漂流の民というイメージはあるかも知れません。今のかみさんと一緒になったときに、今度の嫁さんの先

注70　たたら　日本古来の代表的な製鉄方法。あるいは、それにたずさわる人々のこと。粘土でつくった炉で、木炭を燃料として砂鉄を製錬する。島根、広島など中国地方で発達した。

注71　「もののけ姫」　宮崎駿原作・脚本・監督のアニメーション映画。深山のたたら場を主な舞台とする。スタジオジブリ製作。一九九七年公開。

祖は津和野藩《つわのはん》（注72）の勘定奉行だというと、おやじが、きっとなってね、まさちゃん、そんなことで引け目を感じることはない。我が家の先祖は幕府天領（注73）の惣《そう》庄屋をつとめた家なんだから、津和野みたいなこっぱ藩とは違うんだと言うんです。こちらは別にそんなことは気にもしなかったんだけどね。逆におやじの中には、自分は大地を耕す民ではないというコンプレックスはあったのかもわからんね。おやじも、じいさまがたたらつぶして破産したために高等小学校を出るとすぐに代用教員になっとるんですよ。十七歳のときに広島に出てきて、代用教員をやりながら夜学へ通って、それでも結局無資格教員かな、要するに正式の教師になれなかったし、死ぬまで故郷に帰れなかった。だから我が家は故郷を捨てる家系ではある。僕も広島を捨てて防府へ行っちゃったからね。何かそこら辺で自分の大地みたいなものに、あんまり執着がないんですよね。
それはあるね。

砂田　なるほど。近年、網野善彦《あみのよしひこ》（注74）のいわゆる網野史観がいうように、中世以降、日本にはいわゆる自由の民が多かったというけれど、考えてみるとそうなんですよね。僕も、放浪癖があって、定着しにくい人間なんですね。なんでだろうか調べてみると、先祖代々、出稼ぎをくり返している。網野史観に照らしてみると、自由の民といっていい。那須さんにも、そういうのがあるのではないかと思って。やっぱり、野風道ですよね。

那須　野風道、やっぱり一番最初にいうたように、後悔しないよね。後悔しないのは、執着しない、ものに執着しないよね。

砂田　そう。だからいつか那須さんのおっしゃっていた、僕もよく考えるんだけど、もう窓の外は暗くなって星が出てきましたが、いわゆる何百億光年の神秘。そういう広大な宇宙

注72　**津和野藩**　江戸時代、亀井氏がおさめた石見国の藩。現在は島根県鹿足郡津和野町。

注73　**幕府天領**　江戸幕府直轄地のこと。

注74　**網野善彦**（あみの　よしひこ）（一九二八～）歴史学者。日本中世史専攻。『無縁・公界・楽』『異形の王権』『日本社会の歴史』全三巻など。

の中の自分を考えると、人間が何だって気がしますよね。那須さんもそんな考え方をするでしょう、よく。

那須 しょせん人間なんてのはね、鴨長明《かものちょうめい》（注75）じゃないけど、ゆく河の流れは絶えずして、しかも、もとの水にあらずというけど、本当にそんなにしゃかりきになってやったところで、大したことじゃないし、宇宙の運行が変わるわけでもないしね。だからこそ、その一方で、つまんないことにカッカしたり、恋愛もできるのよね。面倒くさがらないでね。

砂田弘によるズッコケ・ベストテン

砂田 『ズッコケ』のシリーズの本にはさまって、「ズッコケファンクラブ情報」や「読者のおたより」がのってる折り込みがありますね。おもしろかったのは、読者の子どもが選んだ、「僕のズッコケ・ベストテン」。そこで、僕も『ズッコケ』の僕なりのベストテンを選んでみました。一位が『ズッコケ・ベストテン』、二位が『それいけズッコケ三人組』、一冊めですよね。それから三位が『ズッコケ文化祭事件』、四位が『ズッコケ財宝調査隊』（注76）、これは僕が文庫版の解説を書いた。五位が『ズッコケ三人組と学校の怪談』（注77）、それから六位が『うわさのズッコケ株式会社』（注78）、七位が『ズッコケ三人組ハワイに行く』（注79）、八位が『花のズッコケ児童会長』、九位が『とびだせズッコケ事件記者』（注80）、十位が『ズッコケ㊙大作戦』（注81）です。四十冊近くになるんですが、やっぱり前半に多いんですよね、好きな作品は。後半の作品も、『ズッコケ三人

注75　**鴨長明**（かものちょうめい）（一一五五？～一二一六）鎌倉時代の歌人。「ゆく河の流れは…」は『方丈記』の冒頭。他に『無名抄』『発心集』など。

注76　**『ズッコケ財宝調査隊』**（那須正幹、ポプラ社一九八四年）

注77　**『ズッコケ三人組と学校の怪談』**（那須正幹、ポプラ社一九九四年）

注78　**『うわさのズッコケ株式会社』**（那須正幹、ポプラ社一九八六年）

注79　**『ズッコケ三人組ハワイに行く』**（那須正幹、ポプラ社一九九七年）

注80　**『とびだせズッコケ事件記者』**（那須正幹、ポプラ社一九八三年）

注81　**『ズッコケ㊙大作戦』**（那須正幹、ポプラ社一九八〇年）

組と学校の怪談』だとか、最近では『ズッコケ三人組ハワイに行く』だとかは好きな作品なんだけど、少しボルテージが落ちてきてるのかな。

那須　自分じゃわからんけど……。

――『ズッコケ文化祭事件』が一位の理由は、なんですか。

砂田　抜群《ばつぐん》におもしろい。童話作家が出てくるなんてこともあってね。『ズッコケ』シリーズは、いただいたときにざっと読んではいるんだけど、この対談のために読み返そうと思ったら、何冊か見つからない。いくら探してもない。僕には三十歳近い息子が二人いまして、もう独立して、大体うちに寄りつかないんだけど、息子たちのいた部屋に入ってみると、置いてあるのよ、『ズッコケ文化祭事件』など四冊ばかりね。腹が立ちましてね。何でこんなところにあるんだと。

那須　親の本を差しおいて。

砂田　親の本は置いてなくてさ。で、『ズッコケ文化祭事件』には、新谷敬三《しんたにけいぞう》という童話作家が出てきますね。あれは那須さんが自分をカリカチュアライズ（注82）したのだろうけど、ひょっとしたら息子たちは親父のこととして読んだのじゃないかなと思ったりした。そういう私の事情もあって、今もストーリーをよく覚えています。『ズッコケ』のように、もう四十冊近くにもなると、読んでもストーリーを忘れてしまっていることが多い。で

注82　カリカチュアライズ　戯画化。おもしろおかしく描くこと。

も、そこにまたよさがあると思うんです。そのときおもしろかったという、それだけでいいのではないか。ただし、今回は、一つの基準として印象の持続度というか、読んでどれだけ印象に残ってるかということも決め手にして選んでみました。

那須 そうそう、ワースト・スリーはなんですか。

砂田 ワースト・スリーはやってません。手が回らなかったんで、ベスト・テンしかやってない（笑）。だけど、リクエストしたいことはあります。環境問題だとか、あるいは今問題になっている臓器移植だとか。学級崩壊なんておもしろいんじゃないのかな。六年一組がどうなるか。

那須 ああ、どうなんでしょうね。学級崩壊みたいなことは、他の作品で書いてもいいけど、『ズッコケ』の一冊というのは、難しいかもしれないな。宅和先生がクラスの担任だしね。宅和先生のクラスでは、学級崩壊は起こらんのじゃないかな。まあ、見てらっしゃい、いまからまた、いいの書きますから（笑）。

――どうもありがとうございました。

エッセイ再録

私の過ごした六年間が「ズッコケ三人組」の世界

わが母校―広島市己斐小学校―

那須正幹

わが母校―広島市己斐小学校―

私の過ごした六年間が「ズッコケ三人組」の世界

私が一九七八年から書き続けている児童向けの小説に「ズッコケ三人組」シリーズというのがある。小学六年生の少年たち三人を主人公にした娯楽作品だが、当節の読書嫌いな子どもたちにもわりとすんなり受け入れられ、昨年の暮れには三十巻目を出すに至った。

物語の舞台は、ミドリ市花山町という架空の町ではあるが、私の生まれ故郷である広島市の己斐町がモデルになっているし、彼らの通っている花山第二小学校も、母校である己斐小学校をイメージしている。

もっとも私が己斐小学校に入学したのは一九四九年、敗戦直後の時代だったから、現在のそれとは比べものにならないほどお粗末だったたし、通って来る子どももおしなべて貧しかった。

己斐町は広島市の西部にある広い谷筋に開けた町で、古くから広島の西の玄関として発展した。町の中心にはJRの駅があり、市内電車と郊外電車のターミナル駅が隣接している。原爆の爆心地から約三キロの位置にあったため、全焼全壊地区には入らなかったものの、住人たちには被爆の傷痕《きずあと》が色濃く残っていた。

私自身はさいわい軽傷で済んだし、家族に死者もいなかったが、クラスメートの中にはひどいやけどを負った者や、親を失った者もかなりいた。ただ、不思議なことに、当時の子どもたちには、あっけらかんとした明るさがあったように思う。

大人たちはいまだ敗戦のショックから立ち直れないまま日々の生活に追われて、とても子どもに構っているゆとりはない。

いきおい私たちは、大人に依存しない子どもだけの世界で過ごす時間が多かった。

これは後で知ったことだが、小学校の学習漢字が最も少ない六百二十九文字だったのが一九四九年で、その後の改定毎に増えていき、現在は千六文字になっている。むろん漢字数だけでなく、全教科のカリキュラムが、一九四九年を底にして徐々に肥大化していくのである。言い換えれば、戦後の子どもたちの中で、私たちの世代ほどのんびりした小学校時代を過ごしたものはいないのだ。

たしかに私の記憶にも、宿題に追われたとか勉強に悩んだという思い出はほとんど無いし、学校そのものが学習の場というよりは友人たちとの遊びの場という認識の方が強かった。だからだれもが学校にビー玉やケン玉、模型飛行機といった遊び道具をもって来た。女の子たちもゴム跳びや毬《まり》つき、あるいはリリアンという編み物に熱中していた。放課後

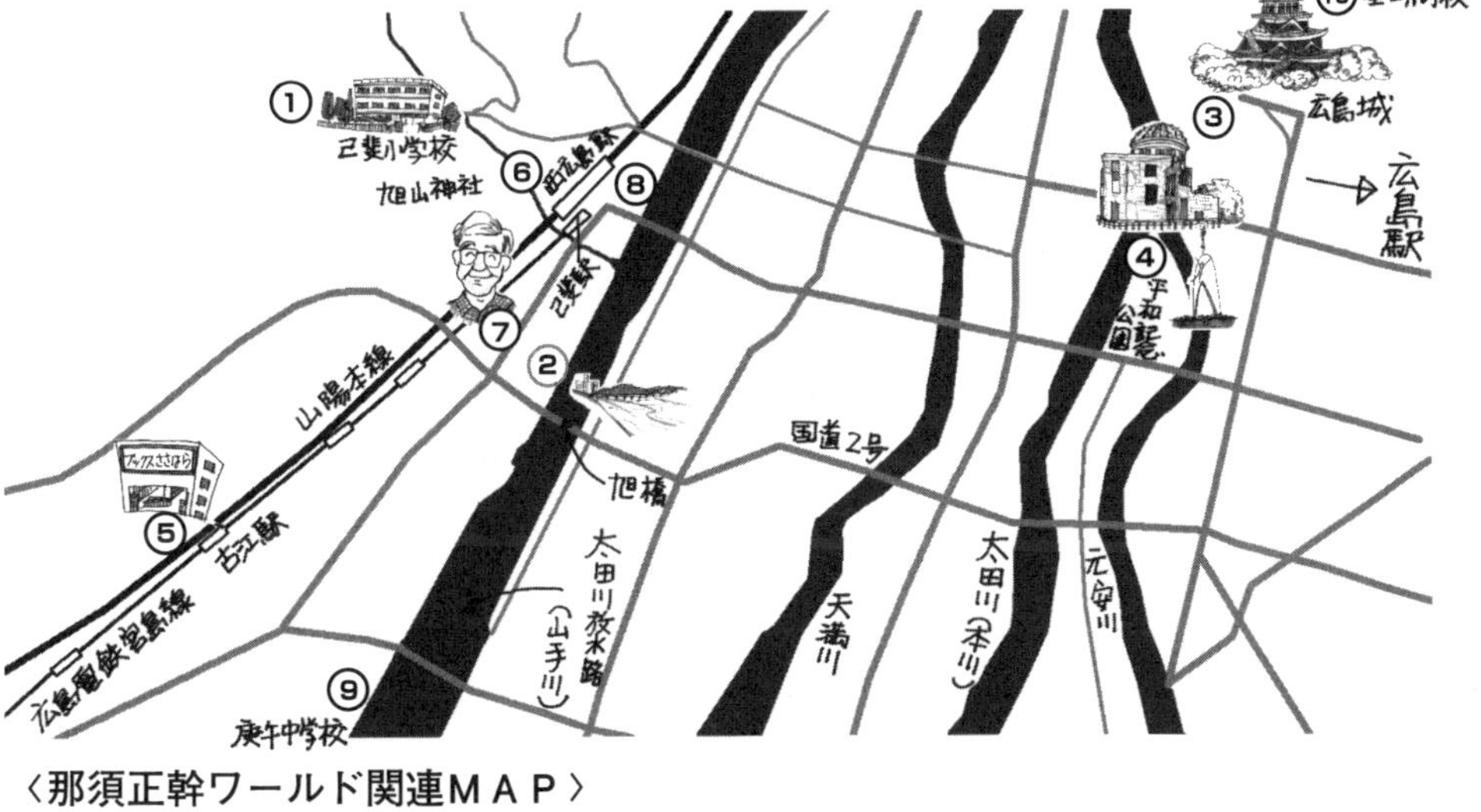

〈那須正幹ワールド関連ＭＡＰ〉

①己斐小学校　那須氏の出身校。『ズッコケ』の花山第二小学校のモデル。**②太田川放水路（山手川）**　子供時代の遊び場。中州は「ガラスのライオン」、河口は『ぼくらは海へ』の舞台。**③原爆ドーム**　『絵で読む広島の原爆』などに氏の戦争に対する思いが託されている。**④原爆の子の像**　『折り鶴の子どもたち』で語られる佐々木禎子さんをモデルにした像。**⑤ブックスささはら**　モーちゃんのモデル、笹原孝治さんが経営する書店。**⑥八幡川《はちまんがわ》**　小学生時代の通学路を流れる川。「やはたがわ」として『ヨースケくん』に登場。**⑦氏の生家跡**　今はパチンコ屋さんになっている。**⑧西広島駅、己斐駅**　『ズッコケ』の花山駅のモデル。アカツキ書店のモデルもここにある。**⑨庚午中学校**　**⑩基町高校**　出身校。

（ＭＡＰ＝大澤　葉・画）

ともなれば夕暮れまでのたっぷりとした時間を、私たちは、まさに遊びほうけて過ごしたものである。

子ども独自の遊び世界

己斐という町は子どもの遊び場として絶好の空間といえる。

背後に広がる丘陵地帯は野鳥や昆虫の宝庫だったし、東を流れる山手川は水泳に最適だった。町はずれの溜《た》め池に行けばフナや食用ガエルがいくらでも捕れた。製材所の材木置き場はチャンバラやボール遊びの場を提供してくれたし、駅前の広場には紙芝居や大道商人がやって来た。時にはやくざの派手な喧《けん》嘩《か》も見物出来た。

私が描くズッコケ三人組の世界は、時代こそ現代にしているものの、その根底にあるのは私が過ごした己斐小学校の六年間に他ならない。端的に言えば大人を頼りにしない、子ども独自の遊び世界なのだ。

大人社会に組み込まれ、時間に追いまくられる現代の子ども読者にとって、いわばおとぎ話のようなこの作品が、未《いま》だに支持されていることに、私自身いくぶん首を傾《かし》げながらも、ある種の期待感をもっているのである。

もしかしたら現代の子どもたちも、私同様な子ども時代を過ごしたいと熱望しているのではあるまいかと。

（『週刊文春』一九九五年三月三十日号　第三十七巻第十三号　文藝春秋　ただし、前ページの地図は、本書のために作成した。）

論文

那須正幹と佐々木禎子

──「生きられなかった可能性」をめぐって──

宮川健郎

ズッコケ三人組の大研究 II

0、一九九九年九月、ヒロシマで。

一九九九年九月二日。石井直人と私、ポプラ社編集部の大熊悟さんは、本書巻頭のグラビア撮影のために、那須正幹さんとともに、朝から午後まで、広島市内を歩きまわった。朝は小雨が降っていたけれど、昼ちかくには、それも上がり、暑くなった。

前日夜に泊まった広島駅のそばのホテルからタクシーでまず向かったのは、西区の己斐小学校。那須さんの母校である。小学校を出て、那須さんが、作品『ヨースケくん―小学生はいかに生きるべきか』（ポプラ社、一九九八年九月）の八幡川《やはたがわ》はこの川のイメージだという川のわきの道を歩き、小高い丘の上の旭山神社へのぼった。さらに、生家のあった己斐本町三丁目へ。那須さんが、子どものころによく泳いだという太田川放水路にも行ってみた。そのあと、西広島駅のあたりへ出て、昼食。午後は、『ズッコケ三人組』シリーズのモーちゃんのモデルといわれる、那須さんの中学校のときの同級生、笹原孝治《ささはらたかじ》さんが経営する書店をたずね、平和記念公園へも行ったのだった。平和記念公園では、みんなで、「原爆の子の像」をあおいだ。

広島で「原爆の子の像」を見たこともあって、東京にもどってから、何度めになるかわからないが、那須さんのノンフィクション『折り鶴の子どもたち―原爆症とたたかった佐々木禎子と級友たち』（ＰＨＰ研究所、一九八四年七月）を読み直した。「原爆の子の像」の建立は、自らの病気の回復を願って折り鶴を折りつづけた、佐々木禎子《ささきさだこ》の死がきっかけになっているのだ。

1、『折り鶴の子どもたち』

〈広島市の夜明けは、市電の音といっしょにやってくる。

大通りの中央、そこだけ石だたみを敷きつめた軌道を、グリ、グリ、ゴットン。グリ、グリ、ゴットン。鉄輪をひびかせて電車が走りはじめると、街は、夜の眠りからさめるのだった。その朝、佐々木禎子も市電の音で目をさました。

禎子の家は、市の中心、八丁堀交差点から百メートルほど北にむかった市電の白島線沿いにあった。木造モルタルの三階建は、市電のひびきを敏感にとらえてかすかにゆれる。（中略）

禎子の家は、白島線でいえば、八丁堀のつぎの停留所、〝京橋通り〟に近かった。だから、電車は、禎子の家のまえのあたりに来ると、ぐっとスピードをおとす。〉

『折り鶴の子どもたち』の書き出しである。時折、市電のポールと電線がスパークして、青白い閃光《せんこう》が電車の屋根を照らす。小さな火の粉が舞いおち、バシッ、バシッという音も聞こえる。——〈母のふじ子は、スパークの閃光が、〝ピカ〟のときの光ににているといってきらったが、禎子には、べつだん不快な色には見えなかった。〉……『折り鶴の子どもたち』の物語は、禎子が大活躍した運動会の朝からはじまる。

『折り鶴の子どもたち』には、広島の地名が数多く出てくる。禎子が生まれた楠木町《くすのきちょう》（そこで被爆した）、その後すごした鉄砲町や基町というふうにだ。彼女がかよった幟町《のぼりちょう》小学校、かようことのできなかった幟町中学校。私は、広島で買った広島市の地図をひろげて、『折り鶴の子どもたち』に出てくる地名そのほかに印をつけていった。禎子が生活した地域は、禎子とまったく同年の那須さんがすごした地域より何キロか東にずれている。そして、それは、より爆心にちかいということなのだ。

作品には、原爆が投下されたときの佐々木家のようすが、こう記されている。

〈まさか、このような言語に絶する爆弾が投下されようとは、広島の人びとも想像だにしていなかったから、被爆者の九十パーセントは、あの瞬間、自分の身ぢかに爆弾が落ちたものと考えた。

佐々木家の人びとも、爆心地から一・六キロの自宅で、とっさにそう判断した。

さいわい、粉砕はまぬがれたものの、木造二階建の家は、屋根をとばされ、かべも柱もめちゃくちゃにこわれていた。

母のふじ子は、気をとりなおして子どもたちの名をよんだ。四歳の雅弘が、泣きながらちゃぶ台の下からはいだしてきた。ちゃぶ台の上には柱やたたみがたおれかかっていたが、細いちゃぶ台の足が、雅弘の体をかばってくれたのである。ただ、頭にけがをして、血がふきだしていた。土間のほうをすかしてみると、禎子が、二階から落ちてきたらしいみかん箱の上に、ちょこんとのっかって泣いていた。二歳の禎子は、爆風で土間にふきとばされながらも、かすりきずひとつうけていなかった。〉

同じ時刻、那須正幹は、どうしていたか。那須自筆の年譜には、つぎのようにある。

〈一九四五年［昭和20年］三歳
八月六日、爆心地より三キロの自宅で母とともに被爆。頭に軽いケガをした程度ですんだが、家は半壊した。父は職場で負傷し、一年間原爆症のため療養生活を余儀なくされた。〉（「那須正幹年譜」、インタビューア・神宮輝夫『現代児童文学作家対談』五、偕成社、一九八九年十月所収）

佐々木禎子は爆心地から一・六キロ、那須は爆心地から三キロというちがいはあるものの、同じ体験をしている。もちろん、これは、広島の人びとみんなの体験だった。『折り鶴の子どもたち』には、こんなくだりもあった。佐々木禎子が入院した朝、担任の野村先生がクラスの子どもたちに禎子の病気のことを話したあとのことである。

〈教室のほうぼうから、原爆症について、いろんな意見がとびだしてきた。そのどれもが、首をかしげたくなるような俗説だったが、野村先生は一種のおどろきを感じないではいられなかった。

この教室にいる子どもたちのうち、ほぼ三分の一の子どもが被爆していた。(中略)彼らも、いつなんどき自分におそいかかってくるかもしれぬ原爆症に、無意識の恐怖をもっているのだろうか。〉

このとき、教室のなかにいた子どもたちのうち、地後暢彦《じごのぶひこ》さんや川野登美子さんと那須さんとは、その後、高等学校で学友となるのだが、那須正幹もまた、〈無意識の恐怖〉をいだいていた子どものひとりだったはずだ。禎子は、二歳で被爆、元気に子ども時代をすごしたのに、被爆後十年ちかくたって発病、十二歳で死んだ。佐々木禎子をおそった原爆症は、那須正幹をおそってもおかしくはなかった。被爆したどの子どもをおそう可能性もあったのである。

佐々木禎子が亡くなったのは、一九五五年十月二十五日。そのあとにも、何人もの広島の子どもが原爆症で死亡している。一九五六年八月に亡くなった林恵美子は、庚午《こうご》中学校二年生で、一年生のときには、那須正幹と同じクラスだった。『折り鶴の子どもたち』には、この林恵美子についても書かれている。林は、爆心から四キロはなれた古田町の自宅で被爆した。中学一年の二学期までは、きわめて健康な少女だったという。それが、冬休みに扁桃腺《へんとうせん》の切除のために病院に行った際、急性骨髄性《こつずいせい》白血病と診断され、入院することになった。中学生だった那須さんは、林恵美子の見舞いに行っている。

〈筆者も（昭和―宮川註）三十一年の春、病院に見舞いにいったのをおぼえている。色の黒い丸顔の少女だったのが、二、三か月の間に、別人のようにやせて、ぬけるような色白の子に変貌していたのに胸をつかれた。ときおり、ベッドになげだした脚が、こまかくけいれんしていたのが、強烈な印象となってのこっている。〉

那須正幹は、〈これも余談になるが〉として、つづけて、こう述べる。

〈その年の秋、学校でおこなわれた被爆者検診で、筆者も血球数にやや異常がみとめられ、精密検査を受けた。さいわい軽度の貧血だったらしく、それ以後、体の変調は感じていないが、一時期、深刻になやんだ記憶がある。

こうした体験は、たぶん筆者だけのものではないだろう。被爆者の健康診断が定期的に行われはじめたこの時期、かなりの被爆者が、〝もしかしたら？〟という不安に苦しんだはずだし、（中略）この種の不安は、いまも被爆者のどこかにひそんでいて、なにかしら体に変調がおこるたびに、頭をもたげてくる。たぶん、それは生涯消えることはない

広島市立己斐小学校にて①

だろう。〉

被爆者たちにとって、そして、そのひとりである那須正幹にとって、佐々木禎子の死も、林恵美子の死も、他人ごとではありえなかった。彼女たちの死は、まさに、我がことだったのである。

佐々木禎子の通夜で、禎子の小学校時代の級友たち（彼らは「団結の会」と名のっていた）は、毎月、禎子の命日には、できるかぎり集まろうと話し合う。〈墓まいりしてやるのが、いちばんええんじゃがのう。〉――そういったのは、安井俊雄だった。が、佐々木家の墓は、その郷里、広島県北部の三次《みよし》にあって、簡単には行かれない。〈みんなで、お金だしおうて、広島にお墓を建ててあげたら？〉――だれかが、そんなことをいった。こうした話し合いが行われたのも、禎子の死が、クラスメートたちにとって我がことであったからにほかならない。彼らの「禎子の墓を」という思いに、河本一郎青年の、原爆で亡くなった子どもたちの慰霊碑《いれいひ》を広島の子どもたちの手で建てるというアイディアがむすびつくことによって、「原爆の子の像」の建立運動がおこることになる。河本には、原爆投下直後に、救護隊の一員として広島に入り、その惨状に立ち合った経験があった。

広島の街角で

広島市立己斐小学校にて②

『折り鶴の子どもたち』は、第一部と第二部にわかれている。後半の第二部では、佐々木禎子をモデルとする「原爆の子の像」が広島平和記念公園に建つまでを描いているが、それを描く那須正幹の視点は、一貫して禎子の級友たちの側にある。建立運動は、だんだんに禎子の級友たちの思いをはなれて、一人歩きしていくことになる。那須は、そのことも、級友たちの立場に立って批判的に書いている。那須正幹にとっても、佐々木禎子の死は、級友たちと同様、我がことであったからだ。

子どものために、佐々木禎子の死や「原爆の子の像」のことを書いた本には、山下夕美子『千羽づるのねがい』（小学館、一九七五年八月）、豊田清史《とよたきよし》『はばたけ千羽鶴』（筑摩書房、一九八二年七月）、手島悠介『飛べ！　千羽づる―ヒロシマの少女　佐々木禎子さんの記録』（講談社青い鳥文庫、一九八六年七月）、長谷川《はせがわ》敬《けい》文・山本東陽写真『原爆ドームの祈り』（講談社、一九九五年七月）などもあるが、禎子の死までを我がことして描かざるをえなかった点で、那須正幹の『折り鶴の子どもたち』は、ぬきん出た独自性をもっている。禎子の級友たちにとって、そして、那須にとって、原爆症で十二歳で死んだ佐々木禎子は、彼らの「もうひとりの私」だったはずだ。禎子は、彼らによって生きられなかった、もうひとつの可能性だったのだ。

2、『屋根裏の遠い旅』、『ねんどの神さま』、そして、『さぎ師たちの空』

「もうひとりの私」、「生きられなかった可能性」ということをいった。これらは、ユング派の心理学者である河合《かわい》隼雄《はやお》の説く考え方だ。河合は、ユングの「影」という概念を説明するなかで、「生きられなかった半面」について述べている。

〈人はそれぞれその人なりの生き方や、人生観をもっている。各人の自我はまとまりをもった統一体として自分を把握している。しかし、ひとつのまとまりをもつということは、それと相容れない傾向は抑圧されたか、取りあげられなかったか、ともかく、その人によって生きられることなく無意識界に存在しているはずである。その人によって生きられなかった半面、それがその人の影であるとユングは考える。〉（河合『影の現象学』思索社、一九七六年六月）

河合隼雄のいう「生きられなかった半面」とは、医学博士ジーキルが薬を飲むとあらわれる邪悪な「影」、ハイド氏のようなもので、那須正幹と佐々木禎子の関係には、うまくあてはまらない。那須は、たまたま、原爆症から死にいたる人生をたどらなかっただけで、「禎子」として生きる可能性が無意識界に抑圧されているわけではない。むしろ、「禎子」は、いつもいつも意識されていたと思われる。

が、那須の別の作品『屋根裏の遠い旅』（偕成社、一九七五年二月）は、河合隼雄が説く意味での「生きられなかった半面」を描いた作品だったとはいえないか。『屋根裏の遠い旅』もまた、戦争の物語である。

花山小学校の省平と大二郎は、放課後、屋根裏にあがる。つまらないことがきっかけだったのだが、それが旅のはじまりになった。しばらく屋根裏を探検して、おり立った教室は、まえと少しちがっていて、黒板の上には、軍人の写真が七、八枚もかかげられている。彼らがおり立ったのは、「花山国民学校」だったのだ。

教室の屋根裏がそこへの通路だった。そこは、昭和十七年九月に日本が太平洋戦争に勝利し、昭和二十一年に満州動乱が、三十一年には第二次支那事変が勃発《ぼっぱつ》した世界である。ＳＦでいう「パラレル・ワールド」、「多元宇宙」のもうひとつの流れに迷いこんでしまった少年たちは、次第に、「戦時下の日本」への疑問をつのらせていく。

ふたりは、「花山国民学校」から「花山小学校」へもどろうとして、くりかえし屋根裏にあがる。だが、うまくもどれない。そのうちに、軍の飛行機が墜落して校舎が焼けおち、屋根裏もうしなわれてしまう。少年たちは、「戦争に負けた日本」へかえる道をなくす。そして、省平は思う。――〈もはやおれたちに、もどるべき世界はないのだ。いやでも、このけったくそわるい日本のなかで、せいいっぱいいたたかっていくしかない。〉

『屋根裏の遠い旅』は、日本の現代史によって生きられなかった可能性を書いている。もうひとつの日本への通路が、屋根裏という日常のバック・スペースであることもおもしろい。屋根裏をとおっていった向こうの世界の教室の「国史」の授業で、作品の語り手である省平（おれ）は、懸命に考える。

〈太平洋戦争、たしかあの戦争で、日本はコテンパンに負かされたんじゃなかったのか。昭和二十年の七月だか八月だったかわすれたけれど、広島と長崎に原爆がおちて、それから日本は平和国家になったのだ。

そうだ、日本は戦争をしないことになっていたはずだ。自衛隊なんて、軍隊みたいなものもあるが、あいつは、水害のとき土運びをしたり、札幌の雪祭りのとき、雪の人形をつくるためにいるので、けっして戦争のためじゃない。しかし、この世界では、どうやらずっと戦争をしているらしい。〉

日本の現代児童文学は、戦争の悲惨さを子どもたちに語り伝える作品を数多く生み出してきたが、そういった作品をいつしか「戦争児童文学」と呼ぶようになった。私は、この『屋根裏の遠い旅』を新しいタイプの「戦争児童文学」のひとつと考えてきた。私は、これまでに何回か『屋根裏の遠い旅』に言及したことがあるが、たとえば、こんなふうに書いている。

〈戦後、数多くの戦争児童文学が生み出され、作家たちは、子どもたちに戦争の悲惨さを語り伝えようとした。だが、やがて、戦争体験を語り伝えようとすることの限界も、意識されるようになる。が、『屋根裏の遠い旅』の読者は、過去の体験を聞かされるのではなく、虚構のなかで主人公とともに「戦時下の日本」を生きることになるのだ。〉（宮川健郎「「児童文学教材」と「現代児童文学」のあいだ」、『国語教育と現代児童文学のあいだ』日本書籍、一九九三年四月所収）

しかし、『屋根裏の遠い旅』は、「戦争児童文学」ではないのかもしれない。私たちは、戦争に負け、戦争を放棄したはずの戦後日本が徐々に再軍備をすすめていったことを知っている。だから、『屋根裏の遠い旅』で、省平と大二郎が経験した、もうひとつの世界は、決して現実が抑圧しているものではなく、戦後の日本そのものかもしれないのだ。だとすれば、これは、「戦争児童文学」ではなくて、日本の戦後を描いた「戦後」児童文学にほかならないことになる。

戦後五十年を生きた主人公の変節（それは多くの日本人の変節でもあるが）を描いた絵本『ねんどの神さま』（武田美穂絵、ポプラ社、一九九二年十二月）も、やはり、「戦後」児童文学だ。敗戦後の山のなかの小学校で、大迫健一《おおさこけんいち》は、粘土で神様をこしらえる。〈戦争をおこしたり、戦争で金もうけするような、わるいやつをやっつけ〉る神様だという。健一の父親は、戦争中、中国で戦死し、家族も、空襲でみんな死んでしまった。山の村に疎開していた健一だけが生きのこったのだ。絵本は、五十年後、兵器をつくる会社の社長となった健一が、大きな怪物となってあばれ出した粘土の神様にコンクリートのかたまりをぶつけて、自分の手でこわしてしまうまでを描いている。作品は、ずいぶん皮肉な文章でしめくくられることになる。

〈これで、いい。この数十年、心のすみにひっかかっていたトゲのようなものが、きれいになくなってしまった。
あとは、もう、自分の思うように事業をすすめることができる。
男は、晴ればれとした気もちで、ゆっくりと自分の会社のなかへもどっていった。〉

戦後日本を批判する視点は、『さぎ師たちの空』（ポプラ社、一九九二年八月）にも仕込まれている。広島から家出してきた中学生、島田太一は、大阪で、さぎ師たちのグループにくわわることになる。さぎ師たちのリーダーは、「アンポはん」と呼ばれている。さぎ師たちの住む街の食堂のおっちゃんは、〈アンポはんは、あれでも東大で勉強しとったらしい〉〈ところが、アンポはんの在学中に、例の安保反対の運動があったんや〉という。

〈昭和三十五年ごろやったな。日米安保条約ちゅうもんを、どうするかということで、まあ、世の中が大さわぎになったんや。つまり、日本がアメリカの軍隊と協力して国をまもるちゅうことになってるが、そらおかしいやないか。ま、そんなことやったと思う。全国ハチの巣をつついたみたいでな。アンポはんも、学生運動をしてたんやろう。そいでさわぎがおさまっても、大学にもどらんと、全国を歩きまわってたんやて。〉

「アンポ」のさぎは、〈資本家が労働者階級から搾取したものを、還元しとるだけ〉の〈革命的階級闘争の一部や〉というのだが……。「アンポ」のほんとうの履歴《りれき》は、作品のおしまい近くで、明らかになる。

3、『屋根裏の遠い旅』、『絵で読む広島の原爆』

省平と大二郎が行った屋根裏のむこうでは、昭和十七年九月に太平洋戦争が終結してしまったという。実際の太平洋戦争は、どのようにして終結すべきかが見えなくなってしまって、広島、長崎への原爆投下とソ連の参戦によって、やっとのことでおわることができたのだとする意見が多いが（たとえば、阿川弘之《あがわひろゆき》、猪《いの》瀬《せ》直樹《なおき》らの座談会「20世紀日本の戦争」、『文藝春秋』一九九九年十二月など参照）、『屋根裏の遠い旅』の世界では、いまだに、原爆が投下されていないのだ。しかし、「特殊爆弾」ということばで、日本軍による原爆の開発がうわさされてもいた。やはり、「戦争に負けた日本」から、この世界にまぎれこんできた医科大学の教授、正木先生は、省平たちにこう語る。――〈この世界でも原子爆弾が開発されているらしいんだ。（中略）理論的に、そのような爆弾が発明されるかもしれないということは、かなりの人間が知っておる。しかしながら、じっさいその爆弾が、どんな力をもっているかということは、この世界のだれも知らんのだ。〉省平は、〈このけったくそわるい日本〉といったけれども、原爆が投下されていないという一点で、私は、あえて、屋根裏のむこうの世界を「ユートピア」と呼びたい。

しかし、現実のこの世界は、たしかに原爆を経験してしまった。佐々木禎子も那須正幹も、一九四五年八月六日の朝に被爆したのである。那須正幹と西村繁男の絵本『絵で読む広島の原爆』（福音館書店、一九九五年三月）は、なぜ、広島の地に原爆が投下されてしまったのかという問題を、一九二九年の世界的大恐慌（戦争の時代のはじまり）にまでさかのぼって追究した力作だった。これもまた、もしかしたら、もうひとりの「佐々木禎子」であったかもしれない那須正幹の存在をかけた仕事だったといえるだろう。

付記

戦争は、『ズッコケ三人組』シリーズにも、さまざまな影をおとしている。
『ズッコケ時間漂流記』（ポプラ社、一九八二年八月）の最後で、江戸時代のお姫様であると同時に、花山第二小学校の音楽の先生、若林雪子先生は、長くつづいた若林家の血筋は、一九四五年八月六日、広島の原爆のために途絶えたと語る。それでも、若林家に伝わる鏡（タイムマシン）は、無事だったという。若林先生は、三人組にこういった。

〈若林家の最後の血筋である知彦という少年が、全身にやけどをおいながら、焼けくずれた家のなかから鏡を持ちだしたんです。ふしぎなことに、あの鏡だけは、まったくこわれていなかったのね。知彦という少年は、鏡を大八車にのせて、郊外まではこびだし、太田川という川のほとりまできて、そこで死にました。当時十三歳だったそうです。〉

だから、先生は、若林家の血筋を復活させるために、鏡の中をくぐって現代に来て、そこで赤ちゃんを産み、育てなければならない。ここには、「原爆以後」をどう生きるかという問題を見出すことができるだろう。

ブックガイド

那須正幹ワールドⅡ

エンターテナーは、さまざまな顔をもつのだ

那須正幹は、複数の顔をもつ作家である。ピカレスクロマン、ミステリー、捕物帳、戦争文学など、さまざまなタイプの作品を書いているのだ。『ズッコケ三人組』シリーズとはまたちがった那須正幹の世界をみてみよう。

ズッコケ三人組の大研究Ⅱ

『お江戸の百太郎』シリーズ

岩崎書店
一九八六年十二月〜一九九四年十一月
長野ヒデ子・絵

『お江戸の百太郎』シリーズ、そのうれしい発見

縄田一男

なわたかずお‥一九五八年、東京都生まれ。専修大学大学院文学研究科修了。文芸評論家。著書『時代小説の読みどころ』『捕物帳の系譜』、編著『時代小説の楽しみ』『極め付き時代小説選』などの仕事がある。

私は児童文学については門外漢だが、児童向けに書かれた捕物帳については大いに興味があるので、この『お江戸の百太郎』シリーズに関する稿を引き受けたのだが、一読してそのレベルの高さに唸《うな》らされた。そのレベルの高さは、今まで私が持っていた児童文学に対する偏見を打ち破ってくれた、といっていい。これは私の体験の範疇《はんちゅう》でのことなので、或いは一般論としてどこまで通用するのかは分からない。しかしながら、私が子供の時、児童文学には、あたかも、大人の文学の中に、かつて純文学と大衆文学が存在したように、いわゆるタメになる作品——これが実は曲者《くせもの》で、子供心に多くは大人の価値観を押しつけようとしている作品ではないか、と感じたものだ——と、娯楽を主体とした少年小説と称する一群の作品とにわかれていたように思われる。そして子供たちの多くは、どちらが好きかといえば、当然、後者が好きで、かつ前者は後者を白眼視していた、という図式があったのではないのか。

そして、それら少年小説の掲げていた最大の命題は一言でいってしまえば唯一つ――今日では既に死語に等しい〝正義は勝つ〟というそれである。こんな理想は今や子供ですら信じないであろう。だが反面、感受性の強い少年期に手に汗握る波瀾万丈《はらんばんじょう》の物語を通して〝正義は勝つ〟という理想を植えつけられるか否か、ということは、実はその後の人格形成に大きな影響を与えることになるのではないのか。大人になれば、いや大人になりかけたとたんに、それは幻想であると分かってしまう哀しい理想である。しかしながら、現実はどうであれ、本当はどちらが正しいのか――これは子供たちの頭が醒《さ》め切ってしまう前に叩き込んでおくことではないのか。

往年のヒーロー、鞍馬天狗《くらまてんぐ》（大佛次郎《おさらぎじろう》）が、しばしば勤皇佐幕といった思想性を越えて、正しい者、弱い者の味方となったのはこのためであるし、高垣眸《たかがきひとみ》の「怪傑黒頭巾」シリーズの面白さの質や、『笛吹童子』等、北村寿夫《きたむらひさお》の一連の「新諸国物語」の持つ戦後文学的な意味合いを真剣に考えるべきではないか、と思わざるを得ない。そして私自身、昨今のイジメ問題と〝正義は勝つ〟という理想の敗北との関連について幾度か考えをめぐらしたこともあった。

だが、そうした少年小説にも問題がなかったわけではない。恐らく最大のそれは、書き手が大人向けの歴史・時代小説の作家と重なっていた、という点にあろう。もちろん、前述の大佛次郎の如く『角兵衛獅子《かくべえじし》』や『山嶽党奇談《さんがくとうきだん》』のように、少年ものがシリーズの代表作となる、つまりは、まったく手抜きをしない優れた書き手もいた。しかし、その一方で、少年向けの時代小説は大家・巨匠の大人向けの作品のリライトであったり、更に悪いことに登場する少年が、しばしば、大人顔負けの活躍をする、結局は、剣のスーパーマンの予備軍としての下地がはじめから出来てしまっていたりしたのである。智力・胆力に優れ、腕が立つ――これは明らかに優れた大人になるための理想の条件であり、実はこうした少年小説の中にも、大人の価値観を押しつけようといった姿勢は忍び込んでいたのである。

ことほど左様に子供のための娯楽小説を書くのはむずかしいと思われるのだが、『お江戸の百太郎』シリーズは、子供のための娯楽小説としての側面と、児童文学が本来持つべき諸々の要素――それは主に読者の精神を健全な成長に導くということに尽きると思うが――が一体となった特有の連作となっているように思われるのだ。それを可能としたのが、作品を全六冊の連作とし、結果的に主人公百太郎の成長を描く、という小説作法であろう。第一巻ではじめて読者の前に登場した百太郎は父親の大仏の親分こと千次から「年は十二ですが、ときどき捕りものの手伝いをさせますんで」と説明されるや、たちまち、このシリーズのレギュラーの一人となる材木問屋伊勢屋の末娘お千賀《ちか》かどわかしの犯人像を推理しはじめる。更に「千次のおかみさん、つまり百太郎の母親が流行病で死んだのは五年まえ、百太郎が七つの夏でした。それ以来、千次と百太郎はふたりぐらしです。家のことは、ごはんのしたくから、そうじせんたくまで百太郎がやらなくてはなりません。そのうえ……」、千次は実は捕り物の腕がからっきし、という家庭の事情が描かれ、ここに百太郎がしっかりしていなくては生きてはいけない訳《わけ》が無理なく描かれている。そして作品総体としては、シリーズ最終作『乙松、宙に舞う』が日本児童文学者協会賞を受賞した時の選評にあるように「主人公が巻を重ねるごとに成長して、今回の完結作では、一人前の目明かしになるために親元を離れて同心の家に住み込むことになる」までに至っている。

加えて、特に注目したいのは、百太郎が母親のいない父子家庭の子供として設定されている点ではないのか。百太郎をめぐるあたたかい人の輪は、あたかも擬似家庭の如くその空白を埋める役割を果たし、作者は文政年間の江戸に一つのささやかなユートピアを見出しているのである。そしてこのことは、大人向けに書かれた時代小説の動向とも無縁ではない。『お江戸の百太郎』全六冊が書かれたのは、一九八六年から一九九四年にかけてのこと――すなわち、バブル全盛期から崩壊期に当たっている。そしてこの間に行われた狂躁《きょうそう》は、東京をはじめとする大都市の外見ばかりか、そこに住む人々の精神の内面にも深い爪あとを残してしまったことは言をまたない。そして、こうした経緯を経て、かつての武将や幕末の志士に企業戦士をだぶらせたような歴史情報小説に取って代わって読まれるようになったのが市井《しせい》ものなのである。一言でいってしまえば、希望の持てない未来に代わって足下の暮らしを見つめはじめたわけだが、今や、市井ものは、物質的にも精神的にも故郷を失った東京人のための帰郷小説としての側面を持ちはじめたのである、といっていいのではあるまいか。

　加えてこのシリーズが優れている点はもう一つ、時代考証の正確さである。江戸の地誌風俗はもちろんのこと、江戸期でなければ起こり得ない事件や状況のみを扱うという『半七捕物帳』（岡本綺堂《おかもときどう》）以来の鉄則は守られているし、作中に四季折々の風物を折り込む手際もソツがない。第四巻の『大山天狗怪事件』の大山詣《もう》でを発端とする連続殺人事件等はその最たるものであろうし、第三巻『赤猫がおどる』の小《こ》伝馬町《でんまちょう》牢屋敷の説明――「江戸の刑罰には、いまでいう懲役刑がありませんでした」として、いちばんに挙げるべきものが島流しや佐渡送りであるとし、「では、牢屋にはいっている囚人というのは、どんな連中かというと、これはすべて取調べ中の容疑者です。つまり江戸時代の牢屋というのは、現在の拘置所《こうちしょ》で、刑務所ではなかったということです」という明快さはどうであろうか。大人向けの時代小説でも、こうした歯切れの良い説明には、なかなかお目にかからないものである。

　そして更にもう一つ、このシリーズの魅力として挙げられるのは、ミステリーとしての骨格の確かさではないだろうか。第六巻『乙松、宙に舞う』巻末の佐藤宗子《さとうもとこ》の解説で那須正幹が都筑道夫《つづきみちお》の『なめくじ長屋捕物さわぎ』の愛読者であるというので合点がいったのだが、第一巻『お江戸の百太郎』の第二話「道をきくゆうれい」には、都筑作品に登場する岡っ引き下駄常《げたつね》が顔を見せ、更に第三話「三番蔵」は、なめくじ長屋の第一巻『血みどろ砂絵』に収められた作品と同じ題名になっている。このあたりは大人のミステリーファンが読んでも思わずニヤリとするところであろうし、『乙松、宙に舞う』の、千次が向かいの役者墜落事件を目撃するというのは、この作者なりのＪ・Ｄ・カーの名作『皇帝のかぎ煙草入れ』への挑戦ではないのか。

が、こうしたことどもにも増して見落とすことが出来ないのは、作者が百太郎の扱う事件を単純に善玉悪玉の対決というような割り切り方をしていないことであろう。例えば第二巻『怪盗黒手組』のテーマとなっているのは、レギュラーメンバーの一人である寺小屋の先生、秋月精之介の過去をも含めた武家社会の致し方のなさである。亡き殿様の無念を晴らすために行われる香木をめぐる盗みの数々――そして虚《むな》しさの残る結末。現代の子供が読んだら何と馬鹿馬鹿しいと思うかもしれないが、作者の狙いは案外、そこにあるのではないのか。そしてもう一歩更に踏み込んで、そうした価値観に生きるしかなかった男たちのいた時代に思いをはせてもらいたい、とも考えているのではないのか。

かつて、〝正義は勝つ〟というシンプルな命題に支えられていた少年時代小説に代わって、『お江戸の百太郎』シリーズは、今日の複雑な人間の生きざまや社会の状況までをも取り込んで、なおかつ、優れた児童向けの娯楽作品として成立している。私は、今、子供の時から捜し求めていた本当の少年時代小説に出会ったという充実感を心ゆくまで味わっているところである。

ブックガイド 2

タモちゃん

理論社
一九九一年六月
田代 卓・絵

岩瀬成子

いわせじょうこ：一九五〇年、山口県生まれ。岩国商業高校卒業後、聖母女学院短期大学で聴講生として児童文学を学ぶ。処女作『朝はだんだん見えてくる』で日本児童文学者協会新人賞受賞。他『夜くる鳥』など作品多数。

太い輪郭――『タモちゃん』について――

子供のとき、「ヨシノブちゃん事件」が起きた。ヨシノブちゃんという子供が誘拐されて殺されたのだ。連日新聞は大見出しで事件を報じ、子供を持つ親は震えあがった。しかし、そのあとも、（その前からも）子供を殺す人は跡を断たなくて、金に困った人が子供を誘拐して、あげくに殺したり、親が我が子を殺したり、顔見知りの若者やおばさんが突如近所の子供を殺したりで、子供はいつ自分が殺されるような目に遭《あ》うのかと思ってとても心配になっているかというと、たぶんそうではない。私も普段はそんなことは考えなかった。なのにヨシノブちゃんが殺されてからというもの、晩ご飯のたびに母親に「知らないおじさんに、『お母さんが病気でたったいま病院に担《かつ》ぎこまれちゃったから、おじさんがいまからその病院に連れて行ってあげよう』と言われても、けっして信じちゃいけんよ」と戒《いまし》められるようになった。しかし、その具体例があまりにもリアルだったので、私はかえって、父は少し前に死んだところだし、親といえば母親一人で、その母親が急病で倒れたと言われたなら、私は冷静に「おじさんのことは知りませんから信用できません」と断ることができるだろうかと心配になって、もしもその誘拐犯が「あんたは俺を知らんでも、俺はあんたがおしめをしとる頃からよう知っとる」などと嘘を言ったら、信用してしまいそうだと、非常に心細くもなった。

そういうときに、自分はつくづく子供なのだなと思った。体力的にも大人に抵抗できないし、本物の誘拐犯と親切な大人とを見分けることもできないのだ。へらへらと、ただなんとなく毎日暮らしていた自分は「いたいけな子供」という輪郭《りんかく》も持っていて、誘拐されて殺されることもあるのだと、急に自分の姿に気づいたような、そんな感じだった。

そのあとしばらくは友だちと「いたいけな子供の自分ら」を狙う誘拐犯が学校の便所の陰あたりに隠れているんじゃないかと覗《のぞ》きに行ったり、黒眼鏡をかけた男は怪しいなどとよそのおじさんの自転車のあとをつけたりして、まぼろし探偵になったり、リボンの騎士になったり、シャーロック・ホームズにまでなって遊んだのだが、一旦家に帰ってしまえば、やっぱりそこにはただの退屈で曖昧な自分がいるだけだった。

子供の生活というものは、見た目は単調だ。朝起きてご飯を食べて靴をはいて学校に行き、学校から帰ってだらだら遊ぶか塾に行って、晩ご飯食べて風呂に入って寝る。外側から言えばそんな生活。けど、もちろん子供だってほんとうは結構やりくりしながら暮らしている。喧嘩したり誤解されたり悪口言ったり嘘をついたり、憎んだり恐がったり自惚《うぬぼ》れたり。自分が今どんな子供であるかということもよく分からないのだから、浮かれすぎたり悩みすぎたり疲れすぎたりもする。まったく子供のときは、去年と同じということがなく、といって何年たっても変わらない感じというものも携《たずさ》えていて、なんてぐらぐらとちぐはぐだったのだろう。

そういうとき、くっきりと子供的な輪郭というものを与えられると、子供はしっかりした椅子に腰かけたような気持ちになれて、その輪郭の中でくつろげるのではないかと思う。「そういうふうに私って子供なのか」と思えたら、相当楽になって遊べると思う。

タモちゃんというのは、そういうくっきりとした輪郭を持つ子供である。ごく普通の両親と暮らしていて、身長も体重も平均的で、不幸でもなく天才でもなくて、名前もタモツととても平凡で、田代卓《たしろたく》さんの描くこの本の表紙絵そのままと言ってもいい。くっきりと太い輪郭線を持っているタモちゃんは、まるまるした顔をして、丸い目、笑った口、泣いた顔も、困った顔もとても単純化された線で健康的だし、翳《かげ》りなどはまったくない。そういうふうにあえて田代さんは子供を描いているのだし、那須さんもあえて子供にくっきりと太い輪郭を与えているのだと思う。

太い輪郭というのは安心できるし、頼りにもなる。曖昧な自分がずるずると流れだしたりするのを食い止めてくれそうな気がする。とりあえず、こういう子供でいくよ、という約束をしっかりと示す那須さんは、子供の読者の味方なのだとあらためて思う。読者の子供もきっと、うん、僕も当面こういう子供でいくことにするよと、ほっとして物語の入り口に立てるのだと思う。

『タモちゃん』はタモちゃんをめぐる五つの短編からなっている。

喜寿を迎えるお祖母さんに会いに行って、人間の時間についてふと考える話。吉岡さんにデートを申し込んだ友だちの陽介くんに無理やり付き合わされる話では、待ち合わせ時間よりも早く着いてしまい、タモちゃんは思わず地面の水たまりに水路を掘って土木工事に熱中してしまったり。乱暴者の茂男くんに殴られたときも、陽介くんに、このまえ殴られたときにタモちゃんが助けてくれなかったから僕が茂男に告げ口したんだよと告白されるのだが、陽介くんを恨むどころか、タモちゃんは僕が悪かったんだと反省して、「きゅんと胸がいたくなって、思わず空を見あげ」て、陽介くんにあやまろうと思う。そういうタモちゃんは小学生的日常の中でときどきふっと人生の切なさを味わうものの、しかし物語全体としては明るさに満ちている。生きていく力が約束されている。

翳りというものがあると、物語はなかなか前へは進めない。ぼやぼやっと翳っていると、前へ進むどころか立ち止まって、ええっととぐじぐじ考え、横道にそれて横穴をどんどん掘って、いつのまにか見たこともない扉の前に立っていたりする。しかしそうではなくて、翳りなしで行くよ、横道なしで行くよと、これも那須さんが子供読者と約束していることだと思う。子供たちは安心して、どんどん前へ進める。前へ前へと展開できるのは楽しい。

ただ最後の「栗原先生のこと」という短編は、担任の先生の不倫と離婚と退職という話で、急に現代的な暗い霧がたちこめてくるようで、それまでにこにこ笑っていたタモちゃんの笑顔がすうっとフェイドアウトしていくような終わり方をしている。こういう感じ、今まで書いてきた人々に対して急によそよそしくなられることは那須さんにはときどきある。書いてきた人物からすうっと足を抜く感じというか、丸く閉じられかけたものを拒否する感じというか。これはなぜなのだろうと思う。しかし、それでもやはり本を閉じたあとに残るのは後味の悪さなどではなく、いろいろあったけど健康的な小学生の生活という強い印象である。

四年前、岩国市の図書館が開いた「子どもの本ゼミナール」において、那須さんは「子どもはどんな本が好きか」という講演をされた。タイトルも率直だったが、お話も率直だった。

本嫌いの子供に向けて書いているのですと那須さんは言われた。そのためには修飾語を少なくし、主語述語をはっきりさせ、イメージしやすい文章で書くことが大事であると説明された。私はメモしながら、なるほどと感銘を受けた。「修飾語は少なく」などとなかなか言いきれるものではない。なのに那須さんは少しつっけんどんな口調でそう言いきり、正面を向いて毅然《きぜん》としておられる。そういう真っ向勝負を子供たちが信頼するのも分かる気がした。それからまた、子供は人生経験が少なくて知らないことが多いし、想像力に限界があるので抽象的な表現ではイメージできないことが多く、そういう表現を重ねていると読者は躓《つまず》いてしまうとも言われた。あるいは、主人公のキャラクターをはっきりさせ、子供が寄り添えるような登場人物を書くこと。つまり、真に子供に迎合したおもしろい作品を書きたいのですと話されたのだった。

そういう文体についての考えのもとに引かれた太い輪郭なのである。那須さんはこれまでずっとその姿勢を崩されていないと思う。

だから大人になって大分たつ私が読むと、ときに、この本は子供には面白いのだろうなあ、という置いてきぼり的読み方になって淋しいのだが、しかしそんなことはいいのである。それこそが那須さんのねらいなのだから。

自分が子供だったときのことをあらためて振り返ると、私は修飾語の多い子供で、というかほとんど修飾語だけの子供だったような気がする。「つまらないような、うきうきするような、ふわっとして、ぼやっとして、なんだか気分としては……」という状態で生きていた。つまり、修飾語でできている子供であればこそ、そういう自分ではない、くっきりした輪郭を求めていたのだと思う。「いたいけな自分」に浸って遊んだように、「明るく元気でめげない小学生の自分」で数カ月を生き、また「継子《まま こ》いじめの不幸な少女物語」でも数カ月をしのいで、私は結局、あれこれつぎはぎの、さまざまな物語の舟を乗り継ぎ乗り継ぎして、なんとか子供時代を渡り終えたのだという気がする。その舟はお人形ごっこだったり、物語の本だったり、少女漫画だったり、アニメだったり、テレビドラマであったりした。那須さんの本もまた、子供にしっかりした舟を提供しているのだと思う。子供にはそうした舟が必要なときがたしかにあるのだと思う。

ブックガイド　3

ねんどの神さま

ポプラ社
一九九二年十二月
武田美穂・絵

長谷川　潮

はせがわうしお：一九三六年、東京都生まれ。法政大学文学部通信教育課程卒業。児童文学評論家。中心的対象は明治期から現在にいたる戦争児童文学。著書に『日本の戦争児童文学』『児童戦争読み物の近代』など多数。

「日本国憲法」から読む

1

「太平洋戦争がおわって、ちょうど一年がすぎた九月のことだった」と、『ねんどの神さま』の物語は始まる。山のなかの小さな小学校の五・六年生の教室で、大迫健一少年は粘土で一つの像を作った。健一によれば、それは「戦争をおこしたり、戦争で金もうけするような、わるいやつをやっつけ」る神様だった。健一の父は中国戦線で戦死しており、母や兄弟は空襲で死んでいた。健一は戦争によって孤児になったのだ。

一九四五年の敗戦から一年後に〈ねんどの神さま〉を作ったとき、健一は五年生または六年生だった。早生まれではないと仮定すると、健一は一九三四年または三五年生まれである。作った翌年（すなわち一九四七年）の春、健一は村を離れた。そして、「少年が村から去って、ちょうど五十年めの、とある春の晩」に、異変が起きた。

この作品は最初、「ねん土の神さま」として、同人誌『亜空間』三十七号（一九九二年五月）に発表され、同年十二月に絵本版『ねんどの神さま』（絵・武田美穂）として出版された。絵本版のほうはいくらか文章が省略されたり、漢字が仮名化されたりしているが、内容にそれほど変動はない。しかし異変が起きた時期が、「ねん土の神さま」では「四十五年め」だったのが、絵本版で「五十年め」となっていることだけは大きな違いである。一九四七年から四十五年目だと一九九二年だから、「ねん土の神さま」ではまさに「現在」のこととして事件が設定されており、一方、絵本版では近未来のこととして設定されていることになる。

さて、廃校になった学校の倉庫にうちすてられていた粘土の像が、「五十年め」に身長百メートルにも巨大化し、東京に向かって進み始めた。自衛隊が出動したが、この怪物を倒すことができない。日本でも有数の軍事産業の社長になっている大迫健一は、怪物の正体を知らぬまま、防衛庁の幹部に化学兵器や核兵器の使用を要求した。そしてそれらが使用されたとき、怪物は死ななかったが、一般の住民が巻き添えを食って死んだ。

健一のもとにたどりついた〈ねんどの神さま〉は、「ケンちゃんは、かわっちゃったね」と語りかけるが、健一は「わたしは、むかしのままの大迫健一だ」と、変化を否定する。話は通じないのだ。健一は元の粘土細工に戻った〈神さま〉を叩きこわし、「これで、いい。この数十年、心のすみにひっかかっていたトゲのようなものが、きれいになくなってしまった」と思う。そして彼が「晴ればれした気もち」になるところで物語は終わる。

2

〈ねんどの神さま〉は、「トゲのようなもの」として健一の意識に突き刺さっていた。その「トゲ」、あるいは「トゲのようなもの」である〈ねんどの神さま〉は、何かのシンボルとして読める。何のシンボルかということにはいろいろの答えがあるだろうが、ここではわたしとしての一つの答えを提示してみたい。

話は一冊の教科書、文部省が作成し、一九四七年八月二日に発行した『あたらしい憲法のはなし』という、新しく義務教育になった中学校の一年生が使用した社会科教科書から始まる。この教科書は、その年五月三日に施行された新しい日本の憲法、すなわち「日本国憲法」の解説書として作られた。

しかし教科書としての寿命は短く、一九五〇年には副読本の扱いとなり、翌年には廃止されてしまった。だからこの教科書で憲法を勉強したのは、一九四七年から一九五〇年までの間に中学一年であった人々、すなわちほぼ一九三四年から三七年までの間に生まれた人のみである。大迫健一は一九三四年または三五年生まれだから、この教科書で学んだはずである。ちなみに、わたしがこの原稿を書いている一九九九年六月現在で日本の首相である小渕恵三《おぶちけいぞう》氏は、一九三七年六月二十五日生まれなので、この教科書での学習組のひとりである。

B6判五十三ページの『あたらしい憲法のはなし』は、物資不足時代を反映して、きわめて粗末なものだった。しかし、その内容は光り輝いていたといってよい。そしてこの輝きは、「日本国憲法」それ自体が持つものだった。

たとえば、新しい憲法は「主権在民主義の憲法である」と書かれている。また、天皇について、「天皇陛下は、けっして神様ではありません。国民と同じような人間でいらっしゃいます」とも述べられている。「何を当たり前のことを」と思ってはいけない。一九四五年の敗戦までの日本では、天皇は神であり、戦争に出ていって天皇に命を捧《ささ》げることが何よりも価値のあることだと、子どもたちは教え込まれていたのである。なお、古い憲法である「大日本帝国憲法」では、第一条において「大日本帝国ハ万世一系ノ天皇之ヲ統治ス」と、天皇主権が規定されていた。

『あたらしい憲法のはなし』は戦争否定については、「日本の国が、けっして二度と戦争をしないように」、戦力と戦争を放棄した、と述べている。また基本的人権については、細かく説明した上で、「みなさんは、憲法で基本的人権というりっぱな強い権利を与えられました。この権利は、三つに分かれます。第一は自由権です。第二は請求権です。第三は参政権です」と要約している。

こういう基本的人権もまた、旧憲法では保障されていなかった。早い話が、旧憲法下においては、女性には参政権がなかったのである。（もっとも男性にしても、最初は一定以上の税金を納めている人にしか選挙権がなく、そういう制限がなくなったのは、一九二五年のことでしかなかった。）

『あたらしい憲法のはなし』で学んだ世代は、年齢的に兵士として戦争に駆り出されることはなかった。しかし、空襲や原爆などで殺されたり、傷つけられたりした子どもは多かったし、自分は死なないまでも大迫健一のように家族を失った子どもも多かった。満足な住居も食物もなく、学校にも行けないという状態に追い込まれた子どももまた、少なくなかったのである。

この教科書が使われた時期は、まだまだ戦争の傷跡がいやされず、大勢の人が苦しい生活を強いられていた。そしてそれだからこそ、国民主権、戦争否定、基本的人権を教えてくれた『あたらしい憲法のはなし』は、いいや、新しい「日本国憲法」は、子どもたちに新しい光を投げかけた。そしてこの光は、わたしたちが人間として生きようとするかぎり、決して失ってはならないものなのである。

3

『ねんどの神さま』の作者は一九四二年生まれだから、『あたらしい憲法のはなし』では学習しなかっただろう。しかし作者は、この教科書とのかかわりがあろうとなかろうと、「日本国憲法」の側から日本の戦後五十年の歴史を見つめている。たとえば戦争への作者の姿勢は、直接的には『絵で読む広島の原爆』

（一九九五年）一冊を見るだけで十分である。その結びの場面で作者はこういう。

毎年、毎年、くり返し、くり返し、わたしたちは、あの日のことを思い出そうではありませんか。たとえ被爆の体験がなくても、あの日、広島でおこったことを記憶して、絶対に忘れないことが、残された者のつとめだと考えるからです。

このことばを聞けば、大迫健一が「忘れ」てしまった人間であることがよく分かる。そしてそういう人間は、決して健一だけではないのである。健一は〈ねんどの神さま〉に対して、「わたしの事業は、平和のための事業」だと主張する。ことばの上では戦争否定を忘れてはいないというのだが、〈怪物〉を攻撃して住民を犠牲にしたことなど、まったく気にかけていない。行動はことばを裏切っている。だから、健一にとっての「トゲ」は、「日本国憲法」でありうるのだ。

一つの物語として重要なことは、この作品が〈ねんどの神さま〉に真正面から対抗する人物として大迫健一を造型したことである。そしてこういう人物を作中に存在させたことによって、『ねんどの神さま』は、二〇世紀末における日本という国家についてのラディカルな作品になりえた。「ラディカル」ということばは、日本では「急進的」とか「過激」とかいう意味で使われることが多いが、本来的には「基本的」とか「根源的」とかいうことであって、わたしはこの意味で『ねんどの神さま』にこのことばを当てはめている。そしてこういうラディカルな作品を送り出しているという意味で、作者は現在の児童文学の世界において稀《まれ》な存在なのである。

『ズッコケ三人組』シリーズの多数の読者はほとんど意識することはないだろうが、ハカセやハチベエやモーちゃんの世界も、「日本国憲法」が支えている。だから『ズッコケ三人組』シリーズを維持するためにも、〈ねんどの神さま〉を破壊させてはならないというのは、あながち冗談ではないのである。

付記

『あたらしい憲法のはなし』は、民間で何度も復刻されている。最近のものでは森英樹・倉持孝司編『新・あたらしい憲法のはなし』(日本評論社・一九九七年)に、本文や解説などが収録されている。

ブックガイド　4

さぎ師たちの空

ポプラ社
一九九二年九月
関屋敏隆・絵

日本の児童文学に提示した新しい領域

鳥越　信

とりごえしん：一九二九年、兵庫県生まれ。早稲田大学国文科卒業。現在は聖和大学大学院教授。著書に『日本児童文学史年表１・２』（日本児童文学学会賞、日本児童文学者協会賞、毎日出版文化特別賞）など多数ある。

『さぎ師たちの空』は、出た直後に一気に読んだ。その時の第一印象は、那須さんはまた日本の児童文学に新しい領域を提示したな、という思いで、それは今も変わっていない。

那須正幹といえば『ズッコケ』シリーズとこだまが返ってくるくらい、このシリーズは大ベストセラーの大ロングセラーで、那須文学の代名詞のようになっているが、実はこの三様の個性的キャラクターの組み合わせという、どこにでも転がっていそうな設定自体が、考えてみると過去の日本の児童文学には全く見られなかった新しい領域だった。

作家はふつう、これまでの歴史になかった新しいタイプの作品を書こうと努力するものだが、那須さんほどそのことに挑んできた作家はいなかったのではないだろうか。例えば『ぼくらは海へ』もその一つである。

私見では、この作品は今のところ大石真『チョコレート戦争』と並んで、日本では二例しか見られないもので、その新しさとは一口にいって、非日常的な素材を扱った日常的物語——ある時期、「架空物語」とか「宝さがし小説」とかの用語も使われたが、市民権をもって定着するに至らなかった——という点にある。

しかも『チョコレート戦争』が偉大な失敗作だったのに対して、『ぼくらは海へ』は成功への手がかりをしかと持っており、私は今でもこの作品は那須文学の最高傑作と確信しているのだが、ふしぎなことに『ズッコケ三人組の大研究』でもとりあげられず、今回のパートⅡでもその名が見えない。

このほか、子ども向け捕物帖の『お江戸の百太郎』シリーズ、子どもの殺人をとりあげた『ご家庭でできる手軽な殺人』等々、那須さんが試みた新しい領域への挑戦は多々あるが、この『さぎ師たちの空』も例外ではない。

ではこの作品の新しさとは何か。大人の悪者を主人公にした点である。そうした作品として私たちは、日本では新美南吉《にいみなんきち》の「花のき村と盗人たち」、海外ではドイツのプロイスラーによる『大どろぼうホッツェンプロッツ』シリーズなど、たくさんの作品を知っている。しかしそれらの作品の殆どは、少くとも南吉とプロイスラーの作品は、共に空想的物語であって、日常的物語ではない。

つまりここに登場する泥棒・盗人たちは、メルヘンの象徴手段としての人物であって、こびとや妖精や魔女たちと同じメルヘンの住人なのである。その点が日常的物語である『さぎ師たちの空』との決定的な違いである。日常的物語に登場する大人の悪党としては、日本の場合、私は平塚武二《ひらつかたけじ》の「馬ぬすびと」しか思い出せない。

一方、外国の作品では、何といってもイギリスの古典児童文学、スティーブンスンの『宝島』に登場するジョン・シルバーが抜きん出た存在である。主人公でなければ、アメリカのマーク・トウェーン作

『ハックルベリィ・フィンの冒険』に出てくるハックの父親や、同じく『トム・ソーヤーの冒険』に出てくるインディアン・ジョウなどたくさんいるが、まるで生きているかのように紙面で躍動する強烈な個性という点で、ジョン・シルバーは世界文学に名をとどめる最高の悪党といっていいだろう。

最近、このジョン・シルバーに匹敵するようなキャラクターとして登場してきているのは、デンマークのボトカー作『シーラス』シリーズに描かれる通称「ウマガラス」である。このシリーズの主人公はシーラスなので、ウマガラスは脇役の一人ではあるけれども、本名も素姓《すじょう》も過去もだれひとり知らず、男まさりの筋肉をもった中年女性、しかし一方では両性具有者とのうわさもあり、どこか影のある不気味な存在で、救いようのないワルでありながら、強烈な印象をあたえるふしぎな人物である。

実は『さぎ師たちの空』が出版された頃、私はのちに『児童文学の大人たち』と題して一書にまとめた文章を、大阪のローカル週刊新聞に連載をしていた。「母親」「教師」「老人」「父親」ととりあげてきた最後が「その他」で、主にさまざまな職業人について書いたのだが、その最後で「職業と呼ぶにはためらいがある」が、とことわりつつ泥棒その他の悪党たちについてふれた。

その時、「最近出版されたものの中にも、強いインパクトで迫ってきた悪党がふたりいた」としてあげたのが、ウマガラスと、『さぎ師たちの空』に出てくるアンポさんこと水上誠吾《みなかみせいご》だったのである。この物語では、広島から大阪に家出をしてきた中学二年生の少年太一が軸になってストーリィが展開するが、太一は『宝島』におけるジム・ホーキンズのような役割であって、主役は題名も示す通り、さぎ師グループの中心にいるアンポさんと受けとっていいのではないだろうか。

それほど大人の悪党が本格的に登場したという点が、この作品の中心的な命題である。海外では、スペインから生まれたといわれるピカレスク・ロマン――悪漢《あっかん》小説という伝統があるそうだが、日本では大人向けの大衆小説でもあまりそうした言葉は聞いたことがないし、ましてや児童文学では画期的な出来事だったといってよい。

しかもこの悪党が、たしかに法律や道徳からはみ出たアウトローであるにもかかわらず、どこか憎みきれない、お人好しでユーモラスな人物として描かれている点も大きな特色である。それは花のき村の盗人たちも、大泥棒ホッツェンプロッツも、元海賊のジョン・シルバーも、不気味なウマガラスも同様で、こうした人物造型の魅力があるからこそ、読後に不快感は残らず、かえってさわやかな印象を残すことになる。

さらにこうした憎めない悪党像は、彼らがやってのける仕事の中味や相手の立場とも無関係ではない。アンポさんは、安保闘争のころ東大の学生だったとうわさされ、あだ名もそこからついたのだが、本人もそのうわさを裏づけるように、『共産党宣言』をテキストに研究会を開いたりする。しかし実際は、けちなかっぱらいから出発した単なるさぎ師でしかない。

ただ、アンポさんを中心としたさぎ師グループが狙うのは、政治家や暴力団など、権力欲や金銭欲にとりつかれた連中で、その痛快さが一種の現状批判となり、皮肉、諷刺《ふうし》をこめた一種の寓話《ぐうわ》として、この物語を単なる悪漢小説に終わらせていないといえる。

このように、『さぎ師たちの空』は前例のなかった異色の児童文学として注目されたが、ジョン・シルバーやウマガラスのような、ギラギラする個性が生まれるためには、全体の層をより厚くする必要がある。多くの児童文学作家が大人の悪党を描かねばならないし、何より那須さん自身がこの一作で終わることなく、ひきつづき書いてほしい。

そのために私は、全体として『さぎ師たちの空』を高く評価しつつも、いくつか気になった点を記しておきたい。

まず小さな点では、第三章、第四章に田中角栄をほうふつとさせる元首相が出てきて、神戸の政治家志望の資産家から一千万円をだましとる場面で、「憲政党」という政党名が出てくる。

現在の日本には実在しない架空の政党名で、物語なのだからこれはこれでいいのだが、第十章では「自民党」という実在の政党名が出てくる。全体の整合性を考えれば、どちらかに統一すべきで、おそらく作者のちょっとしたミスにはちがいないが、今回読み返した第八刷でも訂正がされていない。

しかし一番気になった最大の問題点は、この作品にこめられた皮肉や諷刺が、はたして今の子どもたちにわかるだろうか、という疑問である。とりわけアンポさんがことあるごとにふりまわす「共産主義理論」なるものについて、子どもたちはどう受けとるのだろう、と心配になってくる。

第一次安保を実際に体験し、そこから派生したいわゆる「新左翼」、左翼的・革新的に一見とれるような言辞をろうしながら、実は「新右翼」と呼んだ方がいいファシストたちを間近に生々しく見てきた私たちの世代は、打てばひびくようにこの作品の寓意が理解できる。

けれども「全共闘」も、「大学紛争」も遠い過去のことになってしまった現在、子どもたちはアンポさんの言動をどのように評価するのだろう。いくら「資本家が労働者階級から搾取したものを還元」するだけで、ねらうターゲットは金銭欲と権力欲にとりつかれた金持ちや暴力団とはいっても、所詮《しょせん》さぎ師はさぎ師で、ワルであることにはまちがいない。

第一、太一とアンポさんが出会ったいきさつも、にせ刑事のふりをしたアンポさんが太一をだまして、バッグや現金をまきあげたのがきっかけだったわけで、多少の不良少年とはいえ、まだ中学二年生の太一が金銭欲や権力欲にこりかたまった悪党とはいえないだろう。このこと一つを考えても、アンポさんのかざす正義が、悪を正当化する詭弁《きべん》にすぎないことがよくわかる。

ただし、作者はそのところを真正面から生まじめに書くのではなく、あくまでも戯画的に逆説的にひねっているのが作品をいっそう面白くしているので、そう考えてくると、はたして子どもにこの機微《きび》がわかるのか、という私の危惧も、杞憂《きゆう》にすぎないのかもしれない。

それにつけても思い出したのだが、日本ではなぜ、子どもに向かって社会主義・共産主義理論をきちんと語った社会科学の本が出版されないのだろう。すぐれたノンフィクション作家でもある那須さんが、次の新しい領域を広げるために、ぜひ『少年少女共産主義読本』とでも題する本を書いてくれれば、売れることまちがいなしと思うのだが……。

ブックガイド　5

絵で読む広島の原爆

福音館書店
一九九五年三月
西村繁男・絵

入間田宣夫

いるまだのぶお…一九四二年、宮城県生まれ。東北大学大学院文学研究科修士課程修了。現在、東北大学教授。日本中世史専攻。著書に『百姓申状と起請文の世界』などがある。長男・次男ともに那須正幹作品の大ファン。

絵解の偉大な可能性

この本は、文章を読むのではなく、絵を読むのが、基本になっています。通常の本では、文章が主体になっていて、絵は補助的な立場に止まっています。挿絵と呼ばれるものが、それです。絵本では、絵が大きく、主体的な立場を確保しているように思われるかもしれません。しかし、絵本でも、文章の発信するイメージに寄り添って、読者の理解を助けるという補助的な役割に止まっている絵が少なくありません。絵そのものが主体になって、情報を発信して、読者に語りかけてくれる本は、たとえ絵本でも、そんなに多くはないように見受けられます。

たとえば、表紙にも取り上げられている新大橋（西平和大橋）の付近については、原爆が投下される数日以前に行われた建物疎開の場面（一四〜一五ページ）、原爆投下の瞬間、閃光に襲われた場面（二四〜

二五ページ)、そして次の瞬間に大爆風に襲われて、建物・樹木・人間が木の葉のように吹き飛ばされた場面(二八〜二九ページ)、さらには噴煙によって、夕暮れのような闇に包まれた場面、という四つの場面が描き出されています。

そのうち、建物疎開の場面では、大勢でロープを引っ張って建物を倒している男たち、廃材を燃やしているモンペ姿の女たち(敵機の姿が見えない平常時の炎天下に防空頭巾を着用しているのは疑問ですが)、廃棄された屋根瓦《やねがわら》を手渡しリレーによって運び出している鉢巻《はちま》き姿の女生徒たち、などが描き出されています。その向こうには、墓石の集まりが見えています。こちらの方には、男手が足りなくなって採用された若い女性の郵便配達人が自転車に乗っています。残された建物の白壁には敵機の目に付かないように墨が塗りつけられ、窓ガラスには焼夷弾《しょういだん》の爆風に備えて厳重な目張りが施《ほどこ》されています。

そこに見える人びとは、どのような気持ちで、立ち働いていたのでしょうか。そこには見えませんが、取り壊された建物に暮らしていた人びとは、どのような気持ちで、立ち退《の》いていったのでしょうか。残された墓石は、どのような取り扱いを受けることになったのでしょうか。

閃光に襲われた場面では、二列縦隊で点呼を受ける旧制中学生(男子)の集団が描き出されています。取り壊された建物跡の整理に取り組む人びとの姿や、鉢巻きで小走りの女生徒の姿、赤ちゃんを背に洋傘に買物籠を手にした主婦の姿、さらには、セミ捕り網を構えて樹上を窺《うかが》う児童の姿、などが見えています。すべての動きが停止させられ、異常な静寂に支配された決定的な瞬間が描き出されています。

そして、次の瞬間、大爆風の場面では、それらの一人一人が、吹き飛ばされ、地面にたたきつけられている姿が確認されます。すべての建物が崩壊するなかで、瓦が舞い、電線が踊る、驚天動地の瞬間が描き出されています。

さらに、次の瞬間、夕暮れのような闇の場面では、立ち上がって声を掛け合う中学生と教師、ふらつく足で水を求めて川面に向かう中学生の姿、同じく橋上から水面に飛び込む姿が見えています。立ち上がることができない倒れたままの人の姿が多く見えています。赤ちゃんは這《は》い這《は》いをしているのに、お母さんは倒れたままになっている姿が、涙を誘います。

このように多くの場面で、一人一人の人間、一匹一匹の動物、一棟一棟の建物、一本一本の樹木・電柱、などに即した具体的な表現が展開されています。それらの個別的な要素が大事にされた、その上に、全体としての統合が図られ、ワイドな画面がかたちづくられているのです。これほどまでに、圧倒的な迫力をもって、読者に語りかけてくれる絵本に、わたくしは出会ったことがありません。

画家の西村さんは、一年近く広島に移り住んで、取材に走り回ったといいます。「客観的事実へのこだわり」と記された通りです。それ以前にも、被爆者との交流の歴史があったといいます。なるほど、それに違いない。それがなかったならば、これほどまでに、真に迫った、情感にあふれる大画面をかたちづくることはできなかったに違いない。そのように思われてなりません。

画面に添えられた作家の那須さんの文章は、簡潔を極めています。大画面をかたちづくる一つ一つの要素については、ほとんど触れる所がありません。そればかりではありません。三才にして被爆の体験をした那須さんの身の回りの事柄についても、ほとんど触れるところがありません。自分も傷つきながら、教え子をたずね回った教師の歌として、父上の歌が無記名で引用されているのが（四一ページ）、例外的に見受けられるだけです。「できるだけはなれた地点から原爆を書こうとした」と、自分で記されている通りです。

これでよいのか。言葉が足りないのではないか。と思われる読者があるかもしれません。しかし、これでよいのです。読者は、「空を飛んでいる少年」になったつもりで、画面のなかに入り込んで、一つ一つの要素に接近しながら、親身になって、じっと見つめればよいのです。さらには、画家の記した「復元図絵解き」（巻末）によって、基本的な事柄を確かめながら、より一層に、親身の気持ちになって、見つめることができればよいのです。那須さんは、その辺《あた》りの事情を十分に承知した上で、すべてを任せるという態度を貫いているのです。これほどまでに、画家を、そして読者を信頼するという態度を見たことがありません。堂々たるものです。

ただし、そのような迫真かつ情感あふれるワイドな画面によって、人びとに語りかけるという表現形式は、現代に始まったものではありません。わたくしが勉強している日本中世（平安・鎌倉・室町・戦国）の歴史においては、そのような表現形式が好んで用いられていました。絵巻物や掛図によって、教祖・高僧の伝記を物語る。同じく、掛図の曼陀羅《まんだら》によって、熊野・立山《たてやま》などの参詣《さんけい》風景を物語って、ないしは地獄・極楽めぐりの風景を物語って、聴衆の臨場感をかたちづくり、信仰心の向上に役立てる。などのことがありました。そのように、鳥瞰図《ちょうかんず》風に描き出された大画面の情報量を頼りにして、人びとに語りかけ、臨場感をかたちづくり、魂に訴えるという方式は、すなわち絵によって真実を解き明かすという方式は、絵解（えとき）と呼ばれることが普通でした。

今回の企画が立てられる以前に、那須さんは、西村さんと組んで、『ぼくらの地図旅行』の出版を行っていますす。鳥瞰図の風景のなかを旅する二人の少年に即して読者に語りかける魅力的な本です。この絵本を送っていただいた時に、中世の絵解に相通じるものがあると感じさせられたことが、改めて思い出されます。その本ができあがった瞬間に、那須さんは、広島の原爆についても、これで行けると直感したといいます。大したものです。那須さんは、『地図旅行』の体験を通じて、中世以来の絵解の偉大な可能性を直感することができた。それに違いありません。

これまでにも、被爆の体験を語り継ぐのに、絵解の可能性を生かすということが自然発生的に行われてきました。たとえば、自分の見聞した体験を絵に描いて語るということが、多くの個人によって実行されてきました。それによって、大きな成果が上げられてきました。しかし、個人的な体験を絵にするだけでは、全体が見えてきません。それだけでは、絵解の可能性の全部を生かしたことにはなりません。それに対して、今回の企画では、個人的な体験を踏まえた、その上に立って、周到な取材・調査によって、全体を見渡すことができるワイドな画面をかたちづくるという表現形式が目的意識的に追求されることになりました。伝統を今に生かすとは、どういうことなのか。そのためには、どのような創意・工夫が新たに求められなければならないのか。改めて痛感させられたことでした。

この絵本には、被爆八月の中心的な画面群のほかに、中国地方の政治・経済・教育・軍事の中心地として発展してきた市街地の全体的な風景、おおらかでのんびりした市民の暮らし、大陸に向かう兵隊を見送る日中戦争期の風景、さらには米軍の空襲に備えて防空演習に取り組む太平洋戦争末期の風景などが、これまた、絵解の形式で描き出されています。この町に住む人びとにとって、原爆の投下が、どれほどに予想しにくい事柄であったのか。それとは裏腹に、米軍側にとって、原爆投下の対象として、どれほどに「魅力的」な都市であったのか。じっくりと、考えさせてくれる仕組みになっています。

「草木もはえない」と噂された廃墟に、「復興」の槌音《つちおと》が響き始めてからの画面には、人間の逞《たくま》しさに対する信頼感が込められているように感じられます。駅前に仮設された闇市の風景などは、その圧巻です。だが、「復興」によって、被爆の体験が忘れ去られてしまったわけでは決してない。原爆病院・赤十字病院の風景や灯籠《とうろう》流しの風景を見ながら、そのように感じさせられました。「復興」工事現場から遺骨が見つかったという解説文を読みながら、なおさらに感じさせられました。

そして、最後には、「空に浮かんだ人たち」が大勢で、現在の市街地を見守っている画面です。西村さんが記しているように、かれらは被爆当時の姿で、いまだに、生き続けているのです。かれらの存在を忘れることなく、かれらの声に耳を傾けて、かれらの物語を復元して、永遠に伝えなければならない。それが、残された者、今に生きる者に課せられた責務であると考えられるのです。

それらの大画面に前後するページには、戦争の時代、マンハッタン計画、原子爆弾の構造、ヤルタ会談とポツダム会談、原子爆弾投下、熱線・爆風・放射線、四十五万人の被爆者、放射線障害、など、那須さんによる科学読み物風の解説が載せられています。その要所要所に、挿絵・図版が添付されています。どの項目をとっても、大変な力作です。内外における最新かつ高度なレベルの材料を、よくも、ここまで、簡潔に分かりやすく取りまとめたものだと感心させられます。西村さんのそれとは別の苦労があったに違いありません。

それだけではありません。最後に近い部分では、米ソ両国に代表される核兵器の開発競争、その過程における核実験・人体実験による被爆者の増大、さらには原子力発電所の事故による被爆者の増大など、について解説されています。この間における世界の被爆者の総数は約三百五十万人に上るという推定が紹介されています。広島のそれを七~八倍も上回る驚くべき被爆者の数です。最後の部分では、核軍拡競争による人類生存の危機から抜け出すために、核兵器の廃絶を目指して、一人一人の声の力を結集してゆくことの大事さが指摘されています。広島に止まらない、国際的な視野をもって、人類全体の運命に思いを寄せる那須さんならではの指摘です。

この絵本の素晴らしいところは、このような科学読み物風の解説が、絵解風の大画面とバランスよく有機的に組み合わされて、二重三重の効果を発揮している点にあります。科学読み物風の解説だけでは、迫力に欠ける。親身になって読んでもらえない。絵解風の大画面だけでは、原爆に関連する科学的かつ国際的な思考の客観的な広がりを確保することができない。それぞれの不足を補い合い、渾然一体《こんぜんいったい》として、単独では思いも掛けない効果を発揮している点にあります。よくぞ、そのような仕掛けを思いついたものだと感心させられました。児童文学の通念を打ち破る快挙だとも考えさせられました。

ただし、科学読み物風の解説そのもののなかでも、作者からの一方通行に終わらないで、読者による主体的な読み取りを促すような工夫が至る所に見えていました。ことに、巻末の年表（六〇～六五ページ）には、内外の情勢、平和・反核の運動、被爆を語り継ぐ運動、広島の出来事、などの項目を盛り込んで、読者みずからが気になる項目の連関をたどり、場合によっては新しい項目を付け加えることができるような工夫が凝らされていました。中に入り込んで遊ぶ年表とでも言えましょうか。

この絵本が出される二か月の以前、すなわち一九九五年一月には、アメリカ合衆国のスミソニアン航空博物館で準備中の「原爆投下展」が、反対勢力の政治的圧力によって、中止させられるという出来事が発生しました。具体的な事実に対する認識を積み重ねることによって、この問題を考え直そうという折角の目的は、達成されないままに終わってしまいました。しかし、そのような不幸な出来事にもかかわらず、具体的な事実に対する認識の積み重ねを大事にする草の根の良心的な人びとの声は、弱まるどころか、より一層に、元気の度合いを増し、世界的な広がりを見せ始めています。

そのような折しもの本書の出版です。広島はもちろん、日本国中、さらには世界中に歓迎されることになったのは当然です。本書の英語版が出版されることになったのは、これまた、当然です。

本書の英語版では、表紙の絵が、被爆翌日の廃墟に電車の残骸《ざんがい》が横たわっている画面に取り替えられています。適当な判断でしょう。日本語版の表紙に取り上げられている建物疎開の画面では、理解されにくいと考えられるからです。建物疎開のことを理解してもらうだけでも大変です。悪くすれば、建物跡地が広がるなかで廃材の焚《た》き火が燃えている風景が、被爆による廃墟の風景だと誤解される可能性さえ指摘できるからです。ただし、英語版で、「復元図絵解き」の部分が省かれてしまったことには、残念の気持ちを禁じえません。大画面による絵解の味わいを深めるためには、西村さん自身の手になる解説、すなわち「復元図絵解き」が不可欠だったのです。日本人にとっても、そうだったのですから、外国人にとっては、なおさらに……、と考えざるをえません。具体的な事実に対する認識の積み重ねを大事にするということに従って、次の機会には、「復元図絵解き」の英訳を付け加えることを望みたいと思います。

ブックガイド　6

ご家庭でできる手軽な殺人

偕成社　一九九七年九月　林　幸・絵

殺人区域　Killer Zone

ポプラ社　一九九九年三月　竹嶋浩二・絵

現代ミステリと那須作品

おもにエンターテインメントの分野で書評をはじめて十数年たつけれど、なかなか児童文学の分野まで手をのばすことができない。ここ数年毎年、一年間に出版されるミステリの点数が国産と海外の新作だけをあわせただけでも軽く七百冊を越えるので、新作のフォローだけで精一杯なのである（それも半分読めればいいほうだ）。だから児童文学で大当たりをとっているという『ズッコケ三人組』も、新聞や雑誌の記事を読んで知っていたけれど、恥ずかしながら一冊も読んでいなかった。一千万部を越える大ヒット！というのに、このことは一般文芸の分野で考えても驚異的な〝事件〟なのだけれど、すすんで読むまでには至らなかった。

　誤解してほしくないのだが、別に児童文学を子ども向けの文学と甘く見ていたわけではない。僕だって、

池上冬樹

いけがみふゆき：一九五五年、山形県生まれ。立教大学文学部卒業。文芸評論家。「朝日新聞」、「週刊文春」、「本の雑誌」、「ミステリマガジン」などで活躍中。編著に『ミステリ・ベスト201日本篇』など多数。

小学四年のときにポプラ社の『少年探偵』シリーズで活字の面白さを覚えた人間である。『少年探偵』シリーズ⇩創元推理文庫⇩世界文学全集⇩日本文学⇩エンターテインメントという風に歩んできて、いまの自分がある。児童文学に一生を左右する力があることは重々承知しているのだけれど、読む時間がなかったのである。

今回原稿の依頼をうけ、とりあえず『ズッコケ三人組』を十作、『ご家庭でできる手軽な殺人』と『殺人区域』を読んだけれど、いやはや正直いってびっくりした。どこにでもたぐいまれなストーリーテラーはいるものだということをあらためて実感した。この面白さなら一千万部越えるのも当たり前ではないかと納得がいったのである。とくに『手軽な殺人』と『殺人区域』には驚いた。児童文学を知らない者が読むと、これほど殺人を出してもいいの？　これもありなの？　と新鮮な驚きを覚えたのである。

まず、『ご家庭でできる手軽な殺人』から見てみよう。

物語は、中学二年の則子《のりこ》が、見知らぬ男に万引きの疑いをかけられる場面からはじまる。なんとか振払うことができたものの、まもなく男は則子の家にあがりこみ、言葉巧みにゆすりはじめる。激昂《げっこう》した則子が階段の上から男を突き飛ばし、男はあっけなく死んでしまう……。

という紹介は発端に過ぎない。物語はこのあと意外な展開を見せていくのだけれど、まず、展開の広がりがいい。僕は本書を読みながら、近年の海外ミステリの収穫であるスコット・スミスの『シンプル・プラン』（扶桑社ミステリー）やダグラス・ケネディの『ビッグ・ピクチャー』（新潮文庫）などを思い出した。前者は偶然森のなかで見つけた大金のために殺人を次々におかしていく男の物語だし、後者は妻の不倫を知って凶行におよび、逃亡して別人になりすまし、若いころの夢を追いかける弁護士の物語。どちらも先の読めない展開で、話がどんどん転がり、どこに行くのかまったく予測不可能。その恐怖と物語のドライブ感から、しばしば〝ジェット・コースター〟的作品と評されるのだが、『ご家庭でできる手軽な殺人』にも、そのドライブ感がある。あるいは、クライム・ノヴェルの新しい形を見せるエルモア・レナードの小説も思い出した。レナードの小説は決められたプロットにしたがってキャラクターが選ばれるのではなく（鋳型《いがた》にはめられるのではなく）、キャラクターとキャラクターのぶつかりあいによって物語が作られていく。つまり状況によってどっちに転ぶかわからない不安感、人間がもつ底知れぬ不気味さといったものを強調している。特に悪党を主人公にしている場合が多いので、犯罪の行方が混沌《こんとん》としてくるのだ。この小説も冒頭から怪しい人間が出てきて犯罪の行方が見えなくなる。

本来、この『ご家庭でできる手軽な殺人』は、海外ミステリのジャンルで見るなら、ドメスティック・サスペンスのジャンルに入るだろう。家庭や近所といった身近な小さなコミュニティーで起きた事件を主婦や子どもたちが追及するユーモラスなミステリのことで、クレイグ・ライスの『スイート・ホーム殺人事件』（一九四四年 ハヤカワ文庫）が有名。ライス作品は、十四と十二歳の娘と十歳の男の子の姉弟が、探偵作家の母親の助けを借りて隣家で起きた殺人事件を推理する物語だったが、この手の小説は近年、コージー・ミステリ（女性作家による温かな味わいをもつ本格ミステリ）の人気でますます増えてきて、ジル・チャーチルの『ゴミと罰』『毛糸よさらば』（ともに創元推理文庫）をはじめとして次々と生まれている。

ただ本書の場合、家庭的なサスペンスというには、両親の存在が稀薄。児童文学なので、この両親よりも娘則子の友人の、少年少女たちの活躍に重点をおくのは当然なのだけれど、ついつい娘と両親の活躍で難問を解決していく方向にいっていたら、ドメスティック・サスペンスとして海外の小説と比較できる面白い作品になっていたのではないかと思ってしまう。

海外の小説といえば、もう一冊の『殺人区域』も海外作品を彷彿《ほうふつ》とさせるものがある。何より挑戦的な内容でうれしくなる。僕が思い描いていた児童文学作品にしては、死体の生々しさと連続殺人鬼の恐怖を強くうち出しているように思えて（大人の読者も想定して書いたのか？）、これでは少年少女たちは、悪夢にうなされるのではないかと心配になってしまったが、考えてみれば、テレビでは「金田一少年の事件簿」や「名探偵コナン」などのアニメがヒットしている。それほど驚くべきことではないのかもしれない。

さて、物語はこんな風にはじまる――。

夏休み、中学一年の凌太《りょうた》はある事情で部活を休み、暇をもてあましていた。旅行に連れていけなかった母親は弟の祐介《ゆうすけ》（大学二年）に凌太を預け、旅行に連れ出させる。場所は県境の山荘のペンション。凌太と若い叔父の二人が到着すると、オーナーの野本の一家が出迎えてくれた。宿泊客は、彼ら以外に植物採集にきた高校の先生夫婦、ＯＬ二人、そして長期滞在している老小説家。

凌太はさっそく森を探検していると、森のなかで不思議な少女と出会う。さらには深夜洗面所で、幽霊としか思えない、白いネグリジェを血だらけにした見知らぬ中年女性を目の当たりにして、びくついてしまう。翌日、その話を叔父にしても信じてもらえない。だがどうやらその山荘では昔、大量殺人事件があったことがわかる。やがて山荘で、第一の惨劇が起きる……。

作者はあとがきで、〝子どものころからこわい話が大好き〟で、〝成人して、内外のスリラー小説〟を読むようになり、ますます好きになった。なかでも〝いちばんこわいと思ったのは『ねじの回転』というイギリスの作品で、単なる幽霊譚《ゆうれいたん》というより心理サスペンスの趣《おもむき》があり、自分でも一度、あんなスリラーものを書いてみたいと考え〟、書いたのが『殺人区域』だという。

確かに〝幽霊譚というより心理サスペンス〟という点ではヘンリー・ジェイムズの作品かもしれないが、しかし僕は、別荘における霊にとりつかれた殺人ということから、スティーヴン・キングの名作『シャイニング』（文春文庫）を思い出した。少女の出現、白いネグリジェの血、蟄居《ちっきょ》している何も書けない作家、白い原稿用紙の束……などのイメージは『シャイニング』と似ているものがある。若いころに〝内外のスリラー小説〟を読んだ作者のことだから、とうぜん『シャイニング』も読んでいることだろう。

だが、いうまでもないことだが、イメージがいくつ似ていても物語は異なる。幽霊譚や心理サスペンス、あるいはキング風のホラーよりも、現代ミステリで顕著なサイコ・サスペンス的な雰囲気を醸《かも》しだしている。つまり出だしこそ、凌太の前に幽霊があらわれ、幽霊譚風に進むけれど、そのあとに続けて起きる残酷な殺人、忍び寄る殺人鬼の恐怖……とまさにサイコ・サスペンスのパターンを踏むからである。

といっても、物語そのものは、第三部の終盤でだいたい明らかにされる。あっけないくらい、ある程度読者の予想の範囲内の犯人像で、あとは果たして第四部でどう事件の真相が説明されるのか、あるいはどんでん返しがあるのかという期待にかかるのだが、これだって、小さなツイストはいくつかあるものの、大きなどんでん返しはない。少なくとも事件に関しては。しかし、事件以外にはある。事件が終わってから、ある。

真犯人もあがり、山荘にまつわる忌《いま》わしい過去の事件の真相も明らかになり、事件は解決。そして凌太たちが別荘を出た段階で物語は終わり……と思ったら、そうではなく、さらに先があった。凌太が事件後に送る日常生活の部分が書き込まれているからだ。おそらくここが本書のハイライトだろう。作者はここを書きたいがために、長い長いプロローグともいうべき山荘の連続殺人を用意したといってもいいくらいだ。

この場面で、凌太の学園生活が浮上する。部活を休んでいたのは、先輩からいじめにあっていたからで、休み明けの学校で再びいじめにあうことになる。だが、山荘で殺人事件を経験した少年にとって、暴力は身近なものになり、いじめの復讐《ふくしゅう》として暴力への誘惑にかられてしまう。暴力の延長である〝殺し〟も復讐として正当化されるのではないかと考えるのだ。いじめるやつに戦いを挑み、たとえ負けたっていい、いや死ぬつもりで殺してもいい、あいつなんかいなくてもいいし、殺しなんか簡単なのだ、と。そんな激しい思いにかられる凌太の前に、ふと幽霊たちがあらわれる。彼らは、殺意を肯定し、煽《あお》ろうとする。それを見て凌太はふと気づくのだ、山荘でなぜ事件が起きたかに。それまで事件が起きていなかったのに、急に殺人事件が連続したのは、いじめにあっていた凌太が山荘にいったからだ、ということに。少年の苦しめられた内面と共振する形で幽霊があらわれ、人にのりうつり「殺人」を組織したのだ（！）。この「真実」が面白い。たんに怖さが売りのエンターテインメントではなく、テーマがしっかりとある。つまり山荘が、日常生活から隔絶した特異な空間ではなく、学校生活と地続きであること、日常生活のなかに殺人を誘発する種子が存在していることを鮮やかに浮き彫りにしているのだ。見方をかえていうなら、幽霊や殺人鬼よりも、もっとも怖いのは〝殺し〟に免疫になっている感受性ということだろう。これは、テレビやゲームにあふれる暴力に何も感じなくなり、いじめを日常化している少年少女たちへの警告でもある。

おそらく作品のバランスや完成度からいえば、『ご家庭でできる手軽な殺人』のほうが優れているかもしれない。しかし、テーマの先鋭さという点では『殺人区域』だろう。この辺のテーマの浮上や先鋭さは、現代ミステリでよくおこなわれていることだ。

はたして作者がどれほど海外ミステリを読んでいるのかはわからない。作品数の多さから判断して、ひょっとしたらあまりいい読者ではないのかもしれないが、ベストセラー作家はどこの国でもそうだが、時代の空気を読むことにたけているもので、敏感に物語に反映させる。少なくとも、この二冊には海外ミステリとの〝共振〟が見られるし、テーマ選択もまことに現代的で、日頃大人向けのミステリしか読んでいない人間でも充分に堪能《たんのう》できるだろう。実際児童文学の『ズッコケ』シリーズも、リアリズムに立脚しすぎる息苦しいほどの現代ミステリばかり読んでいる者には、そののびのびとしたイマジネーションの広がり（ミステリからドタバタ喜劇、ＳＦ、ファンタジー、時代物と自由自在に物語を紡《つむ》ぐ才能）が楽しく感じられて仕方がない。

ともかく今回那須作品をはじめて読んで、あらためて児童文学の豊穣《ほうじょう》さを知った。未読のシリーズ作品も暇を見て読んでいきたいと思う。個人的な願望だが、那須正幹にはぜひともノン・シリーズのミステリ、それも大人向けの作品を書いてほしいと思うのだが、さてさていかがなものだろうか。

ブックガイド 7

ヨースケくん——小学生はいかに生きるべきか——

川島 誠

ポプラ社
一九九八年九月
はたこうしろう・絵

かわしままこと：一九五六年、東京都生まれ。京都大学文学部アメリカ文学科卒業。その後、児童文学の創作活動に入り『夏のこどもたち』『800 TWO LAP RUNNERS』『しろいくま と くすのき』など。

『ヨースケくん』の謎

小学五年生のヨースケくんの毎日の生活が、八章にわたって描かれているのが『ヨースケくん』です。「小学生はいかに生きるべきか」という副題がついている。

「いかに生きるべきか」といっても、そんな劇的な大事件が起こって悩むわけではなくて、新しい担任の先生に戸惑ったり、近所で夜中に火事があったりするぐらい。そうじゃなければ、学校でトイレに行きたくなって困るとか、不得意なマラソン大会に出るとか。

でも、もし君がいま小学生だったら、この本の不思議な魅力にまいってしまうだろうなあ。

その秘密を知りたかったら、那須正幹先生の「あとがき」を見ることにしましょう。これがヨースケくんのお話に負けないくらい面白いのですよ。

那須先生は、いままでにたくさんのお話を書いてきた。（それは私も知ってるし、君もよく知ってる）

で、そのほとんどが「いわゆる冒険物語」だったっていう。

主人公が犯罪事件を解決したり、無人島に漂着したり、宝探しをしたり。タイムスリップして、未来や過去に出かけたり。そういう「ハラハラドキドキの物語」が多かった。君の読んできた『ズッコケ三人組』シリーズが、まさにそうですね。

ところが、「読者であるみなさんの日常は、もっと地味なものではないでしょうか」なんて、那須先生はいい出すのです。（それって、当たり前じゃないの）

なのに、先生の四人いるこどもたちは「いちどとして殺人事件に巻きこまれることもなかったし、海賊の宝を見つけることもありませんでした。幽霊にであうこともないし、宇宙人に追いかけられたという話もききません」って、平気で続けるんだから。

それで那須先生は、「ごくごくふつうの小学生の、ごくごくふつうの日常生活」を書こうと思ったんだって。

「波瀾万丈」の、「手に汗にぎるような物語」（なんか昔のことばだな、むずかしいなって感じたひとは、わざわざ辞書で調べなくてもいいです。なんとなくわかればそれでいいし、わからなくてもなんとかなる）とは違う。「毎朝学校にいき、もどってくると塾やピアノ教室にでかけ、夜は宿題をしたりテレビを見て寝るという、あくびのでそうな生活のくりかえし」を書きたいと。

そろそろ、君は、心配になってきたんじゃないかなあ。そんなお話って、本当に面白いの？　私だって、君より先に『ヨースケくん』を読んでなかったら、そう考えますよ。

お話をつくるひとたちの端っこの方に私もいるのですが、「何も起こらない日常の物語」っていうのは、たいへん。本来、何かが起きるからこそ物語が生まれるのであって、なんて理屈をこねたくなってくる。

結局、「手に汗にぎるような波瀾万丈の物語」（ほら、なんとなくわかってきたでしょ。辞書なんていらない）の方が書きやすいし、読むひとも楽しみやすいのです。だから、「ドラマ性をできるだけうすめていく」っていう先生の決意は、なかなか意欲的、方法的懐疑《かいぎ》（わからないひとは辞書で調べること）を契機とする那須正幹の新境地に乞う御期待。

えーと、それで『ヨースケくん』なのですが、これが面白いのです。

私が気にいったうちのごく一部を取り上げると、たとえば、ヨースケくんが川を見ているところなんて、いいなあ。

朝起きると雨がやんでて、お父さんが前の晩の雷のことを話題にする。中学生のお姉さんは雷が苦手なので寝てて気づかなくてよかったという。

台所からお母さんが、雷が鳴ったのは明け方だった。四時すぎのことで、明かりをつけて時計を見たのに気がつかなかったか、と尋ねる。お父さんは、これで梅雨明けにはならないか、と窓の外を眺める。

なんとも「日常」でしょ。

よくある朝の会話。そして、小学五年生のヨースケくんは基本的に受け身の立場で、そんな家族の様子を眺めている。その静かで穏やかなタッチがいいのです。

それで、ヨースケくんは、いつものように学校に出かける。で、八幡川に沿った道路までできてびっくりする。

八幡川は幅が十メートルたらずの狭い川。ふだんは川底のしげみのまんなかに、十センチほどの深さの流れがあるだけ。それが今朝は増水し、「カフェオーレ色の水が、川幅いっぱいにあふれて、すごいいきおい」で流れている。ヨースケくんは、水面をじっと見ていて、彼の立っている川岸の方が上流に向かって動いている感じがして、錯覚とわかっていても足を踏んばる。

『ズッコケ三人組』のような、ある意味で荒唐無稽《こうとうむけい》（辞書を……）ともいえるお話を那須正幹先生は書いてきました。そういった飛躍する物語の裏付けとなる確かな観察力と、それを描写するだけの筆力が、

『ヨースケくん』のお話からうかがえます。つまりはピカソのデッサン力ですね。

もうひとつあげると、ヨースケくんが夏かぜをひくエピソード。これもなかなかのものです。始業式に出席しただけで、ヨースケくんは二週間も学校を休むことになってしまった。あくまで日常の一部なのですが、軽い病気というのはちょっとした非日常で、物事を見直す機会を与えてくれます。

ヨースケくんは、自分が死んだらどうなるのだろうと考える。天国や地獄はなんとなく信用できなくて、「だいたい死後の世界があるというのはおかしい」と思う。割合と健全なリアリストですね。

死ぬというのは、夜に眠るときと変わらないのではないか。けれど、もしかして魂だけが抜け出してこの世界を自由に飛べるのなら「ちょっと楽しみ」で、そうしたら自分の葬式を見てみたい。

「五年一組の子どもたちも、たぶん、みんな、くるだろう。おわかれのことばは、学級委員の北村くんが、読むのではないだろうか。そして、みんながぼくのお棺にすがって、泣いてくれるにちがいない。ひょっとすると倉橋くんは、ぼくのお棺に、ミニ四駆のブルーホークをいれてくれるかもしれない」

だったら、肺炎で死ぬのも悪くないなあとか思っていると、夏かぜは突然治ってしまいます。するとヨースケくんを待っているのは、踊りの練習。

それでなくても運動は得意でないのに、いままで休んでいたから、ひとより大幅に出遅れてしまった。運動会までには、その複雑な動きをマスターしなければならない。他のひとたちはゼロから少しずつ覚えられたのに、ヨースケくんはいきなり居残りの特訓。

本当に、学校というところは、たいへんなところだなあと思います。様々な理由をつけては、なんともつまらないことをしてて、それが子どもたちにとってどんなにプレッシャーとなっているか、わかりますね。

私は予備校というところで働いてもいます。学校の一種で、となると私も先生の一種なのですが、そこの生徒たちとこどものころについて話すことがあります。

小中学生のときに何回か自殺を考えた、というたいへん明るい浪人生がいました。彼女は、小学校や中学校のころは、とっても辛かったって、とっても楽しそうにしゃべってくれる。

そうなのです。小学生や中学生を生きぬくのは、結構しんどい。何かのきっかけで、簡単に「死」の方向に振れてしまうことって、あるのだと思う。

それを乗り越えたら強いよ、人生の達人になれるかもしれない。もう、負けはないよ、と私は彼女にいいました。別に根拠はないのですが。

そんな苦しい生活を送っている小学生たちに、ぜひ『ヨースケくん』を読んでもらいたい。ふっと気持ちが軽くなったりはしないか。即効性はなくても、いつか読書経験が生きて効いてくることがあるのでは、と私はいつになく実用的なことを考えてしまいました。

そして、その同じことは『ズッコケ三人組』シリーズにもいえるのです。世間ではそこの評価があまりされていないのは残念。那須先生のお話というのは、基本的に読者を勇気づけるヒューマニズムの文学であるのに。

そうそう、大事なことをいい忘れてしまった。日常を書くといっても、『ヨースケくん』は、決して真面目臭くなって純文学しちゃわない。お説教もしない。これぞまさしく那須正幹の面目躍如（辞書を引きなさい！　辞書を！）たるところ。

その点では、ヨースケくんの友人たちがいい味を出してます。夏かぜをひいたヨースケくんを勝手に肺炎だと決めつけ、中央病院での本格的お見舞いを楽しみにしている倉橋くん。転校生なのにすぐに学校に慣れてしまい、ヨースケくんを厳しく指導する班長の光田さん。

こういうひとたちを見ていると、生きているのって悪くないなあ、って思う。苦労の多い小学生のヨースケくんの生活。君もきっと思い当たるところがたくさんあって、とても楽しめるはずですよ。

エッセイ

那須正幹の周辺

作家那須正幹とその仲間たち。
仕事をとおして遊びをとおしてその人物を知る十三人が「那須正幹の周辺」を語る。

ズッコケ三人組の大研究Ⅱ

エッセイ　1

天のはからい

西村繁男

にしむらしげお：一九四七年、高知県生まれ。中央大学卒業。画家。八〇年『にちようび』で児童福祉文化賞、八五年『絵で見る日本の歴史』で絵本にっぽん大賞受賞。『絵で読む広島の原爆』の絵も手がけている。

ぼくと那須さんとの出会いは、那須さんにとっては最初の絵本であった『ぼくらの地図旅行』の絵を描かせてもらったことに始まる。それは福音館の編集者、森戸さんがいなくては結びつかない組み合せだった。その森戸さんとぼくとの出会いは『ぼくらの地図旅行』の前に作った絵本『絵で見る日本の歴史』に始まる。この絵本の最後の頁は広島の街を俯瞰《ふかん》で見た場面だ。ぼくの広島へのこだわりは、二十代の頃一人の被爆者との出会いによる。話せば長くなるので割愛《かつあい》するけれど、いつか広島のことを一冊の絵本で表現したいという思いはずっと持ち続けていた。そして那須さんと一緒に『ぼくらの地図旅行』を作る機会を得たのだが、その時は那須さんが三才の時に被爆したということを知っただけで、広島の絵本を作ろうなどという話は一回もでなかった。本が出版された後、森戸さんを通じて、那須さんが広島の原爆の絵本をぼくと森戸さんとで作りたいといっていると耳にはいった。那須さんがテキストを書いてくれるのなら、ああ、これで原爆の絵本が作れると思えたのだった。こうして『絵で読む広島の原爆』はでき上がった。振り返ってみれば、『絵で見る日本の歴史』も『ぼくらの地図旅行』も互いにつながりはなく、それぞれで完結したと思っていたのが、実は『絵で読む広島の原爆』を作るためにあらかじめ準備されていて、それが一本の線につながったという不思議さを感じるのである。

『絵で読む広島の原爆』は作っている間も、それまでの絵本作りでは経験したことのなかった自分を越えたものの力で作らせてもらっているという思いが絶えずあった。その自分を越えた力とはいったい何なのか。たぶんそれはぼくが若い頃出会った一被爆者に代表される被爆した人達の思いだと、ぼくなりに受け取っている。被爆者である那須さんは、ぼくとは違う所からもっと切実な義務感と願いを持って作られたのではないだろうか。だけど那須さんとぼくにこのような姿勢の違いがあったからこそ、それぞれの役割を荷った共同作業が成り立ったのだといえる。その役割とは、広島と原爆を知っている那須さんは客観的に統合的に外部からの視点で書き、広島と原爆を知らないぼくは広島の人々の生活を再現すべく取材し内部の視点で描くということであった。それに加えて、森戸さんが間にはいり二人の足りない部分を補い調整する役割をしてくれたのだ。そういう意味では取材させてもらった被爆者の方を除けば三人での共同作品だといえよう。そして、この三人の出会いはぼくの側からいうと、天のはからいで、広島の原爆を絵本にするために周到な長い時をかけ、図らずも出会ったのだと、オーバーに聞こえるかもしれないが、そのように感じている。絵本製作中に那須さんと直接会うことは少なく、『ぼくらの地図旅行』の時は一度だけ防府のお宅にうかがい、モデルになった山口県の秋穂《あいお》の町を教えてもらい、森戸さんと二人で二度取材した。『絵で読む広島の原爆』では直接の打合せは二、三度だったように思う。そもそも、絵本作りが上手くいくかどうかは、編集者といいキャッチボールができるかどうかにかかっている。ボールをやりとりするごとにお互いに刺激を受けたり、思ってもいなかった事に気がついたりしながらふくらんでいくと上手くいくものだ。ぼくは森戸さんとキャッチボールをし、那須さんも森戸さんとキャッチボールをした。ぼくと那須さんとの間には直接のキャッチボールはなく、絶えず森戸さんを通じてのやりとりであった。

那須さんの森戸さんに対する信頼は厚く、森戸さんに言われれば何度でも原稿を書き直すといっておられた。このあたりにも天のはからいがうかがわれるのである。

絵本作りが終わってから講演で那須さんと一緒になったことがあった。那須さんは「誠実な西村さんと、はったりの那須が作りました。」といって会場の笑いを取った。これはぼくは器用ではないので、こつこつとやっているのが誠実に見えるだけのことで、那須さんは才能の人だから物事をすぱっといってのけられるということなのだろう。『絵で読む広島の原爆』は広島と原爆を体験しているかいないかの違いだけでなく、このように性格の上でも互いに違う対照的な二人で作ったということにもなるのである。

那須さんは『絵で読む広島の原爆』の後三十冊近くも新刊を送ってくれたのに、ぼくは五冊しか送れない。那須さんは「ズッコケ三人組」の映画に出演したり、テレビのコメンテーターをしたり人前に出るのが好きなようだけど、ぼくは今でも人前で話すのは苦手だ。那須さんは映画や小説等くわしくて物知りで話題が豊富だけど、ぼくは話題が少なくいつも聞き役だ。等々と、ことごとく違うのだけれど、これこそ天のはからいの妙なのである。

エッセイ 2

七年前、冬の思い出

武田美穂

たけだみほ：一九五九年、東京都生まれ。絵本作家。『となりのせきのますだくん』（絵本にっぽん賞、講談社出版文化賞・絵本賞）に始まる「ますだくん」シリーズなど。『ねんどの神さま』の絵も手がけている。

那須作品との出会いは、はずかしながらこの業界に入ってからでした。

編集者に勧められて手にとった『ズッコケ三人組』は、タイトルから想像したドタバタギャグのイメージとは全く違い、構成も文体も正統派の良質な娯楽作品でした。

なるほど、と納得しました。この造りがそもそもファン獲得のトラップなのです。子どもたちはこの本を、マンガ風の表紙絵とタイトルで気易く手にとり、（罠《わな》とも知らず？）読んだが最後、那須正幹の術中に陥り、一気に読破し、閉じる頃には『ズッコケ』ファン＝読書愛好家予備軍の出来上がり、となるワケです。さらにズッコケワールドにはまり、フリークになるにしたがって本を読むテクニックに磨きがかかり、つまり『ズッコケ』は読書家養成ギブスだ！ と私は自分勝手に盛り上がり、それから那須正幹は、私の輝ける目標となったのでした。

さて、そんな憧れの那須さんと、私は仕事をさせていただくことになりました。九二年、『ねんどの神さま』という絵本作品であります。

お話があった当初、実は怯《ひる》んで辞退しまくりました。当時も今も、私の基本的画風はほとんどマンガに近いもので、このハードなテーマには自分の絵はそぐわないと思いましたし、さらに、戦争を知らない私が、仮にも〝語る〟側にまわることが僭越《せんえつ》に感じられたからです。荷が重いし、不遜《ふそん》な気がする、と渡された構成案を返そうとしました。

でも、本創りの情熱にかられた二人の若い担当者は引き下がりません。

「やれますよ。チャレンジしてください！」とN君がいえば、「時には悩んで絵創りするのもいいのでは？」とO君。「壁は乗り越えるためにある」云々と、励まされ持ち上げられ、（どつかれ、）最後の決めは、「那須さんご本人は、面白がって楽しみにしているんですよ」の一言でした。

私には〝楽しみに〟が〝期待〟と聞こえ、幸せな解釈が一瞬不安感を凌《しの》いだところを（擬似餌《ぎじえ》に喰いついたお魚の如く？）掬《すく》いとられ、引き受ける事となってしまったのでした。

しばらく資料集めの日々が続きました。通常の自分の絵《スタイル》から思い切って離れて、リアルにガシガシと描こう、と決めたので、資料無くして先に進まなくなってしまったからです。特に、冒頭の分校シーンのため、古いスナップ写真を捜すのに精を出しました。

空襲や原爆のリアルな資料にはうなされました。出来れば目を背《そむ》けたい。でもこれが、あのカラッと明るい『ズッコケ』の那須さんが見て来たものなのです。

『ねんどの神さま』の結末について、初読の時、〝何故こんなショッキングな形で終わらせるのだろう？〟と疑問を持ちました。

ラスト近く、怪物と死の商人Kが対峙《たいじ》する場面があります。（実はここに物語の仕掛けがあるので詳しく語るのは無粋《ぶすい》なのですが）それまでの、状況描写により読者に視覚的イメージを与え、映画を観るような感覚でぐいぐい引っぱっていく手法から、突如転調して、二人の対話、特に怪物のことばや描写に、ごくセンシティブな表現が入り込みます。このたった数十行で読み手は見事に怪物に感情移入させられるのですが、そうしておいて、作者はいともクールに非情なラストシーンに持ち込むのです。上手さ故に、なおショッキングな展開です。

初読の時、私は勧善懲悪《かんぜんちょうあく》のどんでん返しを期待して裏切られ、哀れな怪物に胸が痛んで、つい目の前の担当編集者に、「那須さんって存外冷たい人なのかも！」とこぼしたのでした（この彼、のちにうれしそうに那須さんに告げ口し、私は硬直することとなるのですが）。

しかしながら、資料にあたりラフを造るうちに、この結末を自分なりに理解出来るようになりました。『ねんどの神さま』は忌《いま》わしい過去の過ちを繰り返すべからず、と語る物語ではなく、現在進行形で〝まだ続いている。あのときから何も変わってはいない〟という警告なのです。神さまは今も砕かれ続け、男は笑い続けているのです。

初ラフを那須さんにお見せする日が来ました。半分のワクワクと半分のドキドキでうわずりつつ、ラフスケッチをお渡ししました。那須さんは、キャラクターの造型等、時々質問され、私はそれに答えながら固唾《かたず》をのんで感想を待ち、そして見終えた那須さんから思いがけない言葉を受けとることとなりました。

「あなたの好きにやってごらん」

感激と混乱の瞬間でした。

その後、山口のご自宅にカラーの最終ラフをお見せしに行った時も、この絵はこう変えろとか、この場面はこうじゃない、というような指示はついに那須さんからは出されませんでした。建物と人間の比率とか、怪物と崖の高さ等にはするどい指摘が入り、アバウトな私はどぎまぎしたのですが。

完成したのは十二月の半ば頃でした。忙しくも充実した師走《しわす》でした。

新刊に、「いい本になりましたね」と書いてくださった那須さん（宝物です）、でも本当は私は大反省しているのです。

気負って力を入れ過ぎ、結果ゆとりの無い絵ばかりになってしまったからです（位《くらい》負け、というのでしょうか）。

こんなハードなテーマを扱ってもなお、那須さんの作品には読者を引き込まずにはおかない、エンタテインメントの精神が流れています。それなのに、一ページ一ページ描きこなすのに夢中で、私はその精神を絵の中に活《い》かし切れませんでした。

もし、もう一度描き直すことが出来るなら、ここを、あそこを、と、いまだに考えます。

いろいろ勉強し、反省もし、二人の担当編集者ともども熱く過ごした（？）七年前の冬の出来事です。

エッセイ　3

僕ら、『マーさん、ダイちゃん、青空連盟』なのだ

原田大二郎

はらだだいじろう：一九四四年、横浜市生まれ。山口県育ち。明治大学法学部卒業後、文学座研究生となり、七〇年「裸の十九才」でデビュー。エランドール新人賞を受賞。最近はＴＶ、映画、演劇活動のほか、執筆なども。

「ハラダさん、ボクをセンセーと呼ぶのはやめんさい。なんか、馬鹿にされちょるようでどうも具合が悪い。ナスさんでも、なんでもええからセンセーはやめてちょうだい」

高校の数学教師のような風貌をした那須さんがいう。

高校の数学教師のような印象を那須さんに感じるというのは、おそらく、私のいとこのせいだ。碁が強くて帰郷するたびに二人で盤をかこむ。兄弟のいない私が、兄のように親しんでいる六才年上のいとこに、那須さんは生き写しなのだ。そして、そのいとこは郷里で高校の数学教師をしている。

「じゃあ、センセ、オレをダイちゃんて呼んで。ボクは、そう、マサちゃんて呼ぶから。マサちゃん、ダイちゃんでいきましょう」

「マサちゃんか。なんか身内に呼ばれてるみたいじゃけど、まぁ、ええか」

なんでも、マサちゃんと呼んでいたのは那須さんのお母さんである。身内云々はそういう意味なのだ。友達にはマーちゃんと呼ばれていたらしい。

「あ、それいいねぇ。じゃあマーちゃんでいきましょう。いや、ボクが年下だから、ボクはマーさんって呼ぼう」

五十過ぎた者同士が、いきなり「ちゃんづけ」呼ばわりは何かこそばゆいが、使ってみると二人の間に架空の少年時代の想い出がよみがえって、親友関係は、一気に幼年期から続いたものとなる。広島県西部と山口県東部、どのみち隣同士である。ちゃんづけで呼び合ってみると、なんだか無性に懐かしい響きがする。

ともあれ、こんないきさつで『マーさん、ダイちゃん、青空連盟』が誕生した。

『青空連盟』の主な集会目的は釣りである。瀬戸内のなどやかな、鏡のような海面に浮かんだボートの上で、のたり、のたりとゆられながら釣り糸をたれる。海底にしずんだ糸の先から、海の声が聞こえてくる。こんな時、空はあくまでも晴れわたっていて欲しい。青空連盟のゆえんである。

もう一人、防府在住の腕のいいタイル職人、池田さんがくわわって「ズッコケ三人組」で出漁する。さしずめ私の役どころはモーちゃんというところか。道理で、この釣り会では、いつも釣果に乏しい。

小学二年生からずっと、親父の買ってくれた伝馬船を、瀬戸内海にこぎ出して手釣りにいそしんだ私の釣力は、自分でいうのもおこがましいが、なかなかあなどりがたいものがある。仲間内で釣りに行くと、たいてい竿ガシラになっているのだ。取材先での釣果だってなかなかのものがある。それなのに……。

青年時代の渓流釣りから、海釣りに転向したというマーさんも、釣りにかけては人後に落ちない。山口県防府市のマリーナに係留する、魚群探知機つきのモーター・ボート、『ラルゴ三世号』の船主、船長でもある。

『ラルゴ三世』は、小さな船ではないから、クレーンで陸上げしてもらってある。マリーナに連絡しておろしてもらう。足場の危うい桟橋をわたって、漁労長役の池田さんと三人、海風を肩先で切りながら、波を分けてボートはいよいよ出発である。微風が耳をくすぐる。

「いいねぇ、開放的だねぇ。ねぇ！　これで下関まで行ってみようよ！」

勝手気ままな乗組員の突飛な提案に、船長の眉がぴくりと動く。

「ダメ、ダメ。こんなボートじゃ、赤間が関の潮の流れは、乗り切れんよ。へたぁすると、プサンまで流されてしまう。なにを無茶いうかね」

マーさんは、いつもニカニカと笑う。眼鏡の奥の洞察力にあふれた瞳でニカニカと、はにかんだように笑うのだ。時として、しんらつな皮肉の飛び出してくる、きっぱり結ばれた口元も、機嫌のいい時は、やはりニカニカと笑っている。しかしこの時ばかりは、マーさんの顔はニカニカとしてはいなかった。

海の上で、ついつい子供時代の話になる。

なにしろ那須さんの頭の中は、記憶の宝庫だ。

信じられないほどの良質の記憶が、それもかなり幼い時からの記憶が、びっしり詰まっているらしい。

「防空演習で、けが人役のボクの母親が担架に乗せられるのを見て、パニックになって泣いた。それが子供の時の、最初の記憶じゃねぇ」

「米軍の爆撃機が撃墜されて、ちぎれた尾翼がひらひらと空に舞ったのを見たよ。きれいじゃったなぁ。やがて家の前の国道を、トラックで米兵が運ばれていった。その捕虜は、ピカで死んでしもうたらしいがね」

いずれも戦時中のことであるから二～三才頃の記憶である。爆心地から三キロ。広島市己斐に住んでいたマーさんは、三才と二カ月で被爆した。

「近所のオバサンが、朝、海でとれた貝を持ってきてくれたんよ。朝の八時十五分。日傘を縁側にさしかけて、お袋と話しこんじょった。ボクは、お袋の背中にもたれかかっておって、それでお袋もボクも助かった。縁側におったけぇね。屋根が吹っ飛んでねぇ。家の中におったらガラスでやられちょったろう。オバサンは熱線を浴びた半身が、すっかり、やけどでズルむけになっとった」

「十時過ぎから、被爆者が広島の方から逃げてくる。みな、手を上に上げてね。下げちょると、血が下がって痛うてたまらんから、上げたまんまにしとったらしい」

「うごけんようになった女性を、ボクの家に上げて寝せとりよった。〈寒い、寒い〉といううんで毛布を掛けてあげてね。あの人は、おそらく死んだんじゃろうのぅ」

「そんなとき、もう、火事場泥棒がおるんよ。大八車に、盗んだ缶詰を一杯載せてね。〈ちょっと休ませてください〉というて、見とったらあたたかいミカンの缶詰を食べさせてくれた。あたたかかったんよ、缶詰が。あとでお袋が〈あの人たちに缶切りを持っていかれた〉というて、いつまでもくやしがっとったなぁ」

被爆という、とんでもない経験だったとはいえ、質量ともに恐るべき三歳児の記憶である。非常に細やかな記憶の中の情景描写。これこそ作家としての重要な天性の資質なのであろう。

那須さんを見ていると、かなり大胆に相手に斬りかかっていくようなところがある。挑発して、相手の力量を見きわめる。大覚悟ができていて、捨て身になっているのだ。これはきっと、その幼年時代の被爆体験、戦後体験を生々しく記憶しているからに相違ない。

その頃の私の記憶といえば、たった一つしかない。終戦で、横浜に進駐したアメリカ軍にまつわる記憶である。米軍将校用の住宅をつくるためにアメリカ軍の工兵隊が横浜の根岸台に入ってきて、濃緑色のブルドーザーが煙を吹き上げながら、明治以来続いた日本最古の根岸競馬場を解体した。当時根岸台に住んでいた祖母が私を背負って、散歩がてらにその様子を見物に行った。

向こうから、カーキ色の軍服を着たアメリカ兵が近づいてくる。私の顔をのぞきこみながら、祖母に、なにか話しかけている。少し英語のしゃべれる祖母が言葉少なに返事する。赤ら顔の恐ろしいその男は、胸のポケットをパンパンとたたいてニヤッと笑い、

「キョウ、チョコレート、ナイ！」

祖母に背負われたままの私の胸に、じわっと恐怖心がひろがる。米兵の声がいつまでも、耳の中でリフレインしていたものだ。

三才の時、山口県の叔父につれられて、すし詰め列車での大旅行のあげく、その叔父さんの養子になった。八島《やしま》という瀬戸内海の孤島の小学校が養父の勤め先だった。不思議なことに、その間の事情をまったく覚えていない。列車の窓から見た、岩国の爆撃あとの無数の丸いため池。広島から乗り込んできたアコーディオンとハーモニカを無表情に演奏する傷痍《しょうい》軍人。それに八島での思い出はいくつかあるのに、養子縁組にまつわる記憶がまったくかき消されている。かわいがられたのだろう。一年もたたないうちに実子同様の気分になり、自分が養子だと分かったのは、高校に入る時であった。

マーさんの回想は続く。

「終戦でアメリカが入ってきた。〈ユー、ジェントルマン！　パパ、ママ、ピカドンで。ハングリ、ハングリ〉の世界よ。車のうしろ走って、ハローハロー、ギブミ、チョコレート、いうとったら、なにかやたらとくれた。投げてくれたリンゴを水たまりから拾い上げたら、八才上の姉が〈乞食みたいなマネ、しなさんな〉いうてねぇ。ありゃぁ、いたく心が痛んだなぁ」

「そのうち、テンガロンハットみたいなオージー帽をかぶった実戦部隊のオーストラリア兵が入ってきてね。こいつら、けちなんよ。オージー帽がくると、みんな〈ありゃぁ、くれんど〉ってね。赤い顔で、恐ろしかったなぁ。（泣いたらオーストラリアがくるよ）って、母親に諭《さと》されたりしとった」

「近所の工場そばのため池でね、毎晩赤ん坊の泣き声がするいうて、噂が立ってね。なんと食用蛙の声じゃった。夜になると、よう、食用蛙をとりに行きよったいね」

そうか、この辺のトラウマが那須さんのミステリー好きに作用しているのだ。

お墓を持ち上げて骨壺《こつつぼ》を開いたり、真鍮《しんちゅう》を集めて売りに行ったり、宮島でビスケットをくれたインド兵に失礼な言葉をはきかけたり、先生を泣かせるのが趣味だった小学校時代。六年生の時、受けたいじめの思い出。そのころのマーさんは全学優等生で、『インテリ坊や』と呼ばれていたらしい。

何が縁で、こんなに仲良くなったのだろう。最初の出会いは、九七年九月の終わり。そう、つい、この間のことである。

『ズッコケ三人組』の映画化で、ボクは音羽警部補をやることになった。原作の挿し絵では、せり出したおなか、薄い頭髪、酒焼けしたほほ、丸い鼻。どこをとってもシャープでスマートなオレとはずいぶんかけ離れているじゃないかと思ったりしたもんだが、見る人が見れば同じ中年男。配役した側には、たいして違和感はなかったのだろう。刑事役で特別出演することになったマーさんと、竹原の警察のロケ・セットで出会ったのがはじめてである。すぐに釣りに行く約束ができあがった。
このごろになって、マーさんは、あの役は自分が上司だったんだといい張る。撮影中は頼りなげに憮然《ぶぜん》と机に座っていたくせに、内心では「オレは副署長だぞ」くらいに思っていたのだろう。なにしろせりふはなかったから……ボクは、ボクで自分が上司だったと確信している。
瀬戸内海の豊かなうねりの中、広島県竹原市の町をとり巻く、濃い緑の山すその竹薮《たけやぶ》が、さやさやと風に吹かれて、浅黄色の夏の名残《なごり》をうたっていた。「あの時」と同じ自然の風景だ。そう、僕らの架空の少年期に共有した、思い出の風景である。

エッセイ　4

那須正幹における釣りバカのケンキュウ

加藤多一

かとうたいち：一九三四年、北海道生まれ。北海道大学卒業。八六年『草原――ぼくと子っこ牛の大地』で日本児童文学者協会賞、九二年『遠くへいく川』で赤い鳥文学賞を受賞。ほかに『原野にとぶ橇』など作品多数。

正幹と多一――北と南に遠く離れているのに妙に気が合うのは、どうしてだろう。
二人とも人格高潔、というのは真白なウソで、どうやら共に釣りバカであること、あの美しい姿体のつぶらな目をした魚ちゃんをだまして、命をうばって、うまいうまいと食ってしまう好みが共通しているせいらしい。

どういうタイプの人間が釣りバカになるのか、これは、「ズッコケ三人組の研究」と同じくらいおもしろいテーマなのだ。

① 体の中に好奇心がびっしりつまっていること。
② せっかちなのに、魚が針にかかる長い時間をじっくり待つ無駄と苦行を自分に強いる自虐の喜びを知っていること。
③ 竿先はぴくりとも動かないのに、今まさに大物がかかって竿が折れるほどに円くなるその円形をまざまざと見る力があること。（目の前に存在しないものを見てしまうのは、ひとつの才能ではないのかい）
④ 釣行への綿密な調査と計画性、釣り用具や針の大きさ、エサの決定などへのちみつな計画性と実行力があること。

①と②については、お互い確かめ合ったことはないが、三十年前に「日本童話会」主催の同人誌大会で出会ったときから、同病者だということはお互いすぐにわかった。ふだんはいねむりするか、ねむそうにしている目が、水の音や糸が風に鳴るような音がすると、急にギラリと光るのである。
瞳のなかの茶色の部分が他人より少し多いことでも判別できる。

なによりも、那須正幹が十年ほどの間に、三回も北海道に釣りにきたことでも、①②はなっとくできる。

二回目に釣りにきたときは、りっぱな竿とビクまで持ってきた。

その川は、当時多一が住んでいた稚内《わっかない》に近いトキマイ川であったが、自分の竿とビクでなければ釣りたくないと考えて飛行機に積んできた彼の根性に驚いた。

竿なんか借りものでも何でもいい、ヤナギの枝でもクマザサの大きいものでもかまわない――と考えている多一は、考えた。（あれだけの『ズッコケ』シリーズを書き続けている作家の根性は、やはり違う。これこそプロだ。多一の竿は二千円くらいだが、あの竿はどうみても二万円以上はするに違いない。大物がどんどん釣れたら、重くて重くて車にもどるまでのクマザサ原をぬけるのがつらいな）

なにしろ、オホーツク海に直接注ぐ短い川である。いつ行っても、必ず釣れる川を選んでおいたのだった。

結果は――全くのゼロであった。ナイフのように光る北海道の涯《はて》のヤマベちゃんは、ただの一匹もつきあってくれなかったのであった。どうしてなのか。

（うん。川からヤマベがわいてくる。釣っていると足にぶつかってくるよ）

電話で多一はこういった。想像力はこういうときのためにあるのだ。

大宣伝した手前、多一はヤマベになりかわって恐縮し、あろうことかオホーツク海のある小さな港へ案内した。純粋ヤマベ党からすれば変節であり、邪道であり――彼は同意して海の魚に挑戦した。必要なときは原則にこだわることなく、変幻自在に対処できる。これまた正幹の本質なのだ。

このとき、彼がまざまざと見ていたのは、巨大なタラか、多一が三年前に砂浜から遠投して釣ったと宣伝していたサケの姿だったと思う。

結果は、流れコンブ一枚と七センチほどのニシンの子一匹であった。ああ。

多一のほうからは、彼の住む防府市の先の海へ二回出かけていった。

彼のみごとなエンジンつきヨットはすべるように進み、船長の帽子の正幹の横顔は野心と希望にあふれていた。

もちろん、あこがれの瀬戸内海で釣りができる多一は燃えていた。雪と酷寒の北海道からでかけて行って陽が照っている海で釣りができるのだ。

冬だから魚は薄い。それがわかっていても遠来の多一のために船を出してくれたのだが、高波が出てきて穴場に近づくのをあきらめた。彼のむすことその友人もつきあってくれたのだが、このときも魚類のお顔を見ることはできなかったのである。

二人で行くと、どうしてこうなるの。

分析力にすぐれる彼はもうその理由をつかんでいるのかもしれぬ。

それができぬ多一は、「どうして」ばかりをもう八十七回もくりかえしているのだ。

エッセイ　5

「普通」を発見する作家

浜　たかや

はまたかや：一九三五年、東京都生まれ。早稲田大学中退。『太陽の牙』で日本児童文学者協会新人賞、『風、草原をはしる』では赤い鳥文学賞を受賞。ほかに『犬・犬・みんな犬』『エミにきた手紙』など作品多数。

この原稿をかこうと、机にむかっていたら、ついうたたねし、夢をみた。

夢のなかで、わたしは、ああ、原稿かくなんてめんどうだなあ、とぼやいているのだが、すると、わたしのまえに、この本がもうできて、目次の頁がひらかれている。その目次の著者名の欄をみて、わたしはびっくりする。そこには、まだ原稿をかいていないわたしの名ものっているのだが、そのわたしの名のよこに、なんと、

……秦《しん》始皇帝政

とかいう名がのってるのだ。（ちなみに政というのは、始皇帝のファーストネーム……だとおもう）。つまり、秦始皇帝も那須正幹氏に一文をよせているらしいのである。そして、おどろいているわたしの耳に、那須正幹氏の、すこし笑いをふくんだ声がきこえてくる。

「浜さん、秦始皇帝とおなじ本にものをかけるなんて、こんなチャンスは、そうざらにはないぞ」

それをきいて、わたしは、そうだ、そのとおりだ、がんばってかこうと大きくうなずいて目をさます。

という夢なのである。

どうして、こんな夢をみたのか、さっぱりわからない……というのは、うそで、かんがえれば、あんがい簡単に説明がつくだろう。だが、そんな精神分析もどきのことをすれば、おもしろいものでも、おもしろくなくなるのがおちである。だから、夢は夢のままにしておく。

石井直人さんが、どこかで、那須さんについてかいていて、それは、わたしの記憶ちがいでなければ、「那須正幹氏は素直な人です」という、みごとなかきだしではじまるのだが、このかきだしを読んだとき、わたしはおもわず笑ってしまった。

まさにいいえて妙なのである。ほんとうに那須さんほど素直なひとはいない。

わたしはしばらく那須さんとおなじサークルに所属していて——すこしヨイショを加味していえば——すくなからぬカルチャーショック（じみたもの）をうけたが、その多くは、那須さんの素直さにもとづくものなのだ。

たとえば――

いわゆる非行中学生をえがいた作品を合評していたとき、那須さんが、

「どんな中学生でも、先生にほめられれば、やはりうれしいんじゃないのかなあ」

と発言したのだが、この素直さはどうであろう。わたしは、やや誇張していえば、このことばから、目からうろこが落ちるおもいをした。

文学というものは、ひねくれた人間を対象とすべきであり、ひねくれた人間はどこまでもひねくれていて、そのひねくれを徹底してかくことによって、その作品の価値はきまり、ひねくれた人間のなかに「フツウ」の人間を発見したら、そこで、文学はおわる――と、そこまでかんがえていたわけではないだろうが、とにかくわたしは、那須さんの一言で、「文学」という迷妄《めいもう》からさめたような気がする。

酒をのんでいて、なんの話のついでかわすれたが、那須さんが、下村湖人《しもむらこじん》の墓にもうでたことがあるといいだしたことがある。墓のまえに手をあわせ、こんにち、ぼくがあるのは、『次郎物語』のおかげですと、感謝をこめていったというのだ。

このときも、おどろいたなあ。まじめにいってるかどうかわからなくて、那須さんの顔をあらためてみたほどである。だがそのときの那須正幹氏、にこりともしていなかった。そしてまじめだとわかったとたん、わたしは身内から感動がふつふつとわいてきた――とかくと、大げさにきこえるかもしれないが、けっして誇張ではない。

小説にえがかれる人間がひねくれていなければならないという迷妄とどうように、わたしには、小説をかく人間もまた、一分のすきもなく「ひねくれ」で武装していなければならないと、そこまでかんがえていたわけではないだろうが、とにかくそのときも、ひとつの迷妄がくずれさったような気がする。

だがこれはわたしにだけの体験ではないだろう。普通にみえる人間の普通でない部分を発見するのが文

学だとかんがえているひとはけっこうおおいはずである。もちろん、それはそれでけっこうなことだろうが、しかし、そういう普通でない人間もごく普通の部分をもっているという、ごくあたりまえのことを那須さんはおもいださせてくれるのだ。
はやとちりされるといけないから、あわててかいておくが、普通のことしかみえない人間が普通の人間を小説でかいたところで、なんのおもしろみもないであろう。普通でないものをみぬく人間が普通の人間をかく、だからおもしろいのだ。いつか機会があったら、「ひねくれた那須正幹」という文章をかいてみたい。

エッセイ　6

那須君はナスビだった

大平　泰

おおひらやすし：一九四二年、広島市生まれ。那須正幹氏とは己斐小、庚午中学を通じて一緒という、いわば幼友達。六五年に広島大学教育学部を卒業、中国新聞社に入社。その後は一貫して記者生活を続け、現在に至る。

那須君のあだ名は「ナスビ」だった。野菜のナスである。何のことはない。名前をそのままもじった。単純といえば単純。「ナス」でいいのになぜ「ナスビ」としたのか思い出せない。那須がナスでは面白くも何ともないからだろう。

彼とは同級生。己斐小、庚午中と同じ学校で過ごした。高校は違ったが同じ広島市内の公立だった。今も何やかんやと都合をつけ、広島や防府市で時たまの一杯を楽しんでいる。昨年（一九九八年）の秋だったか、広島のＲＣＣテレビ（中国放送）で対談した。「那須先生」の作品にかける思いや、人となりを引き出してほしい――と白羽の矢が立った。幼友達の馴れ合いになっては申し訳ないので、お互い目では笑いながら自制していた。それでもこちらは何度か「おいナスビよ」と口に出かかったし、彼も私を「あんた」なんて口走っていた。また、こうした番組では質問者の近況など立ち入るのはタブーなのだが、彼は知らぬ顔で踏み込んできた。「いい出来栄えでした」とはプロデューサー氏のお世辞。くすぐったくて仕方がなかった。

そのナスビ、いや那須君は小学生時代から詩人を夢見ていた。卒業時の文集にちゃんとそう書いている。文集にはみんな将来像を描いてはいる。私の場合「銀行員」だった。古証文を引っ張り出して確かめた。当時、私はなぜか算数が得意だった。といっても計算するのが速かっただけ。計算＝銀行、あきれるばかりの単純さ。とっさにひらめいたのだろう。今日まで、まさかそんなことを書いているとは思ってもいなかった。ほとんどの仲間は私と似たり寄ったりのいい加減さで対応したのではなかろうか。

ところが、彼に限っては大まじめだった。なんと小学校五年の時、あの「鉄腕アトム」の手塚治虫《てづかおさむ》さんに弟子入りの手紙を出しているのだ。目の前の出来事に一喜一憂しているだけの我々には夢想だにできなかった。中学時代にも何やら書き物をして恩師にアドバイスを求めている。これが本当の処女作かも。高校に進学する時も自分の将来を見据え、考えに考えて学校を選んでいる。我らのナスビは相当早熟で、しっかり者だったのである。

彼は運動人間にはほど遠く、腕白《わんぱく》連中とは距離を置いていた。虫の採集、観察が好きな「静か人」だった。漫画が中心とはいえ本もよく読んでいたらしい。姉が二人の三人きょうだいという家庭環境が影響しているのかもしれない。一方で、頑固《がんこ》な理屈屋（もの知りといい直そうか）でもあった。虫だけでなく、人間の観察も鋭かった。『ズッコケ』のハカセに一脈通じている。たわいない子供の世界から一歩抜け出していたのだろう。

もっとも当人は「多少可愛げはなかったが〝普通の子供〟だった」と言い張る。彼の特技の一つは昔の出来事をよく覚えていることだ。酔うほどに絶好調（舌好調？）になる。その彼がこだわるのだから、〝普通の子〟だったことにしておこう。それはそれとして、『ズッコケ』の子供たちは実に善意にあふれ、素直だ。遊びに知的なセンスも読み取れる。当時の我々はもっと羽目を外していたし泥臭かった。直情的な反面、屈折もしていた。『ズッコケ』に那須君の子供時代がそっくり投影されているのだとしたら、やはり彼は「ただもの」ではなかった。

そんな彼が島根の大学（専攻は森林昆虫学）を卒業後、車のセールスマンになったのには驚いた。出て行った先が島根とはまず対極にある東京。選んだ職もおよそ彼のキャラクターに合わない。案の定、わずか二年で見切りをつけた。上司とけんかした、といっていた。今風にいえばキレたのだろう。

ところで『ズッコケ』の舞台になった花山第二小学校は広島市立己斐小学校である。一八七三（明治六年）の創立。一九四五（昭和二十年）の原爆投下。爆心地から約三キロ離れていたが校舎は一部壊れ、先生と生徒の計三人が犠牲になった。その直後から、来る日も来る日も学校はおびただしい被爆者の収容所と化した。運動場は遺体の火葬と一時埋葬の場になった。今、校舎も新しくなり、当時の古木も姿を消した。当時を物語るものはないが、己斐小の存在そのものが歴史の生き証人であり、修羅《しゅら》の世界を飲み込んで超然としている。『ズッコケ』の愛読者の皆さんも、知らず知らずその舞台に立っている。

那須君自身も被爆者である。だが、もの書きになってかなりの間、沈黙していた。私も被爆者なので分かるのだが、なかなかに書きにくい。その彼が勇気をふるって正面から取り組んだのが『折り鶴の子どもたち』だった。「原爆の子の像」で世界に知られる佐々木禎子さんの物語である。原爆の子の像が日の目を見るまでの活動を彼女のクラスメートを中心に丹念に取材、見事な作品に仕上げた。禎子さんは我々と同年代であり、同じ運命に見舞われた友人、知人も私たちの回りにいた。原爆の非人道性や理不尽《りふじん》さに対する憤りは那須君や私の胸にオリのように澱んでいる。でも彼はそれを極力抑え、淡々と描写し切った。『ズッコケ』ファンも是非一度読んで彼のメッセージを受け止めてほしい。

「優しく静かなナスビ」も荒波に揉まれ、たくさんの〝向こう傷〟ができたはずだ。頭もすっかり白くなった。凛《りん》としているつもりでも、ごう慢だなどと誤解される場合だってあろう。そこが有名人のつらいところ。大胆にして細心に、いつまでも色つやのいいナスビであってほしい。

エッセイ 7

おいでませ『ズッコケ』の防府へ

大村俊雄

おおむらとしお：一九五〇年、山口県防府市生まれ。大村印刷株式会社社長。防府商工会議所副会頭。防府市観光協会副会長。防府ゆかりの会事務局長。那須氏とはこれまで百回以上も一緒に飲んでいるという友人。

那須正幹氏の居住する防府市は（ホウフと読む、ボウフと濁ってはいけない）は山口県の中央部、瀬戸内海に面した実に風光明媚《ふうこうめいび》な人口十二万人の小都市である。

その街のまた中央部の田んぼの中にあの有名な那須御殿がある。高級住宅地である。防府の田園調布と言った方が分かりやすいと思う。

家の周りにはカエル、イモリ、ほたる、マムシ等がいて退屈しない。

防府市は歴史の街でもある。日本書紀にも登場してくる由緒《ゆいしょ》正しい土地柄である。

大化の改新後各地に国府が置かれたが、那須御殿は国府跡地の中に在る。

北に八分歩けば、八世紀中頃建立された国分寺があり国宝の仏像が多数みられる。

北東に十分歩くと、毛利氏本邸、毛利博物館、庭園があり雪舟《せっしゅう》の国宝四季山水図、古今和歌集等があり、おまけに裏庭にはゴルフ場もある。

自転車で北西に五分、菅原道真《すがわらみちざね》を祀《まつ》った日本最古の防府天満宮がある。読者の中には太宰府《だざいふ》天満宮が一番古いと思っている方が多いのでここで強調しておきたい。詳しくは那須正幹著『時の石』文渓堂刊、七十四ページ「牛飼いの童の宝物」を参照されたい。

南は江戸時代毛利藩が干拓した広大な塩田跡地が開けている。かつてここで作られた塩は北前船で北海道まではこばれていた。この商売で得たお金は特別会計として積み立てられ、後に幕末維新期における財源となった。高杉晋作《たかすぎしんさく》らはこのお金で豪遊していたに違いない。現在は大手企業の工場群も立ち並び、自衛隊の基地が二箇所あり飛行場もある。

まだまだ見どころ豊富な防府であるが話を変えたい。

防府は魚もうまい。那須氏は愛艇ラルゴ号を走らせ漁師の見習いをやっている。

街の西を流れる佐波川《さばがわ》の鮎はなかなかのものである。冬はフグがウマイ。フグと言えば下関だが、フグ通は防府で食べる。瀬戸内海で捕れた三キロものトラフグが一番なのである。特に白子が充実してくる二月初旬が最高である。したがって那須宅を訪問するのは二月がベストである。

駅前の路地を入ったところに那須氏御用達《ごようたし》「ゆうき」という店がある。フグに似た大将が歓迎してくれる。と言ってもお客によってはこの大将に怒られ二度と行かないと言う人もいる。食べようとすると背後に忍び寄り、食べ方が流儀に反すると怒るので充分注意されたい。

まだまだ防府の魅力は語り尽くせない。一部しつこいと言う声もあるが、那須氏を語るには大変重要なファクターだと確信している。

大胆に言わせてもらえれば、『それいけズッコケ三人組』が出版された年と防府に居を移し作家活動に専念されたのが同じ年であることを見逃してはならない。

防府がいかに作家活動に適している環境であるかは前述したが、この地より作家も多く輩出しているのである。

国府の守《かみ》として赴任してきた清原元輔《きよはらのもとすけ》は清少納言《せいしょうなごん》の父親である。おそらく清少納言は多感な少女時代、防府の野山を駆け回ったにちがいない。

自由律俳人山頭火《さんとうか》も防府の造酒屋の息子として生まれている。現在文壇で活躍中で、那須氏の親戚でもある美人芥川賞作家、高樹のぶ子氏も青春時代セーラー服のスカートをなびかせて、自転車を漕いでいたのである。同時期直木賞作家、伊集院静《いじゅういんしずか》氏はプロ野球選手をめざし練習に明け暮れ、夜は花街を徘徊していたのである。蛇足《だそく》だがあの伝説のストリップの女王ジプシーローズも居住していたのである。

何と言う底の深い街であろうか。『ズッコケ』シリーズの背景には防府の風土がきわめて重要であることを全国の読者諸兄にご理解いただきたい。

しかし日常的にはきわめて退屈な街で、現在の那須氏の作家活動を支え、氏の右脳、左脳に絶えまなく刺激を与えているのは「防府ゆかりの会」の面々である。

今から八年前に生まれた会で毎月一回、欠かす事なく百回を迎えた。

ありとあらゆる事柄をさかなにしながら大いに語り合う教養的かつお笑い番組風な会である。（今、気づいたことだが、お店の協力で飲み放題、食べ放題で会費五千円だが五十万円も使ったことになる。恐ろしい事である。）

メンバーは、宮司《ぐうじ》、住職、企業家、書道家、音楽家、陶芸作家、文筆業、画家、新聞記者、医師、教師、学芸員、自衛官、公務員、銀行マン、証券マン、大学教授と様々な分野で活躍している人達である。先日俳優の原田大二郎氏も是非にと入会された。

飲み食いだけしている訳ではない。山口県交響楽団野外コンサートや、会員の作品展等の社会的活動もしているのである。

例会での発言はすべて無責任、後日追求することは許されない。私も詐欺師、右翼などと罵声《ばせい》を浴びせられた事をよく覚えている。

このワイワイガヤガヤの中から多くの作品が生まれているのも確かである。代表作は『さぎ師たちの空』である。また、会員は気づかないうち、物語に登場しているときもあるので油断できない。

現在例会百回を記念して新会員を募集している。防府にゆかりのある人ならだれでも入会できる。適当なこじつけを考えていただきたい。できるだけ多彩な職業やユニークな発想の持ち主の方を、お待ちしている。ただし酒乱の方はご遠慮いただきたい。

企業経営に必要なものは「ヒト、モノ、カネ、情報」、さて作家活動に必要なものはなにか、その答えをさらに追求したい方は是非防府にこられたい。

那須氏の周辺はやたらと騒がしく、また笑いが絶えない。

エッセイ　8

体験！『ぼくらの地図旅行』

山本安彦

やまもとやすひこ：一九五二年、山口県生まれ。金沢大学法文学部卒業。山口県立山口図書館勤務。山口県子ども文庫連絡会会長。図書館勤務のかたわら、一九八七年に「山口県子ども文庫連絡会」を結成し、今に至る。

「おはようございます。天気もいいし、ハイキングにはもってこいですね。灯台までの道は、けっこう長いから、いそがないで、ゆっくり歩きましょう。出発するまえに、駅のトイレでおしっこをしておきましょう。秋《あい》穂《お》八幡《はちまん》までに公衆トイレは、ひとつもありませんよ。梅の木峠の頂上は、ときどきおばけがでるそうですから、気をつけてください。（中略）さあ、いよいよ草山の登山口です。山路は、ちょっときついけれど、登っていけば、かならず頂上につきます。（中略）では、気をつけて、山本のおじさんの言うことをよくきいて行ってらっしゃい」

一九八九年三月二十六日の日曜日、山陽本線四辻《よつつじ》駅前で那須さんから受け取ったメッセージを読み上げた後、親子四十数名の参加者は絵本『ぼくらの地図旅行』と弁当を手に草山崎の灯台を目指して出発しました。

距離は約十二キロ。「体験！『ぼくらの地図旅行』」と銘打ったこの企画に、『体験』を『探検』と読み違えて参加した「ハチベエ」のような子どももいましたが、好天にも刺激され意気揚々と歩き始めたのです。途中、絵本の中にも出てくる「ろう学校」と「お地蔵さん」で休憩。公衆トイレのある秋穂八幡で昼食を食べたところまではよかったのですが、次第に歩く速度もペースダウン。春の田園風景を鼻歌まじりで楽しんだり景色と絵本を見比べたりする余裕もどこへやら。手に持つ絵本さえ重く感じられるようになってきました。しかし、くたびれているのは大人の方で、子どもたちは元気なのです。

そして、予定より三十分遅れで灯台下に到着。帰りのために用意していたマイクロバスはすでに到着していました。足が思うようにならなくなった大人はバスに残すことにして、主催者の私も含めて大人たちは少し無理をして、子どもたちにはげまされながら「ちょっときつい」山路を歩き頂上を目指しました。山には桜が咲き始めていて、その向こうには瀬戸内海のおだやかな海が広がっています。先に灯台に着いた子どもたちが振っている「体験！　ぼくらの地図旅行」と書かれた旗に元気づけられてようやく頂上に着きました。出発して六時間になろうとしていました。

山頂から海を見れば、釣り船が一隻浮かんでいます。私はこの企画に那須さんをお誘いした時に「釣りにでかけることにしているから」と言われたことを思い出していました。「あれは那須さんの船に違いない」そう直感しました。そう思うと船からこちらにエールを送っているようにも感じられます。

那須さんは釣り好き人間としてもよく知られています。その那須さんが、何度も取材で往来された十二キロの親子連れハイキングコースと釣りとを天秤にかければ選ぶのは釣りに決まっています。絵本では疲れることなく歩くシンちゃんたちの姿が描れていますが、学生時代山岳部に所属していた那須さんのことです、「きつい」ことは十分ご承知のことだったのではないでしょうか。

ともあれ、子どもたちは元気ピンピン、大人たちは足がパンパン、という結末で「体験」も無事終了しました。

「山本のおじさん、三月二十六日の体験ぼくらの地図旅行の時はおせわになりました。お母さんは帰って足がいたいと言っていましたが、私は、平気でした。とても楽しかったです。先生がすごいなあとおっしゃっていました。

新学期が始まり、私もシンちゃんと同じ五年生になりました。機会があれば、また体験旅行をしてみたいと思います。」（秋穂町K子）

あれから十年。当時の那須さんと同じ年齢となり、否応《いやおう》なく私の体力の限界も見えてきました。そして、私もやっぱり釣りを選ぶだろうなあと思います。それでも時々、「またしようよ」という声が忘れっぽい大人たちから寄せられたりすると、子どもたちの生き生きとした表情を思い浮かべながら、ついつい「やってみようか」と心が動いてしまいます。思えば、こんなに体にいい絵本もないのではないでしょうか。新しい体験企画のために次作（できれば主催者の年齢に合ったもの）を期待しているところです。

エッセイ　9

那須正幹とはいったい何者なのか

村上信夫

むらかみのぶお：一九五三年、京都市に生まれる。明治学院大学卒業後、NHKにアナウンサーとして入局。現在は大阪放送局勤務。「おはよう日本」のメインキャスターを務め、現在は「発信基地」を担当している。

ウソつきの才能

作家・那須正幹の奥は深い。もう十年来の付き合いになるが、実態がつかみ切れない。ものすごく物知りだし、ものすごく茶目っ気もあるし、ものすごく毒舌家でもあるけど、ものすごくおおらかでもある。那須さんの中には、物語の主人公になり得るいろんな人が住みついているにちがいない。

『ズッコケ』が受けている理由をズバリご当人に聞いてみたことがある。

「秀才、いたずらっ子、のんびり屋の三人のキャラクターはどこにでもいるタイプ。その身近さに加えて、子どもたち自身で、大人の手を借りずに難題を解決する痛快さかナァ」

とサラリと答えが返ってきた。

決してズッコケることのないミリオンセラーの秘訣を、こんなに簡単にまとめられていいものかと、二の矢を考えていたら、那須さんのほうが、先にことばを続けた。

「三人が勝手に動いてくれるから、ストーリーをウンウンうなって考えることはないんだ」

これまた、そんなに簡単に言わないでほしいが、それは、やはり才能のなせる技なのだろう。実は、ご本人もそれを認めている。

那須さんの講演会の会場で、「どうしたら那須さんのような面白い文章が書けるのですか」という素朴な質問をした人がいた。これに答えて那須さんは、「それは才能でしょう」とケムに巻いた。会場は爆笑だったが、ここまではっきり人前で言える那須さんには脱帽するしかなかった。

そういえば、私の前でも、「僕には、ウソをつく才能があるんだ」と言い放ったことがある。こう言って胸を張る那須さんの中に、大人をだましてペロッと舌を出している子どもの姿を見出した。

しかしてその実態は?

那須さん自身は、三人組のうち、ハカセに一番近しいものを感じているらしい。雑学の知識は豊富だが、学校の成績はよくない。トイレで読書するのがクセ。これが、ご本人曰く、ハカセとの共通項。

トイレの中はのぞいたことがないので、よくわからないし、通知表も見せてもらったことがないので、成績のこともよくわからないが、確かに雑学は豊富だ。

記憶力もいい。例えばこうだ。三歳のとき、姉にプレゼントした赤い鼻緒のゲタのこと。小学生のとき、漫画家の手塚治虫さんに弟子入り希望の手紙を出したら、返事が来たのだが、その返事が緑色のペンで書かれていたこと……。微に入り細に入り、よく覚えている。

だが、那須さんの中には、ハチベエも隠れている。よく言えばお茶目だが、悪く言えばいたずらっぽいところがある。ご本人の目の前で『ねんどの神さま』を朗読したことがある。読んでいるうちに熱中してしまい、すっかりのめり込んでいた。その気分を覚ますかのように、読み終えたところで、「あんた、三回間違えちょたじゃろ」とニンマリしながら鬼の首を取るのだ。

個人的には、私はモーちゃんが好きだ。ハチベエの悪ふざけが過ぎたり、ハカセが才に走ったりしても、いつも泰然としている。おおらかでやさしい。那須さんに、モーちゃん的要素がないかといえば、否である。

那須さんに電話をしたとき、「いまよろしいですか」と聞くと、「あー、ええよ。ぽーっとしとったところじゃけん」と答えが返ってくるだけで、ほっとする。電話口の向こうでは、締め切り前の原稿と対峙していたところかもしれないのに、決してイライラあくせくしない那須さんと話していると、不思議に心地よい気分になってくる。

結局のところ、どれが実態かわからない。どれも実態のようだし、どれも実態ではないかもしれないし、まったくもって、つかみがたい謎の人物だ。

だが、ここまで書いてきて、ひとつわかったことがある。那須さんは実態を見せないのではなく、見せたくないのだ。人一倍の恥ずかしがり屋で、照れ屋であることは、疑いのないところだ。ゆえに、自分自身の実態は見せないかわりに、ズッコケの中で、自分の中に潜むものを、自由自在に出しているように思える。

シリーズの中で、それぞれ活躍の主は変わる。あるときはハチベエが、またあるときはハカセが、そしてモーちゃんと、三人が八面六臂《はちめんろっぴ》の活躍をする。その時々に、那須さんの顔をだぶらせながら、ズッコケを読むというのは楽しいものだ。

エッセイ　10

実録、帝王の夜の素顔!?

折原みと

おりはらみと：一月二十七日生まれ。東京都在住。デビュー以来、つねに第一線の少女マンガ家、少女小説家として活躍。『屋根うらのぼくのゆうれい』『緑の森の神話』『青いいのちの詩』など作品多数。

那須先生は、私にとっては大先輩の大作家先生です。

お目にかかったことも数回しかないので、那須先生について書くといっても、何を書いたらいいのやら……?

しかし、なんと私には、那須先生と海外旅行に御一緒したという、貴重な経験が一度あるのでした!

いやいや、ベツに不倫旅行（!?）というワケではありません。

〝くもん子ども教育研究所〟の主催した〝マレーシア植林体験ツアー〟に、那須先生と一緒に講師として参加させていただいたのです。

那須先生は、当時小学四年生のお嬢さん、莉恵《りえ》ちゃんを連れての参加でした。

莉恵ちゃんと一緒にいる那須先生は、大作家先生というよりも、まったく普通の、どこにでもいる〝お父さん〟。

その時の、ちょっとほほえましいエピソードをおひとつ。

ツアー初日、一般参加者のよい子たちが寝静まった後、くもんのスタッフのみなさんと講師の私たちは、ホテルのバーで顔合わせの一杯……ということになったのでした。

まるで修学旅行の引率の先生たちが、生徒が寝た後でコッソリ飲み会をしているというノリです。

一～二杯飲んだところで、那須先生は、「子供がひとりで寝ているから」と、早々に席を立ち、ひと足お先に部屋にもどられました。お酒好きなはず（？）の那須先生がなんと子煩悩《こぼんのう》な‼

が、すぐにまた、先生はバーに引き返してこられたのです。

「どうなさったんですか？　先生、飲み足りなかったんですか？」

そう問いかける一同に、那須先生は、ちょっぴりなさけない笑顔でおっしゃいました。

「子供が部屋のカギしめて寝ちゃって、しめだしくっちゃったんだよ」

ちゃんちゃん♬

その時の那須先生の「トホホ」な笑顔が、とても印象的で忘れられません。

大作家先生の正体は、〝良きパパ〟で、〝かわいいおじさま〟なんですね。（笑）

那須先生のお宅は、四人の子だくさんだとうかがっています。

二十年以上もの間、『ズッコケ』シリーズの主人公たちを、ああも生き生きと活躍させ続けられる、秘《ひ》訣《けつ》は、いつも身近に、ハチベエたちのような子供たちがいるからでしょうか？

『ズッコケ』シリーズは、その作品ごとに、子供たちの興味の対象や身近な問題をとりあげ、いつ読んでも作品を古く感じることはありません。

現在高二になる私の甥《おい》っ子も、小・中学生時代、『ズッコケ』シリーズの熱心な読者でした。

その甥が中一の頃、一緒に旅行に行ったことがあります。

彼は、どこにでも持って歩くという、宝物を入れた巾着袋《きんちゃくぶくろ》を持参していたのですが、その袋の中には、理科の図鑑やゲームボーイと一緒に、読み古されてボロボロになった、『ズッコケ』シリーズの新書版が一冊入っていました。

どこにでも持ち歩く、〝宝物〟にしてもらえる本。

作家にとって、それは何よりの栄誉ではないでしょうか？

甥が『ズッコケ』のファンだと編集さんにお話したところ、那須先生から、何冊か甥あてのサイン本をいただきました。

その本は、現在はお兄ちゃんから妹にゆずられ、中二の姪《めい》っ子の部屋に、大事に飾られています。

多分、来年あたりには、小四の末っ子がそれを〝宝物〟にするでしょう。（ちなみにこの子は、今、テレビドラマの「ズッコケ」に夢中だそうです）

那須先生の作品は、そうやって、子供たちから子供たちの手へ。

時代をこえて受けつがれて行くのでしょうね。

「無冠の帝王」

あれほどの人気作家でありながら、数年前まで一度も文学賞などを受賞されたことのなかった那須先生は、かつて児童書業界でそう称されていたと聞いたことがあります。

なんてカッコイイ称号でしょう!?

頭のカタい文学者や大人たちには評価されなくても、子供たちの絶大な支持を受ける作家。

その称号を持つ那須先生は、私のあこがれであり、目標でもあります。

そういえば、那須先生の『ヨースケくん』という本が、ついに九九年の読書感想文コンクール、課題図書に選定されたそうですね。おめでとうございます！

課題図書になり、教科書にも作品がのっているという今、那須先生はもう「無冠の帝王」ではなく、名実ともに児童文学界の「帝王」になられたのでしょうか？

それじゃ、「無冠の帝王」の名前は、私が襲名《しゅうめい》してもいいですか!?

いやー、「無冠」ってことは確かだけど、「帝王」ってのにはまだまだ修業が足りませんね。

ならば、せめて「無冠の女王」でもめざしましょうか。（笑）

私も一応作家として活動しているからには、那須先生のように、いつまでも子供たちの身近にいられる、息の長い作家になりたいと思っています。

あこがれの「帝王」であり、かわいいおじさまでもある那須先生。

どうぞこれからもお元気で。

ますますの御活躍を期待しています！

エッセイ　11

やんちゃな初代国王

宮崎次郎

みやざき　じろう：一九四八年、京都府生まれ。早稲田大学法学部卒業。くもん子ども研究所所長をへて、現在、公文教育研究会教育主幹。編著に『仕事も家庭も楽しくなる本』『今どきの子はこう育つ』など多数ある。

那須さんと知り合ってもう十年あまりになるだろうか。その間、くもん子ども研究所主催の「夏休み子ども作文コンクール」の審査員をつとめていただいたり、マレーシアや中国におけるボランティアの植林使節団に、ご家族で参加いただいたり、あるいは阪神淡路大震災の被災児を癒《いや》すための子ども救援活動に協力いただいたりと、さまざまなフィールドでご一緒した。

「作文コンクール」の委員長には第一回からずっと斎藤茂太《さいとうしげた》さんと決まっていたが、審査員には連続出場の那須さんをはじめ、多士済々の方々に参加いただいた。作家の黒井千次さん、島田雅彦さん、プロスキーヤーの三浦雄一郎さん、探検家の藤木高嶺《ふじきたかみね》さん、エッセイストの阿川佐和子さん、イラストレイターの永田萌《ながたもえ》さんをはじめ、毎年十人あまりの強力なメンバーで構成されていた。

そのなかで、最大野党というか絶対的少数派として、進行役の私をてこずらせ、審査会をもりあげてくれたのが那須さんであった。議論の場ではとうとうと広島弁で自説を展開し、票決のときは、ほかのメンバーとは違った作品に一票を投じることがしばしばであった。正面から議論を受けてたつ元気のあったのは、島田雅彦さんぐらいだったと記憶する。他人がどういおうが、自分を主張しきる姿に、ある美しささえ感じたものである。

おとなと子ども総勢八十名のボランティアツアーにゲストとして、マレーシアに同行いただいたときのことである。「ズッコケ先生と語る」というコーナーをもうけたが、『ズッコケ三人組』に関する子どもたちの知識の詳しさには、正直、参加したおとなたちは目をまるくして驚いた。

熱っぽいそのやりとりをながめながら、ふと私は、ビートルズを熱っぽく語り合った学生時代を思い出していた。やれリンゴ・スターがカントリー曲の「アクト・ナチュラリー」を吹き込んだだの、ニューヨーク・タイムズが「レット・イット・ビー」を発表したビートルズをさして、彼らの保守性が暴露《ばくろ》されたと大批判を展開したらしいだのと……。いずれにせよ、子どもたちの圧倒的な那須作品、那須正幹支持を見せつけられたひとこまであった。

阪神淡路大震災で被災した子どもたちに、元気を取りもどしてほしいと、毎日新聞社や大阪府子ども家庭センター、大阪府青少年活動財団、大阪少年補導協会ほかで建設したのが「希望王国」である。自然と人々のぬくもりに恵まれた、「ほたるの里」で有名な兵庫県養父町《ようふちょう》の奥米地《おくめいじ》に、善意の寄付金と協力で三年前に完成した。

計画を推進する「子ども救援委員会」の場で、「王国」であるからには「国王」が必要という話が出たとき、わたしは迷わず「初代国王」に那須さんを推挙した。被爆体験をもつ那須さんの、被災者全般に対する優しい思いを知っていたからである。

養父町で行われた開国式は、ラグタイムジャズの世界最高峰、池宮正信さんひきいるオーケストラもニューヨークからかけつけてくれ、招待された被災地域の子どもたちを囲んで盛大に行われた。「宝塚歌劇」の関係者から借りてきた、「王子」の衣装に身を包んだ「初代国王」の人気ぶりは予想を裏切らなかった。

私が感心させられたのは、夕食後のことである。私たちは、当然のごとく関係者のおとなたちと歓談していたが、那須さんは違っていた。一人、別室にいた子どもたちの輪のなかに入り、取っ組み合いをしながら、本気で子どもたちと遊んでいたのである。この優しさと子ども心を忘れない〝永遠の子ども〟ぶりこそ、圧倒的に支持される作品を生み出す所以《ゆえん》であると思った。

もうひとつ感心したことといえば、「希望王国」建国にも多大な功績を残した、子ども研究所のメンバーの奥村晃一《おくむらこういち》君を昨年、帰宅途中交通事故で失ったときのことである。集中治療室で闘う奥村君を、病院に見舞ってくれた最初の外部関係者が那須さんであった。一報が入るやいなや、取るものもとりあえず、大阪まで駆けつけてくれた那須さんの姿勢には頭のさがる思いであった。

やんちゃさ、優しさ、子ども心、義理がたさ、そして確かな自分をもつ那須さんは、これからも子どもたちと一緒に生き続けていくでしょう。

エッセイ　12

ミサちゃんのダンナ様

高樹のぶ子

たかぎのぶこ：一九四六年、山口県生まれ。東京女子大短大卒業。作家。小説『光抱く友よ』で芥川賞受賞。他の作品に『波光きらめく果て』『星空に帆をあげて』『虹の交響』など多数。那須氏とは親戚の関係である。

那須正幹さんはミサちゃんのダンナさんである。ミサちゃんというのは、子供のころから一緒に遊んでいたまたいとこ、つまり母親同士がいとこで、夏休みだお祭りだというたびに行ったり来たりした幼馴染《おさななじ》みである。

そのうえ、私と四つ違いの妹と同じ年なので、私にとってミサちゃんは妹のような存在でもあった。

そのミサちゃんが結婚すると聞いて、へえ、ミサちゃんみたいな永遠の少女がどうやって結婚するんだろう、そんなことが可能なのだろうかと、いつまでも幼いままのイメージしかない私は、心配したものだった。

ミサちゃんは実に愛くるしい人である。

ふつう女性は成人するにしたがい、良くも悪くも世事にたけ、人生上の計算を胸に秘めたうえで行動し、恋愛するにしても結婚するにしても、心のどこかで「これは私の人生の得になるかソンになるか」を考える。

それは少しも悪いことではなく、いわば女が大人になるということは、そうした智恵を身につけることなのだが、ミサちゃんにはそれが無い。在《あ》るのを上手に隠しているのではなく、そういうこざかしいこととは無縁な人なのだ。

それは喋り方や物腰にもよく表れていて、もったりまったり話し、ふんわりほやほやと笑う。笑顔千両の人である。

その永遠の少女が結婚した相手が、永遠の少年、そしてベストセラー作家の那須さんだったのだ。

結婚してそう間もないころだったと思う。

「ねえ、児童書を書いてるっていっても、それでちゃんと生活していけるの？」

私はミサちゃんに聞いた。ミサちゃんは、いつもどおりの声で応えた。

「う――ん、なんか、『ズッコケ三人組』っちゅうのが売れちょるから、何とかなるんじゃあないの？」

まるで他人事のように、のんびり言う。

「がんばりぃね」

「のぶちゃんも、カラダに気ぃつけてね」

何とかなるどころの騒ぎではない。『ズッコケ三人組』は空前絶後、永久不滅のベストセラーとなったのは周知のこと。

いまや、なぜこのシリーズが、これほどまでに子供達の心をとらえるのか、研究書まで出ている。きっと多くの作家が、このようなヒット作を生みたくて、日夜羨望《せんぼう》とともに努力しているに違いないが、那須正幹、美佐子夫妻をよく知っている私に言わせれば、この夫妻には天性のものがあり、子供の心を感受するアンテナがそなわっているのであって、勉強や努力でどうにかなるものではないのだ。

たとえば動物と会話できる人がいる。その能力は、努力では作り出せない。子供は動物と違って、大人に共通する言語をそなえている。共通の言語があるゆえに、簡単に理解しあえるかというと、むしろそれゆえに、大人の触手の届かない領域も、出来てしまう。

子供を「直感」出来る能力というのは、実は大変なものではないのか。昔はみんな子供だったのだから、童心にかえればいい、といった安易な思い込みこそ、子供を「直感」出来なくさせている気がするのだが。ミサちゃんが択《えら》んだダンナさんには、その特殊な能力がある。勿論《もちろん》、よく観察し学んで身につけられたものは当然あるにしても、それだけでは手に入らない、どう言えばいいのか、子供と同じ波長でコミュニケーション出来る能力のことである。

と、こう書くと大抵の大人は、那須さんが子供の波長を発信したり受信したりすると考えるだろう。そうではないはず。身を縮めて自分が子供になるのではなく、子供を自分と同じ大人として扱い、コミュニケーション出来るのだ。

子供を自分と同じ大きさにまで背丈《せたけ》を引きのばし、対等に扱うとはどういうことだろう……それは、単純で幼く小さいだけだと誰もが認識している子供の細部に、鋭くやさしい観察のまなざしをあて、大人と同じだけの、いや大人以上の複雑な壁や凹凸を感得するということではないのだろうか。

大人が子供の身の丈になり、子供と対等になったつもりになることとは、本質的に違うのだ。

天性の能力とは、ごく自然のうちに、自ずからなるやさしさのうちに、この種の視力、観察力が発揮できる、という意味でもある。

「のぶちゃん、そねえに（そんなに）誉めんでええっちゃ」

わがふるさとの防府弁で、那須さんもミサちゃんも照れるだろうか。

「誉めちょるんでも持ち上げちょるんでもないよ。本人にはよう判らんことでも、はたから見るとはっきりするからね。『ズッコケ三人組』のベストセラーは、幸運でも偶然でもありゃあせんの。当然の結果じゃと、うちは思うちょるよ」

エッセイ　13

残余の思い

佐藤宗子

さとうもとこ：一九五五年、東京都生まれ。東京大学大学院人文科学研究科修了。現在、千葉大学教育学部助教授。児童文学の研究、評論に携わり、著書に『「家なき子」の旅』などがある。児童文学評論家として活躍中。

もう六年ほど前になるだろうか。知人がぼやいたことがある。小学校五年になる息子が、塾の国語のテキストに出てきた、「せつない」という意味が、うまくつかめないというのだ。私はこう助言した――「『ズッコケ㊙大作戦』の最後のところの気持ちよ、と言ってみたら？　何となくわかってくると思うよ」

「ズッコケ三人組」シリーズは、一冊ずつの独立性が強く、それだけ読了時の完結感も強くて残すところなくすっきりと満足感を得て、語り手によって物語の外へと送り出される——と想定されがちかもしれない。しかし、実際にはそんな何かの気持ちを抱いたまま終わることがある。何かを隠したままにしておくとか、あえて説明しないといったこととは違う。そこにある何か——それが気にかかる。

「お江戸の百太郎」シリーズのなかでも、その感じを強く意識させられた。

たとえば第三巻の『赤猫がおどる』。江戸の町をゆるがせた放火事件の犯人は、捕えられた。百太郎の手柄もあって、「事件」は無事解決したと言える。それでいて、実はなぜ犯人が放火するにいたったかの原因は、わからない。犯人の申し立ては、今日的解釈からすればしかるべき病名のもとに理解されるのだろうが、江戸の登場人物たちは作中世界で結局のところ「だまって顔をみあわせ」るのみで、語り手も、それ以上の推測は差し控える。読者もまた、江戸時代の人々にとってはそのように受けとめられることであったろうとすんなり納得し、原因の不可思議をそのままに、「事件」の終了とする。しかしもちろん、心のどこかに、本当はあれはなんだったのだろう、何ゆえに……といった思いをたゆたわせているのだ。

シリーズ最終巻にあたる、第六巻『乙松、宙に舞う』でも、同様の感覚が余韻《よいん》となる。詳細なトリック解明が語り手により手際よくまとめられた後、なぜ千次・百太郎親子をあえて事件の目撃者に仕立てたか、役人に問われての首謀者のこたえが一応示される。「あのふたりのことばなら、お役人も信用なさると思ったのでございます。」と。しかし、さらに言葉が続く。「それに……。ひょっとすると、江戸で一番の捕り物名人に、手前の仕組んだトリックを、ぶっつけてみたかったのかもしれませんね。」（傍点引用者）

そう、問われれば犯罪遂行《すいこう》と矛盾《むじゅん》ないかたちで、こたえることはできる。だが、きっと、それだけではない。何かもっと違う、言いあらわしにくい、あるいは自身気がついていないかもしれない心の動きが、そこにあったはずだ。直後に描かれる百太郎の日常に、第六巻の、そしてシリーズ全体の大団円をさわやかに享受しつつも、作品の中に深く沈みこむものがあることを強く意識させられる。

「ズッコケ三人組」シリーズも「お江戸の百太郎」シリーズも、はっきりと「語り手」の見える物語といえる。（前者の方がより明確だが。）それなのに——いや、それゆえにと言うべきか、「語り手」の向こうにほの見える、それらぼんやりとした不定形の思いに、心ひかれつつ本を閉じる。その、私自身のひかれる心とは、またそれをかくも自覚させられるとは、どういうことなのだろうか。

＊　＊　＊

かつて、一九六〇年代のことだから一世代も前だが、日本の児童文学界では「架空リアリズム」が提唱されたことがあった。細かいことは省《はぶ》くが、それは具体的には、はっきりした作中の「事件」の完了や、満足感ある物語の完結性の追求などでもあった。そのときモデルとされたのが、ケストナーの『エミールと探偵たち』であったのは興味深い。正直なところこの作品は、探偵物というより少年たちの冒険物と言ったほうが似つかわしい気がするが、ともあれ、犯人（これは最初から目星がついている）を追跡し、犯罪の証拠をおさえて告発し（むしろここに謎の投げかけと謎ときが、凝縮していると見なせる）、めでたく一件落着を迎えている点で、ミステリーの部類に入るだろう。また、そうした論議のおこる前、従来の「童話」作品とは違った、新しい少年少女向けの児童文学作品の出現めざして、さまざまな模索がなされていた時期に、国分一太郎《こくぶいちたろう》『鉄の町の少年』が、やはり少年たちによる濡《ぬ》れ衣《ぎぬ》はらしのための探偵ごっこを主たる「事件」として設定していたことも思い起こされる。つまりは、犯人追及と謎の解明が一体となったような古典的なミステリーが、事件の解決がただちに物語の完結となる、あるべき児童文学のかたちと考えられていたわけだ。

そして三十年あまりが経った、現在。『ズッコケ㊙大作戦』はさすがに探偵物の分類に入れにくいだろうが、このシリーズに収録されたいくつものミステリーにしても、先に指摘した「百太郎」のシリーズ同様、解決＝完結のきっぱり感とは異質なものを孕んでいる。かつての理想の一形態からすれば異和感を抱かせる、それ――私にとっては好ましい、そこにあるものを、「残余の思い」と呼んでみようか。書かれざるものとして、くっきりときわだつべく意識されているように見える、それを。

*　*　*

実は、この「思い」は、既述の二つのシリーズ以外の作品で、特に強く感じられる。

格好の例が、「六年目のクラス会」（『六年目のクラス会』所収）だ。イギリスの児童文学作家ピアスの「ミス・マウンテン」（『幽霊を見た10の話』所収）と現代のミステリー作家宮部みゆきの「とり残されて」（『とり残されて』所収）を対比的に置いてみると、それがよくわかる。

三つの短編はいずれも、登場人物の一人の過去の心情が言わば結晶化して、数年から数十年の時を経てもある場所に固着的に存在している状況を描き出す。だが、そこから先の物語の展開が、作中の「思い」の行方をかえていく。

「ミス・マウンテン」では、いまだ消えさらぬ少女時代の記憶をもてあます祖母が、原因となった出来事を語ることで、またそれを孫が聴くことで、方策が決まり、結着・解消へと向かう。「とり残されて」では――一般向けの作品ゆえ、短編と言っても相当長いのだが――、他者が少年時代に抱いた「思い」が二十年の時を経てなお、重大な事件をひきおこすほどの力を持ち得たことを目撃した主人公が、暗い情熱をこめて、自身のどこかに残したはずの「思い」がめざめ立ちあがることを、確信する。ここでは、結末でも「思い」の存在は消えはしない。ただし、読者は安定的にその状況を受けとめる。なぜなら、一人称の主人公がそれをどう認知し、語り終えた後もどう対処しようというのか、それらがかなりの言葉をついやして説明されているからだ。

これに対し、「六年目のクラス会」を読み終わった時に感じるのは、とまどいだろう。最終節にいたって、作中に幼い「思い」を残したのが誰かはわかる。だがそれは、新たにわきあがるいくつもの疑問の出発点でしかない。なぜ、「けっしてみんなをうらんではいない」の？　本当に、誰に対しても？　それでも「思い」となって残っているのは、「おぼえておいてもらいたい」というのは、どういうこと？　などなど。

先にあげたピアスや宮部の作品では、作中に「思い」は出てくるけれど、その「思い」保持者（や保持希望者）が解消をはかるにせよ確信犯的利用対象と認定するにせよ、結局は読者にはそれが割り切れてしまうところがあった。「六年目のクラス会」は、違う。言葉少なく、感情の揺れが毫《ごう》も見あたらぬような一人称の語り手に、さっさと幕をひかれ、本当は、人の心にはもっといろいろな思いがいりまじっているはずなのに……と、幕の向こうに闇の空間が広がっている気がしてくる。

主人公の子どもに寄り添う語り方だと、子ども読者がひきつけられ、自分を重ねていけるので、よくわかりやすい——などといった見方が、そう言えば児童文学に関わる大人の中にかなり根強くありはしなかったか。でも、そんな単純なものではなかったのだ。たとえ一人称で語られようと、その心のうちがよりよくわかるわけではない、のだから。

こうして、作品をめぐる見えない「思い」の厚さが、読み手の心に重みとして残っていく。

最近の長編でも、やはりその傾向がうかがえる。『ご家庭でできる手軽な殺人』と『殺人区域』の場合だ。

*　*　*

『ご家庭でできる手軽な殺人』は効果的な題名で、思わずぎょっとさせられる。何かよくわからないうちにトラブルに否応《いやおう》なくまきこまれた一家が、思わず犯罪者に……と息をのむ展開が続くが、結末は波乱ののちのハッピーエンド。題名の由来もなるほどと腑《ふ》に落ちる説明がある。三人称だが主人公に寄り添う語られ方をしてきただけに、読者もここで安堵《あんど》するわけだが、ここでもやはりひっかかりが生ずる。そもそも、前半で「殺人」が成立してしまった裏には、本来善人であるはずの人々にひそんでいた陰の心理が、はからずも働いたからではないか。自身の、そして善良な近親者の内側には、そんな「思い」がぬきがたく存在しているのではないか——少女主人公の口をついて出た疑念は、作中ではボーイフレンドに打ち消されなぐさめられても、読者の胸で生き続ける。

『殺人区域』は「ぼく」が遭遇する夏の出来事が、息をつがせぬ恐怖体験の連続として描かれる。ここでも、一応ぶじに結着がついた——かのように見えるが、最後にダメ押しがある。そもそも今回の惨事をひきおこしたもとである、まがまがしい「思い」。とりあえずは危うくふみとどまったものの、それが身内にあることを強く自覚させられた主人公がたたずむうちに、物語は幕切れとなる。

事件が展開する時間経過の中に実はそれが横たわっていたことに後日気づくか、終結部の時々刻々とすぎゆくときにそれが突如たちあらわれるかの差はあれ、そこには作中の主人公にとっても如何《いかん》ともしがたい存在感の重さをもって、いわば未生《みしょう》の、未把握の「思い」が描かれている。そしてたたずむ彼らを作品内に見送る読者には、「六年目のクラス会」読了時と相似た、ページを閉じたあと、すなわち読書の現場の外にまではみだしはびこるような、「言いえぬ何か」が「思い」としてまとわりつく。

そして、繰り返しになるが、私にはそうした感覚にひたることが、読書の楽しみの一つでもある。

＊　＊　＊

これまで、読者が享受《きょうじゅ》する「残余の思い」を種々述べてきた。ところで、こうしてこの言葉を析出してみると、今度は逆に、「残余の思い」が新たな側面を持ち、作品群に横から光を投げかけていく。せっかくのことゆえ、少しその照射に目を向けてみることにしよう。映しだすのは「ズッコケ三人組」シリーズだ。

周知の通り、このシリーズはどの一冊から手にとってもよい、どこからでも読めるという特徴をもって継続してきた。とはいえ、考えれば当然のことながら、最初から数十冊が繰り返しうる物語としてあったわけではない。第何作、その次の作と、順次書きつがれてきた。すなわち、常なる更新の結果の、賜《たまもの》なのだ。（こうした書きつがれる物語については、私自身以前に「物語世界の再生と変容」という論（日本児童文学学会編『現代児童文学の可能性』所収）でふれた。また一作家の場合ではなく本格ミステリというジャンルを対象とした刺激的な論に笠井潔《かさいきよし》『模倣における逸脱』がある）

常なる更新の例として、日常生活の中から「平年」をとりあげてみようか。日々の天気予報でおなじみの用語だ。「今日の最高気温は平年に比べて三度高く……」などと使われている。その数値はどうやって出てくるのか。過去数年間（確か十年だっただろうか）の値の平均が「平年」となる。つまりは、いま現在すぎつつある、他ならぬこの一年も、やがては平均化される側に括《くく》りこまれていくわけだ。冷たい夏、暑い夏といくつかの定型イメージはあるものの、その夏ならではの特異性が必ずあるだろう。もちろん、お天気や気温は、それ自身意志を持っているわけではない。それでも、すでに過去の平均的おなじみの夏と、最新のこの夏とは、あたかも、従来の作品群とそれに対置されるシリーズ最新作のように見えてくる。

それほどに、現在なるもの、最新のものは、どきどきさせるある生々しさを持つ。

「ズッコケ三人組」シリーズは、「平年」にも似た物語枠のイメージを、毎回の新作が出るごとに組み直しつつ固めてきた。逆に言うなら、次にあらわれるべき一冊は、これまでのシリーズの総体からははずれており、かつそれと対置されるに足る何か――素材、テーマ、表現法など――のかたちの結実なのだ。

その実現のされ方は、何通りかあるだろう。たとえば題名のつけ方一つにしても、そうだ。かつて評論家の藤田《ふじた》のぼるが、『ズッコケ山賊修業中』の文庫版解説で、当時刊行されていた第十四巻までを内容で二グループに分け、それと二通りの題名のつけ方が対応していることを指摘した。ところが、その後の作品では、この対応は崩れた――崩された。つまり、藤田の指摘があったときまではまもられ、それを深める方法で作品が生みだされていたある「型」を、その後脱却する方法が選ばれたわけだ。「型」を深めるのも、「型」をはずれるのも、更新の仕方ながら、「これまではやらなかったけれど、今度は崩してみるよ」と、それまでためこんでいた崩し方の可能性を、表に出す。そんな作家側の「思い」が、物語枠で囲まれたシリーズ作品群の周囲に屯《たむろ》し、常にこの先に向けて機会をうかがっている――そんな気がしてくる。

そう言えば、昨年（一九九八年）になって、「語り手」がせきとめてきた一話完結の形式を、「作者」那須正幹は、はずれた。第二十六作『ズッコケ三人組対怪盗X』の続編として、第三十八作『ズッコケ怪盗Xの再挑戦《リターンマッチ》』が書かれたのだ。そもそも第二十六作も、怪盗Xはつかまらぬままの結末で、これも多少の「型」やぶりではあった。第三十八作が続編となったのは「映画化記念というより特別出演記念に」と「あとがき」で述べられているが、前作をひきずらないという約束事にはまりこんでいた読者にとっては、それもうちやぶられるものとなったか、とその更新ぶりに驚かされもしたのではないか。それはまた、これまでつちかわれた平均的物語枠の堅固《けんご》さ、「型」の深まりあればこその、効果的更新であろう。ここにきて、ためこまれていた「思い」あふれてか、先に挙げた「あとがき」のつづきで作者は、「いずれ機会をみて、三度、両者を対決させるつもり」と言う。さまざまな試みの可能性を手中に持ちながら、「型」を順守しそのなかに盛りこむ、従来の「平年」的イメージとは異なる「残余」と、そして「型」のそとにはみ出させていく「残余」。作者の、これまで書きあらわされなかった「思い」は、常に集約され、世に送られた新作の「残余」となって、また次の作品のかたちを模索しはじめることだろう。

＊　＊　＊

「ズッコケ三人組」シリーズという物語枠を維持しつづける——それはまた、別のかたちの、枠を持たない単発の作品を、あまりに強いそのシリーズのイメージに拮抗《きっこう》しうるものとなるように、作家が配慮を働かせることにつながっていよう。作家の「残余の思い」は一層強くその配慮のなかに注がれ、それは時に、別種の語り口を持つことを生かした作品となり、これまでにも私が受けとめ抱いてきたような、読者にとっての「残余の思い」を強く発することにもなったのだろう。

さまざまな位相でみられる、「思い」。読者の一人としては、もう一つ、未見の書へのはるかに待ち望む「思い」をここに凝縮させ、筆をおくことにしたい。

ズッコケ三人組の大研究Ⅱ

幻の『ズッコケ』最終回

さよなら三銃士

那須正幹

ハチベエ、ハカセ、モーちゃんは、はじめから「ズッコケ三人組」だったのではない。『6年の学習』（学習研究社）の一九七六年四月号から一九七七年三月号まで全十二回にわたって、「〈れんさい物語〉ずっこけ三銃士」というタイトルで連載されたのだ。このときの最終回が「さよなら三銃士」である。

さよなら三銃士

1

三月になった。わが三銃士《さんじゅうし》たちも、いよいよ花山第二小学校ともお別れである。ふだんはなんの気なしに歩いているこの通学路も、考えてみれば、あと三週間でさよならだ。三人が通うことになっている花山中学校は、小学校とは真反対の山の手にある。

その朝、三人はめずらしくいっしょに登校していた。

「あのね、きのうおかしなことがあったんだ。」

モーちゃんが、そんなふうに切り出した。

「ぼくのいないとき、家にきて、ぼくのことといろいろ調査したやつがいるんだよ。」

「あれ、きみも？　ぼくも調べられたんだよ。学校でね、ぼくのことなんでもいいから教えてくれって、妹にたずねてるんだな。」

「ぼくのは、くせだとか食べ物の好ききらいを聞いて帰っていったって、ねえさんが言ってた。二組の女の子でさ、吉井チカっていう子なんだって。自分で名まえをいったらしいよ。」

ふたりの会話を聞いていたハチベエは、女の子の名まえが出てきたので、きゅうに鼻をうごめかした。

「よう、よう。その女の子がおまえたちのこと調べてるんだって？　なんでおまえたちのこと調べる必要があるんだ？」

「さあ、人類学か社会学の研究かもしれないなあ。」

ハカセが考え深げにらっきょう形の頭をかしげる。

「そうそう、きみのことも聞いたらしいよ。」

ハカセのことばで、ハチベエはいよいよ興味をもったらしい。

「おれのことも？　ほんとか？　ええと、なんていう女の子だって？」

「吉井チカ、六年二組の子だよ。」

「ふうん、知らねえなあ、あんまりかわいこちゃんじゃないな。でもちょっと気になるよな。おれたちのこと、いろいろ調査してるなんて。だいたい本人に断りもなしに調べるということは、その、なんだ、プラ、プラ……。」

「プライバシーだろ。」

ハカセがすかさず助け船をだす。

「そう、プライバシーのしん害だからな。いっちょう文句を言ってやらなくちゃあ。」

ハチベエは、大いにふんがいしてみせた。


六年二組の教室は、一組のとなりだ。学校へ着くやいなや、ハチベエはすぐさま二組に乗りこんだ。

「よう、吉井チカって子、いるか。」

「吉井さんなら、ほら、窓の所に立ってる人よ。」

ドアの近くにいた女の子が教えてくれた。なるほど教室の一ばん後ろに、かみをふたつに分けて後ろで結んだ女の子が、外をながめている。背はハチベエとあまりちがわない。ハチベエは大きく息をすいこむと、女の子のそばに寄っていって、おい、と声をかける。女の子がふり返った。まるまっちい顔の、けっこうかわいこちゃんだ。

「あら、八谷くん。」

　吉井チカが、にっこり笑った。

「お、おれのこと知ってるのか。」

「知ってるわ。あだ名はハチベエくん。六年一組の人気ナンバー・ワンでしょ。」

　ハチベエは、あやうくここにやってきた使命を忘れそうになった。

「あ、あのな。つまりだな。おまえ、おれたちのこと調査してるらしいけど、プライバシーをしん害するようなことはやめてほしいんだよな。」

　吉井チカは、ハチベエの抗議声明をにこにこ顔で聞いていたが、ハチベエがしゃべり終えると真顔になった。

「プライバシーのしん害だなんて。わたしそんなつもりじゃなかったの。ただ八谷くんやハカセ、いえ山中くんや奥田くんのこと、すごーく興味があるの。だからもっと早くごあいさつしたかったんだけど、なんだかはずかしくって……。」

　吉井チカは、いくぶん顔をうつむけて、じっとハチベエの顔を見上げる。ハチベエの戦意は、完全に消失した。

「テ、へへへ、興味だって？　おれ、女の子に興味もたれるようなこと、しちゃあいないけどなあ。」

「ううん、すごーく興味があるわ。小説の主人公になるわよ。あなたたち……。」

「小説のねえ。」

「そうよ。現に、ある小説家にあなたたちのこと話したら、ぜひ主人公にしたいからいろいろ調べてくれって、たのまれたのよ。それでわたし、あなたたちのことを聞いてまわったというわけ。」

吉井チカは、もういちど上目づかいにじっとハチベエの顔をみつめた。

2

「小説の主人公？」

ハチベエの報告を聞いて、さすがのハカセもめがねをずり落としそうになった。

「そうなんだ。でさあ、おれ、吉井にたのまれてさ。しかたなくこんどの日曜日、その小説家の家に行くって約束しちゃったんだ。」

「へえ、ミドリ市に小説家が住んでるの。」

モーちゃんも目をかがやかす。

「うん、子どもの本を書いてる、那須正幹っていう人だって。吉井のやつ、その人にときどき自分の書いた小説を見てもらってるらしいぜ。」

「へえ、あの子も小説書いてるの？　すごいなあ。」

モーちゃんが感心する。そのとき、ハカセがすっとんきょうな声をあげた。

「ちょっと待って、その作家、ぼく知ってる。」

「ほんとか、どんなやつだい。」

ハカセはいくぶん首をかしげる。

「それがね、くだらない本書いてるやつなんだ。いっぺん読みかけたけど、やめちゃったよ。」

「ふうん、まあ吉井みたいな子どもがつきあってるんだもんな。たいした作家じゃないだろう。でもおれたちをモデルにするというんだから、モデル料くれるかも知れないぜ。」

「まあね。でもへんなぐあいに書かれるの、ぼくいやだよ。中学にあがって、おかしなうわさがたつと、高校進学にひびくもの。」

ハカセは、どうやら那須という作家をあまり信用していないらしい。だが、一度くらい作家の家を見るのも悪くないだろうと言った。


ミドリ市の東に大宮町という住宅地があり童話作家那須正幹氏はその一角にある大宮マンションに住んでいた。マンションというと、いかにもデラックスに聞こえるが、なんのことはないおんぼろの貸しアパートだ。

「ちえっ、作家っていうからすげえ家に住んでるのかと思ったぜ。」

ハチベエが古びた三階建てのビルを見上げる。

「あの洗たくもののほしてあるへやがそうよ。」

チカが、二階のいちばんはしっこのへやを指さす。パンツが三枚とシャツが三枚ほしてある。

「作家っていっても、先生売れっ子じゃないもの。あんまり才能もないみたい。じつを言うとね。一度結婚したんだけど、半年もたたないうちにおくさんがにげだしたんですって。」

「へえ、そりゃあよっぽどだめな人だよ。そんな人に小説の指導をしてもらっても、意味ないんじゃないの。」

ハカセがチカにたずねる。

「ええ、でも少しは出版社の人とつきあってるから、わたしがすごいけっ作を書いたとき、その人たちを紹介してもらえるでしょ。」

チカは、ぺろりと舌を出してみせると、アパートの階段を登り始めた。

3

二階のつきあたりのドアの前にくると、チカはチャイムをならした。ちょっと間があって、ドアのすきまから、もじゃもじゃ頭に度の強いめがねをかけたおっさんが顔を出した。童話作家那須正幹氏である。

「先生、八谷くんたちを連れて来ました。」

那須氏は、ハチベエたちをながめ回した。

「やあ、しょくん。よく来てくれたねえ。さああがりたまえ。」

ハチベエたちは那須氏にうながされてへやにあがる。さすが作家だけあって、へやのまん中に大きな机が置かれ、あちこちと本がうず高く積んである。

——と思ったらこれがみなまんが週刊誌なのだ。

「先生は、まんがもかかれるんですか。」

ハカセがびっくり顔でたずねた。

「いや、こいつは、ただ頭を休めるために読んでるんだよ。作家という商売は、やたら頭脳を使うからねえ。たまにはまんがでも見て頭脳を休めんとねえ。ケッ、ケッ。」

童話作家は、奇怪な笑い声をたてる。

「あのう、おれたちのこと、童話に書くって、ほんとですか。」

ハチベエが切り出した。

「うん、ことしの四月から『六年の学習』という雑誌に現代の理想的少年たちの物語を書くことになったんだが、主人公のイメージがわかなくてね。そんなとき吉井くんからしょくんのことを聞いたんで、さっそく調査させたというわけさ。おかげで大いに創作意欲がわいてきた。」

「ぼくたちが理想的少年かな。」

モーちゃんがテレくさそうな顔をする。

「うん、わたしもきみたちを見て、いくぶんイメージがちがうような気がするが、なにかまわんさ。適当《てきとう》に創作するから。」

作家がけろりと言ってのけた。

「いったい、どんな物語になるんですか。」

ハカセが心配そうにたずねる。

「『三銃士』という外国の小説を知ってるかね。わたしはまんがで読んだことがあるが、なかなかのけっ作でね。この三銃士のようにだな。きみたち三人が力を合わせて正義のためにたたかったり、大冒険をする物語なんだ。」

「かわい子ちゃんも登場するんでしょうね。」

ハチベエが身をのりだす。

「もちろん。三銃士はかっこいいからねえ。女の子がほうっておかない。」

「なんだかおもしろそうじゃないか。なあハカセ、モーちゃん。モデルになってもいいんじゃないかなあ。」

ハチベエが、モーちゃんとハカセをふり返った。ハチベエは、女の子が登場するだけで満足なのだ。

「うん、今の話がほんとうならね。『三銃士』は今世界名作シリーズにはいってるし……。でも、まだモデル料のこと、聞いてないよ。」

ハカセは、まだうたぐり深げに那須氏をちらりとながめる。

「あ、そうか。先生、おれたちのモデル料は、どうなるんです。」

「なに！」

童話作家はびっくりしたように、シャックリをした。

「そりゃあ、まあ。うん、そうだな。」

那須氏は、エヘンとせきばらいをした。

「その件については、前向きに考えてみるよ。原稿料がはいったら連絡する。」


「なかなかりっぱな人じゃないか。」

那須氏のアパートを出たとたん、ハチベエが感心したように言った。

「ぼくたちが現代の理想的少年だってさ。」

モーちゃんが、うれしそうに笑った。

「でも、雑誌がでてみないとわかんないよ。」

ハカセだけは、まだ不安そうな顔をしている。

「チェッ、おまえはうたぐり深くていけないよ。まあ、みてな。あの先生、大けっ作を書くから。そうなると、おれたちはモデルということで中学に行ってもみんなから注目されるな。ファンレターがくるかも……。」

ハチベエがゆめみるように目をしばたたく。

「雑誌を読むのは、いまの五年だぜ。」

「そうか。よし、じゃあ五年生に、大いに宣伝しとかなくちゃあ。」

ハチベエは、よく日五年生の教室を回って、『六年の学習』のれんさい小説を読むよう宣伝した。もちろん小説の主人公が自分であることも付け加えて……。

二週間が、夢のように過ぎ、いよいよきょうは花山第二小学校の卒業式。

早朝、ハチベエの家に、ハカセとモーちゃんがやって来た。ハカセの手には、一さつの雑誌がにぎられている。

「ハチベエくん、これ、見てくれよ。」

ハカセが、雑誌を開いてハチベエの前につきだした。

「ああ『六年の学習』じゃないか。とうとう出たんだな。」

ハチベエは、胸をときめかせて、雑誌をのぞきこむ。『ずっこけ三銃士』というタイトルが、まず目にとびこんできた。

「あれ、あまりいい題名じゃないなあ。おれたちがずっこけてるみたいじゃないか。」

「みたい――、なんてもんじゃないよ。ひどいんだから。ぼくがトイレで勉強してることも、みんな書かれてるしさ。ああ、中学生活も灰色だなあ。」

ハカセは、大きなため息をついた。

第一話は〝三銃士登場〟だ。ハチベエは、目をさらのようにして物語を読み始めた。

〝四月のある朝、ここはミドリ市郊外にある花山団地の一室……。

那須正幹年譜・著作目録完璧版Ⅱ

石井直人・宮川健郎　編

ズッコケ三人組の大研究Ⅱ

凡　例

・本編は、『ズッコケ三人組の大研究―那須正幹研究読本』（ポプラ社、一九九〇年六月）所収の「那須正幹年譜・著作目録完璧版」につづくもので、一九九〇年一月から一九九九年十二月までをあつかっている。

・年譜は、那須正幹自筆の年譜をもとにした。

・著作の配列は発表順とし、発表年ごとにまとめた。同一年の著作については、単行本を前半に、単行本以外の雑誌、新聞等に掲載されたものを後半にまとめて記載した。単行本のうち、共著については、収録されている那須正幹の著作のタイトルのすべてを（　）にくくって示した。単行本は発行月を、単行本以外は発行月日を示した。

・連載は、その毎回を目録化することはせず、第一回の発表年月日のところにまとめて記載した。ただし、同人雑誌など不定期な刊行物に連載されたもの、あるいは、連載が不定期であるものについては、その毎回を記載した。

・表記は、原本どおりを原則とした。著作のタイトル以外に原本に記されていることがらは、〈　〉にくくって示し、編者が必要な事項をおぎなった場合は、（　）にくくって示した。

一九九〇（平成二）年　四八歳

四月十四日、「那須正幹氏の絵本にっぽん賞・ズッコケシリーズ二十巻・一〇〇〇万部突破！記念祝賀会」が、シーモールパレス山口で開かれる。

六月二十二日、東京センチュリー・ハイアットにて、『ズッコケ』シリーズ二十巻祝賀会・『ズッコケ三人組の大研究』出版記念会が開かれた。百三十名の人が集まってくださった。

『首なし地ぞうの宝』＝池田龍雄・絵　てのり文庫　学習研究社　二月
『りぼんちゃんの赤かて白かて』＝村井香葉・絵　ポプラ社　五月
『夕焼けの子どもたち』〈子どもにおくるエッセー集〉＝かみやしん・画　岩崎書店　六月
『ひみつのおまじないカード』＝なかはらかぜ・絵　偕成社　六月
『ズッコケ結婚相談所』＝前川かずお・絵　ポプラ社文庫　ポプラ社　六月
『1ねんせいダヌキ』＝渡辺有一・絵　新日本出版社　七月
『ズッコケ山岳救助隊』＝前川かずお・絵　ポプラ社　八月
『りぼんちゃんのおみこしワッショイ』＝村井香葉・絵　ポプラ社　十月
『謎のズッコケ海賊島』＝前川かずお・絵　ポプラ社文庫　ポプラ社　十一月
『ズッコケTV本番中』＝前川かずお・絵　ポプラ社　十二月

※

〈解説〉「父親の文学」＝大石真『さとるのじてんしゃ』　てのり文庫　小峰書店　二月
〈創作〉『連載・さぎ師たちの空（六）』（カット・石倉欣二）＝『亜空間』二十八号　児童文学創作集団　二月二十五日
〈創作〉「とうがらし探偵団」（なかはらかぜ・絵）＝『小学五年生』四月号～一九九一年三月　小学館
〈解説〉「魔術師吉本直志郎」＝吉本直志郎『とんばら村からワチニンコ』　青い鳥文庫　講談社　五月十日
〈巻頭エッセイ〉「ズッコケ三人組誕生の秘密」＝石井直人・宮川健郎・編『ズッコケ三人組の大研究―那須正幹研究読本』　ポプラ社　六月
〈対談〉「那須正幹VS古田足日―那須正幹が作家としての二十年を語る」（司会：石井直人・宮川健郎）　同前
〈アンケート・私の一冊―『岩波少年文庫』から〉「『小さい牛追い』（ハムズン／石井桃子訳）」＝『図書』第四九三号　岩波書店　七月一日
〈創作〉「連載・さぎ師たちの空（七）」＝『亜空間』三十号　児童文学創作集団　八月

二十六日
〈エッセイ　私の思春期〉「弁当事件」＝『わが子は中学生』No. 134　あゆみ出版　十二月一日

一九九一（平成三）年　四九歳

三月二十九日、呉市港町小学校にて、大映映像製作「花のズッコケ児童会長」のロケを見学。先生役で特別出演。

四月一日、石井直人氏、山口女子大講師として赴任、山口市に転居される。

五月十二日、東京銀座にて、「花のズッコケ児童会長」の試写会鑑賞。

五月二十四日、「防府ゆかりの会」発足。メンバー十一名。代表にさせられてしまった。

六月十三日、ポプラ社の坂井宏先氏から電話。前川かずお氏が、白血病で入院されたことを聞かされた。御本人には、決して漏らさないこと。

六月二十六日、『絵で読む広島の原爆』取材のため、西村繁男氏とヘリコプターにて広島上空を飛ぶ。

九月二十七日、十九号台風上陸。防府市内にて、瞬間最大風速五十八・一メートルを観測。以後八日間停電。

十一月九日、東京にて、前川かずお氏と会食、お元気そうだった。（これがお会いできた最後だった。）

『六年目のクラス会』＝こさかしげる・絵　青空文庫　日本標準　三月
『おばあさんなんでも相談所』＝前川かずお・絵　ポプラ社　六月（新装版）
『タモちゃん』＝田代卓・え　理論社　六月
『なみだちゃんばんざい』＝伊東美貴・絵　講談社　六月（新装版）
『とうがらし探偵団』＝なかはらかぜ・絵　小学館　八月
『ズッコケ妖怪大図鑑』＝前川かずお・絵　ポプラ社　八月
『ズッコケ文化祭事件』＝前川かずお・絵　ポプラ社文庫　ポプラ社　八月
『世にもふしぎな物語』＝小林敏也・絵　講談社KK文庫　講談社　十月
『夢のズッコケ修学旅行』＝前川かずお・絵　ポプラ社　十二月
『お星さまの夢いっぱいのお話―夢と希望を育てます』〈くもんの読み聞かせ絵本①〉（共著）（絵本）＝公文公・川村たかし・監修　くもん出版　十二月　（「オニはオニ」＝奥田玲子・絵）
『虹のむこうのすてきなお話―勇気と冒険心を育てます』〈くもんの読み聞かせ絵本③〉（共著）（絵本）＝公文公・川村たかし・監修　くもん出版　十二月　（「友だちはうちゅうじん」＝前川かずお・絵）

※

（創作）「源太のけんかだこ」＝『朝日新聞』　朝日新聞社　一月一日
（エッセイ）「ズッコケ・ワールドの未来―今も昔も変わらぬ子供の夢と欲求」＝『聖教新聞』　聖教新聞社　二月二十一日
（創作）「連載・さぎ師たちの空（八）」＝『亜空間』三十二号　児童文学創作集団　二月二十四日
（創作）「六年目のクラス会」＝『現代童話Ⅳ』〈福武文庫〉　今江祥智・山下明生・編　福武書店　三月十五日　（『六年目のクラス会』ポプラ社・一九八四年十一月より再録）

(創作)「田の中のさむらい」(え・金沢佑光)＝『週刊少年少女新聞』　少年少女新聞社　八月四日
〈BOOKS'91〉「おススメ三冊」＝『朝日ジャーナル』第三十三巻第三十四号(通巻一七〇九号)　朝日新聞社　八月二十三日
(創作)「連載・さぎ師たちの空(九)」＝『亜空間』三十四号　児童文学創作集団　八月二十五日
(創作)「連載・さぎ師たちの空(最終回)」＝『亜空間』三十五号　児童文学創作集団　十一月二十四日

一九九二(平成四)年　五〇歳

七月二十四日、ポプラ社編集部の坂井氏に高橋信也画伯を紹介され、前川かずお氏の病状によっては、今後、挿絵をお願いすることになるかもしれないという相談をうける。

十月十七日、山口県小郡町にて、作家生活二十周年記念パーティー。川島誠氏の記念講演。

十一月六日、持病の高血圧が悪化したので、降下剤服用を始める。おそらく一生服用することになるだろう。

十一月二十六日、夜、防府の自宅に、前川かずお氏から電話あり。かなり長時間話した。(氏と話したのは、これが最後となる。)

十二月一日、第二十六巻、高橋信也画伯による『ズッコケ三人組対怪盗X』発行。

『お江戸の百太郎　秋祭なぞの富くじ』＝長野ヒデ子・絵　岩崎書店　一月
『べんきょうすいとり神』＝『光村こども図書館』2年・1　光村図書出版株式会社　二月二十一日　(『べんきょうすいとり神』ポプラ社・一九八一年六月の再録)
『テストの前の日に読む本』〈きょうはこの本読みたいな⑫〉(共著)＝現代児童文学研究会編　イラスト・長谷川芳一他　偕成社　三月　(「ゆめのゴールデンクイズ」、『それいけズッコケ三人組』ポプラ社・一九七八年二月より再録)
『赤いカブトムシ』＝かみやしん・え　偕成社　四月
『ぼくらは海へ』＝安徳瑛・絵　偕成社文庫　偕成社　五月
『森のうさぎのとっておきのお話―自覚と判断力を育てます』〈くもんの読み聞かせ絵本⑥〉(共著)(絵本)＝公文公・川村たかし・監修　くもん出版　五月　(「よくばりパフォーム」＝原作トルストイ、村上幸一・絵)(再話)
『驚異のズッコケ大時震』＝前川かずお・絵　ポプラ社文庫　ポプラ社　六月
『赤ちゃんはどこから生まれるか』＝なかはらかぜ・絵　国土社　六月
『ズッコケ三人組の未来報告』＝前川かずお・絵　ポプラ社　八月
『さぎ師たちの空』＝関屋敏隆・絵　ポプラ社　九月
『お江戸の百太郎』＝長野ヒデ子・絵　フォア文庫　岩崎書店　十月
『1234567』＝ひのもとはじめ・絵　てのり文庫　学習研究社　十一月
『ズッコケ三人組の推理教室』＝前川かずお・絵　ポプラ社文庫　ポプラ社　十二月

『ズッコケ三人組対怪盗X』＝前川かずお・原画　高橋信也・作画　ポプラ社　十二月
『ねんどの神さま』（絵本）＝武田美穂・絵　ポプラ社　十二月

※

（創作）「子ねこをだいて」（峰岸達・絵）＝『国語』（教科書）五上・銀河　光村図書出版株式会社　二月
（創作）「まぼろしの町」（中根のり子・絵）＝『新しい国語』（教科書）六上　東京書籍株式会社　二月　（『六年目のクラス会』ポプラ社・一九八四年十一月所収の作品を改稿、同教科書一九九六年度版にも掲載）
（エッセイ）「思い出の「児童文学同人誌」全国協議会」＝『童話』第四八二号　日本童話会　二月一日
（エッセイ）「最近読んだ本のこと」＝『亜空間』三十六号　児童文学創作集団　三月一日
（創作）「まぼろしの町」（安藤由紀・さし絵）＝『わたしたちの小学国語』（教科書）6下　日本書籍株式会社　五月　（『六年目のクラス会』ポプラ社・一九八四年十一月より再録、同教科書一九九六年度版にも掲載）
（創作）「ねん土の神さま」（絵・石倉欣二）＝『亜空間』三十七号　児童文学創作集団　五月二十五日
〈でるた〉「読者からの便り」＝『中國新聞』夕刊　中國新聞社　六月十一日
（エッセイ）「基町高校と私の作品」＝『あおぎり』第三二号　広島基町高校同窓会　六月十二日
〈リレーエッセー〉「五十歳の感慨―世代から世代へ伝承」＝『山口新聞』　山口新聞社　六月二十八日
（創作）「そうじ当番」（絵・真鍋博）＝『小学校国語』（教科書）四年下　学校図書株式会社　七月一日　（『少年のブルース』偕成社・一九七八年五月より再録）
（エッセイ）「『蝿の王』の謎」＝『母のひろば』339　童心の会　八月十五日
（創作）「ヒデくんミカちゃん」＝『亜空間』三十八号　児童文学創作集団　八月二十五日
（創作）「ヒデくんミカちゃん」（橋本淳子・絵）＝『別冊飛ぶ教室　創作特集1992』光村図書出版株式会社　十月二十日
〈随想　書店との出会い〉「宮島堂書店との思い出」＝『日販通信』十一月号　通巻六三

九号　日本出版販売株式会社　十一月五日
（創作）「戦友」（若山憲・絵）＝『日本児童文学』十二月号　第三十八巻第十二号　通巻四五七号　文溪堂　十二月一日

一九九三（平成五）年　五一歳

一月十三日、前川かずお氏、午後五時十五分、永眠。享年五十五歳。

一月十五日、江古田葬儀場にて、通夜。この夜、釧路沖大地震。

一月十六日、氷雨の中で前川氏の葬儀。約三百人が別れを惜しんだ。

七月十七日、漫画家絵本の会主催「前川かずお氏追悼の会」が氏の愛した銀座のバー、ナポレオンであった。東京は、今日も雨。

八月二日、山口県に集中豪雨、防府市内でも死者四人。わが家も、車庫が浸水す。

九月十四日、萩市見島沖で、体長一四〇センチ、重さ四十二キロのホンマグロを釣り上げた。

十一月三日、防府ゆかりの会主催、「第一回ピクニックコンサート」を防府天満宮境内にて開催。

十一月二十九日、藤井寺市にて、ひとみ座の人形劇「ズッコケ三人組」を観劇。

『どんぐりトリオの背くらべ』〈ことわざ童話館・3〉（共著）＝関英雄・北川幸比古・編　国土社　二月　（「一姫二太郎あたしのにいちゃん」）

『7人きょうだい6番目』＝ひのもとはじめ・絵　てのり文庫　学習研究社　三月

『犬もあるけば夢しばい』〈ことわざ童話館・7〉（共著）＝関英雄・北川幸比古・編　国土社　四月　（「むすめ一人にむこ八人―九ばんめの男」）

『ムロアジ大作戦』（共著）（副読本）＝愛知教育文化振興会　四月　（「Ｔｈｅ Ｅｎｄ ｏｆ ｔｈｅ Ｗｏｒｌｄ」＝絵・葛岡博、『六年目のクラス会』ポプラ社・一九八四年十一月より再録）

『まだ、もう、やっと』〈愛と平和の物語4年―③〉（共著）（副読本）＝『愛と平和の物語』編集委員会編　日本標準　六月　（「まだ、もう、やっと」＝絵・うすいしゅん、『タモちゃん』理論社・一九九一年六月より再録）

『ズッコケ三人組の大運動会』＝前川かずお・原画　高橋信也・作画　ポプラ社　七月

『大当たりズッコケ占い百科』＝前川かずお・絵　ポプラ社文庫　ポプラ社　七月

『海賊モーガンはぼくの友だち』（絵本）＝絵・関屋敏隆　ポプラ社　七月

『ぼくんち、キャンプ特訓中！』＝岡本順・絵　教育画劇　七月

『ハム・ソーセージ物語　春のドキドキ遠足』＝吉見礼司・絵　学習研究社　十一月

『ハム・ソーセージ物語　銀行ギャングは海が好き』＝吉見礼司・絵　学習研究社　十一月

『ハム・ソーセージ物語　冬の家出は楽じゃない』＝吉見礼司・絵　学習研究社　十一月

『参上！　ズッコケ忍者軍団』＝前川かずお・原画　高橋信也・作画　ポプラ社　十二月

※

（エッセイ）「学校へ―膨大な学習量難しさに驚き」＝『中國新聞』 中國新聞社 一月九日

（エッセイ）「四〇号の重み」＝『亜空間』四十号 児童文学創作集団 二月二十五日

〈思い出のさし絵24前川かずお……「それいけズッコケ三人組」〉「自然体の人物たち―前川かずおさんを悼む」＝『季刊・びわの実学校』二十七号 びわの実学校編集室編集・発行 講談社・発売 四月二十日

（エッセイ）「思い出の同人誌協議会」＝『後藤楢根の世界』 長崎源之助・西本鶏介・山下明生編 日本童話会 五月三十日 （『童話』一九九二年二月号より再録、ただし改題）

（創作）「遭難」（曽我舞・絵）＝『別冊飛ぶ教室 創作特集1993』 光村図書出版株式会社 七月十日

〈夏のよみもの〉「マタ ツリニ イコウヨ」（え・尾崎曜子）＝『少年少女新聞』 少年少女新聞社 七月二十五日

（エッセイ）「兎」＝『亜空間』四十二号 児童文学創作集団 八月二十日

〈解説〉「現代「宝探し物語」考」＝古田足日『全集古田足日子どもの本』第九巻 童心社 十一月二十五日

一九九四（平成六）年 五二歳

一月十日、『さぎ師たちの空』が「第十六回路傍の石文学賞」に決定した。

三月十四日、東京にて「路傍の石文学賞」授賞式に出席。

十一月三日、「第二回ピクニックコンサート」を主催、昨年を上回る二千人の人出となる。

『時の石』＝岡本順・絵 文溪堂 五月

『ズッコケ三人組のミステリーツアー』＝前川かずお・原画 高橋信也・作画 ポプラ社 七月

『とびだせ！ とうがらし探偵団』＝なかはらかぜ・絵 小学館 八月

『ズッコケ山岳救助隊』＝絵・前川かずお ポプラ社文庫 ポプラ社 十月

『お江戸の百太郎 乙松、宙に舞う』＝長野ヒデ子・画 岩崎書店 十一月

『あやうし！ とうがらし探偵団』＝なかはらかぜ・絵 小学館 十二月

『ズッコケ三人組と学校の怪談』＝前川かずお・原画 高橋信也・作画 ポプラ社 十二月

『ふとんやまトンネル』（絵本）＝長野ヒデ子・絵 童心社 十二月

※

「受賞のことば」＝『第十六回山本有三記念　路傍の石文学賞　路傍の石幼少年文学賞　路傍の石文学特別賞　郷土文化賞』　財団法人石川文化事業財団顕彰事業部　三月十四日　（贈呈式パンフレット）

（エッセイ）「古いPTA新聞から」＝『己斐』　広島市立己斐小学校創立百二十周年記念誌編集委員会　二月一日

（エッセイ）「大阪弁に関するきわめて異例の見解」＝『文藝春秋』六月号　第七十二巻第八号　文藝春秋　六月一日

（エッセイ）「人形劇『ズッコケ三人組』をみた」＝『人形劇ズッコケ三人組』　人形劇団ひとみ座　六月　（パンフレット）

（発言要旨）「シンポジウム《としまでズッコケるかい》」＝同前

（エッセイ）「ズッコケ三人組は人形になってもズッコケてた」＝『人形劇ズッコケ三人組』　人形劇団ひとみ座　（チラシ、二種類）

（創作）「人食い屋敷の恐怖（1）」（絵・石倉欣二）＝『亜空間』四十六号　児童文学創作集団　八月二十八日

（創作）「人食い屋敷の恐怖（2）」＝『亜空間』四十七号　児童文学創作集団　十一月二十日

一九九五（平成七）年　五三歳

一月十七日、阪神淡路大震災。

三月二十日、東京地下鉄で、サリンガス事件発生。

四月十九日、『お江戸の百太郎　乙松、宙に舞う』が、「第三十五回日本児童文学者協会賞」に決定。

四月二十一日、わが家で雌の雑種犬を飼うことになった。百太郎と命名。

五月二十日、東京の日本出版クラブ会館での

『折り鶴の子どもたち・まちんと・げんさん』〈「戦争と平和」子ども文学館17〉＝長崎源之助・今西祐行・岩崎京子・編　日本図書センター　二月　（「折り鶴の子どもたち—原爆症とたたかった佐々木禎子と級友たち」＝藤川秀之・絵、『折り鶴の子どもたち—原爆症とたたかった佐々木禎子と級友たち』PHP研究所・一九八四年七月の再録）

『絵で読む広島の原爆』（絵本）＝西村繁男・絵　福音館書店　三月

『そうじ当番』〈日本の名作童話19〉＝安藤由紀・絵　岩崎書店　四月

『スカッとする話』〈わたしたちのライブラリー①〉（共著）＝正進社　五月　（「さぎ師たちの空」＝画・安部真紀子、『さぎ師たちの空』ポプラ社・一九九二年九月の第一章、第二章の再録）

「日本児童文学者協会賞」授賞式に出席、その後祝賀パーティーがあった。

八月一日、中国放送制作のドキュメント番組「ヒロシマ・50年の軌跡」の撮影開始。絵本『絵で読む広島の原爆』の製作と広島の五十年史をダブらせたもの。映画の片桐直樹氏が監督。

八月三十日、中国放送の撮影で、広島市立己斐小学校に行く。この撮影で、私の出演場面はすべて終了。

十月十日、中国放送「ヒロシマ・50年の軌跡」放映。

十一月三日、恒例の「ピクニックコンサート」、今回で終了。

十一月九日、読売広告社制作アニメ「ズッコケ三人組・楠屋敷のグルグルさま」試写会に出席。

十一月十三日、高校時代の恩師、蒲池玄三郎先生逝去、享年八十六歳。氏は、宅和源太郎のヒントとなった。

『ズッコケ発明狂時代』＝前川かずお・原画　高橋信也・作画　ポプラ社　七月
『海賊モーガンの子どもたち』（絵本）＝絵・関屋敏隆　ポプラ社　七月
『ズッコケTV本番中』＝絵・前川かずお　ポプラ社文庫　ポプラ社　七月
『ズッコケ愛の動物記』＝前川かずお・原画　高橋信也・作画　ポプラ社　十二月

※

（創作）「六年目のクラス会」（さし絵・やまむら浩二）〈宮川健郎選　招待・「子どもの文学」の新しい潮流・第二期第二回〉＝『ひと』一月号・二六四号　太郎次郎社　一月五日　（『六年目のクラス会』ポプラ社・一九八四年十一月より再録）
（エッセイ）「負けるな」＝『国語教育相談室』臨時号5・6年生用　光村図書出版株式会社　一月二十日
〈忘れられない言葉〉「白鳥入芦花」＝『国語教育相談室』No.9　光村図書出版株式会社　二月二十五日
〈エッセイ・本と私〉「ぼくが作家になったわけ」＝『子どもと本―31人からのメッセージ』　これからの読書と児童文学を考える会編　みくに出版　三月二十日
（エッセイ）〈わが母校〉「私の過ごした六年間が「ズッコケ三人組」の世界―広島市己斐小学校」＝『週刊文春』三月三十日号　第三十七巻第十三号　文藝春秋　三月三十日
（創作）「人食い屋敷の恐怖（3）」＝『亜空間』四十九号　児童文学創作集団　五月二十日
〈連載・子どものいる風景1〉「子どもに向けて書くということ」＝『補導だより』春　四十一巻一号　通巻一三二号　京都府少年補導協会　五月二十日
（エッセイ）「『少年の石』と『時の石』に関する記事について」＝『教育報道新聞』教育報道社　六月五日
（エッセイ）〈会員のひろば〉「総会で聞いた驚くべき話」＝『児童文学手帖』No.79　日本児童文学者協会　六月三十日
〈一九九五年度・第三五回日本児童文学協会賞受賞のことば〉「何度目かの正直」＝『日本児童文学』第四一巻第七号　文溪堂　七月一日
〈連載・子どものいる風景2〉「学校教育にもの申す」＝『補導だより』夏　四十一巻二号　通巻一三三号　京都府少年補導協会　七月三十日

〈エッセイ〉「私がこの本を書いたわけ」＝『あのね　福音館だより』八月号　福音館書店　八月　（『絵で読む広島の原爆』について）
〈エッセイ〉〈特集・戦後50年　日本国憲法とわたしの思うこと〉「わたしのなかの日本国憲法」＝『子どもと読書』八月号No.288　親子読書・地域文庫全国連絡会編集　岩崎書店　八月十日
〈五十号特集エッセイ〉「五十回めの合評会」＝『亜空間』五十号　児童文学創作集団　八月二十日
〈やまぐち論点〉「嘘つきは作家の始まり」＝『読売新聞』山口版　読売新聞西部本社　十月二十日
〈連載・子どものいる風景3〉「嘘つきは作家の始まり」＝『補導だより』秋　四十一巻三号　通巻二三四号　京都府少年補導協会　十月二十五日
〈メッセージ〉「出雲弁の表記」＝『島根の子ども文学館』　岡正著　松江今井書店　十一月一日
〈創作〉「狐」＝『亜空間』五十一号　児童文学創作集団　十一月二十日
〈随筆指定席〉「下手の横釣り」＝『ひろしま随筆』第五十号　湊秀昭編集・発行　十一月二十日
〈教育招待席〉「自治活動尊重を―子ども自身の解決の場」＝『信濃毎日新聞』　信濃毎日新聞社　十一月二十日
〈ひとこと〉「子供を本好きにする方法」＝『教育広報』第一一九六号　島根県教育委員会　十二月二十日

一九九六（平成八）年　五四歳

二月十日、防府市で、三〇センチを越える豪雪。

三月十二日、石井直人氏、山口女子大を去ることとなり、送別会をした。五年間ご苦労様でした。

四月一日、くもん子ども研究所主催「緑の親善大使」マレーシアツアーに家族全員で参加、生

『首なし地ぞうの宝』〈てのり文庫図書館版4〉＝池田龍雄・画家　学習研究社　二月（新装版）
『ズッコケ三人組　楠屋敷のグルグル様』＝前川かずお・絵　公害健康被害補償予防協会　三月
『ふたりは友だち　死んでも友だち』＝前嶋昭人・絵　ポプラ社　六月
『ねこの　のろい』〈おはなし宅急便　きょうふの宅急便〉（共著）＝日本児童文学者協

まれて初めての海外旅行に出発。六日間の旅となった。

八月二日、『ズッコケ三人組ハワイに行く』取材をかねての家族旅行。ハワイ六日間の旅行に出発。

十月十二日、阪神大震災にあった子どもたちのための施設、「希望王国」が、兵庫県養父町に設立され、初代国王に任命された。本日の開国式では、宝塚歌劇から借りた王様の衣装をつけて、開国宣言をした。

会・編　童心社　六月　（「マタ　ツリニ　イコウヨ」＝久住卓也・イラスト）
『ズッコケ三人組の神様体験』＝前川かずお・原画　高橋信也・作画　ポプラ社　七月
『ズッコケ妖怪大図鑑』＝絵・前川かずお　ポプラ社文庫　ポプラ社　十月
『ズッコケ三人組と死神人形』＝前川かずお・原画　高橋信也・作画　ポプラ社　十二月

※

（創作）「巳之助の凧」＝『日本児童文学』一月号　第四十一巻第一号　文溪堂　一月一日
（創作）「そうじ当番」（真鍋博・絵）、「鬼」（安井庸治・絵）＝『小学校国語』（教科書四年上　学校図書株式会社　二月一日　（『少年のブルース』偕成社・一九七八年五月より再録）
〈連載・子どものいる風景4〉「最近の犯罪事件について」＝『補導だより』冬　四十一巻四号　通巻二三五号　京都府少年補導協会　二月十日
（エッセイ）「ドリアン貧乏」＝『亜空間』五十三号　児童文学創作集団　五月二十五日
（創作）「ヨースケくんの不思議な一日」＝『亜空間』五十四号　児童文学創作集団　八月二十日
（エッセイ）「ズッコケ二十年」＝『新刊ニュース』九月号　No.554　株式会社トーハン　九月一日
〈物語〉「ズッコケ三人組北海道へ」（絵・高橋信也）＝『北海道新聞』夕刊　北海道新聞社　十一月十六日
（創作）「がんばれヨースケくん（2）ヨースケくんの夏休み」＝『亜空間』五十五号　児童文学創作集団　十一月二十日

一九九七（平成九）年　五五歳

一月二十六日、プレジャーボート「ラルゴⅢ世号」進水式。全長二八フィート、一七五馬力、十人乗り。最大速度三一ノット。

四月一日、くもん子ども研究所主催「緑の親善

『夢のズッコケ修学旅行』＝絵・前川かずお　ポプラ社文庫　ポプラ社　一月
『海賊モーガンの宝島』（絵本）＝絵・関屋敏隆　ポプラ社　四月
『おばけがっこうのユータくん』＝原ゆたか・え　ポプラ社　四月
『正義ってなんだろう?』〈10代の哲学7〉（共著）＝ポプラ社　四月　（「たかが正義さ

大使」中国ツアーに、次男卓哉と参加。六日間の旅。万里の長城が圧巻だった。

五月二十二日、防府市長と土木業者の癒着事件を究明する「確約書問題の真相解明を求める会」を設立、代表世話人となる。

六月十一日、『絵で読む広島の原爆』が、「第四十三回産経児童出版文化賞」を受賞。

八月十八日、諫早市の原口クリニックで、家族全員、舌癒着の手術をうける。これを治療すると、呼吸が楽になるのだそうだ。

九月二十二日、長女莉恵と次女安芸子を連れて広島の宮島に行き、東映製作の映画「ズッコケ三人組」のロケを見学。

十月一日、防府市長と市役所幹部に対する住民監査請求を提出する。

十月六日、広島の竹原市で、「ズッコケ三人組」のロケに参加。刑事役で特別出演する。俳優の原田大二郎氏と友達になった。

十二月二十六日、防府市の監査結果を不満として、山口地裁に住民訴訟を起こす。

れど正義」）
『心にしみるお母さんの話』2年生（共著）＝砂田弘・西本鶏介・編　ポプラ社　六月
（「お母さんが　いっぱい」＝小泉るみ子・絵）
『ズッコケ三人組ハワイに行く』＝前川かずお・原画　高橋信也・作画　ポプラ社　七月
『ズッコケ三人組の未来報告』＝前川かずお・絵　ポプラ社文庫　ポプラ社　七月
『ご家庭でできる手軽な殺人』＝さし絵・林幸　偕成社　九月
『読んでおきたい4年の読みもの』（共著）＝学校図書株式会社　十一月　（「まだ、もう、やっと」＝絵・佐々木洋子、『タモちゃん』理論社・一九九一年六月より再録）
『ズッコケ三人組のダイエット講座』＝前川かずお・原画　高橋信也・作画　ポプラ社　十二月

※

（エッセイ）「子どもと消費税」＝『母のひろば』393　童心の会　二月十五日
（エッセイ）「ワープロ哀歌」＝『亜空間』五十六号　児童文学創作集団　二月二十日
（創作）「連載・ドカンとイッパチ」（春樹椋尾・え）（第一話「ブタマン先生をやっつけろ」全六回、第二話「チカンはカチンとやっつけろ」全六回、第三話「中学トリオをぶっとばせ」全五回、第四話「お化け退治もひきうけた」全五回、第五話「塾じゅくママをへこませろ」全六回、第六話「梅ヶ台ゴミ戦争」全六回、第七話「いじめなんかに負けないぞ」全六回、第八話「ひき逃げ犯人を追いつめろ」全六回）＝『週刊少年少女新聞』　少年少女新聞社　四月六日～一九九八年三月二十九日
（エッセイ）「ズッコケ二十年」＝『季刊ぱろる』6　パロル舎　四月七日
〈短い物語〉「水たまり水泳法」（絵・カサハラ　テツロー）＝『毎日小学生新聞』　毎日新聞社　四月二十七日
（創作）「六年目のクラス会」＝『児童文学　新しい潮流』　宮川健郎編著　双文社出版　四月三十日　（『六年目のクラス会』ポプラ社・一九八四年十一月より再録）
（創作）「がんばれヨースケくん（3）ヨースケくんの夏休み」＝『亜空間』五十七号　児童文学創作集団　五月二十日

〈短い物語〉「空を歩く人」（絵・カサハラ　テツロー）＝『毎日小学生新聞』　毎日新聞社　六月一日

〈短い物語〉「うたた寝の場所」（絵・カサハラ　テツロー）＝『毎日小学生新聞』　毎日新聞社　七月六日

〈シリーズ・作家が語る〉「ズッコケの那須正幹さんをたずねて（1）」（架空インタビュー　聞き手・編集部M子）＝『日本児童文学』七・八月号　第四十三巻第四号　小峰書店　八月一日

〈短い物語〉「健治の幽霊」（絵・カサハラ　テツロー）＝『毎日小学生新聞』　毎日新聞社　八月十日

（エッセイ）「トイレの悩み」＝『健康な子ども』九月号　No.298　『健康な子ども』編集室・編集　日本生活医学研究所・発行　八月十五日

〈短い物語〉「ライバル」（絵・カサハラ　テツロー）＝『毎日小学生新聞』　毎日新聞社　九月十四日

〈シリーズ・作家が語る〉「ズッコケの那須正幹さんをたずねて（2）」（架空インタビュー　聞き手・編集部M子）＝『日本児童文学』九・十月号　第四十三巻第五号　小峰書店　十月一日

〈短い物語〉「八億八千万分の一の偶然」（絵・カサハラ　テツロー）＝『毎日小学生新聞』　毎日新聞社　十月十九日

（創作）「がんばれヨースケくん（4）ヨースケくんの秘密」＝『亜空間』五十九号　児童文学創作集団　十一月二十日

〈短い物語〉「コミュニケーション」（絵・カサハラ　テツロー）＝『毎日小学生新聞』毎日新聞社　十一月二十三日

〈特集エッセイ・子どもの本の楽しさ、面白さ〉「児童文学はつまらない」＝『鬼ヶ島通信』１９９７　ＡＵＴＵＭＮ　第三十号　鬼ヶ島通信社　十一月三十日

〈短い物語〉「夢のつづき」（絵・カサハラ　テツロー）＝『毎日小学生新聞』　毎日新聞社　十二月二十八日

一九九八（平成十）年　五六歳

二月三日、住民訴訟第一回公判。原告として意見陳述をする。

三月二日、大阪東映支社で「ズッコケ三人組」の試写会。

三月二十五日、くもん子ども研究所主催「緑の親善大使」マレーシア・ツアーに長女莉恵と一緒に参加。今回はボルネオ島に六日間滞在した。

五月十一日、防府市長、土木業者との癒着事件の責任をとって辞表。

五月十八日、基町高校の恩師、岩竹亨先生、死去。岩竹先生には、『ズッコケ三人組の大研究』で、玉稿を戴いたこともあった。午後、広島市内の不動院にての通夜と翌日葬儀に参列。

六月二十一日、防府市長選挙、新市長の誕生。

九月二十九日、住民訴訟の結審。訴えをすべて却下。原告側の敗訴に終わる。

『ズッコケ三人組対怪盗X』＝原画・前川かずお　作画・高橋信也　ポプラ社文庫　ポプラ社　一月
『タモちゃん』＝田代卓・画　フォア文庫　理論社　一月
『ドカンとイッパチ』＝春樹椋尾・絵　新日本出版社　三月
『嵐に向かって』〈「心」の子ども文学館15〉（共著）＝日本児童文学者協会・編　日本図書センター　三月　（「ムクリの嵐―蒙古襲来」＝久保雅勇・絵、『ムクリの嵐』教学研究社・一九八〇年十月の再録）
『江戸の子どもたち』〈「心」の子ども文学館22〉（共著）＝日本児童文学者協会・編日本図書センター　三月　（「道をきくゆうれい」＝中村陽子・絵、『お江戸の百太郎』岩崎書店・一九八六年十二月より再録）
『おばけがっこうの大うんどうかい』＝原ゆたか・え　ポプラ社　五月
『ズッコケ脅威の大震災』＝前川かずお・原画　高橋信也・作画　ポプラ社　七月
『ドカンとイッパチ2―塾じゅくママをへこませろ』＝春樹椋尾・絵　新日本出版社　七月
『ヨースケくん―小学生はいかに生きるべきか―』＝はた　こうしろう・絵　ポプラ社　九月
『なぞのトランプ占い師』〈コロッケ探偵団―1〉＝西村郁雄・絵　小峰書店　九月
『ズッコケ三人組の大運動会』＝原画・前川かずお　作画・高橋信也　ポプラ社文庫　ポプラ社　十一月
『ズッコケ怪盗Xの再挑戦《リターンマッチ》』＝前川かずお・原画　高橋信也・作画　ポプラ社　十二月

※

（エッセイ）〈かざはな〉「総会屋奮戦記」＝『ほんりゅう』　第十六巻第一号　ほんりゅう編集委員会　一月一日
〈短い物語〉「月おくれのサンタクロース」（絵・カサハラ　テツロー）＝『毎日小学生新聞』　毎日新聞社　二月一日
〈六〇号特集エッセイ〉「一年後の復刊に寄せて」＝『亜空間』六十号　児童文学創作集

団　二月二十日

〈短い物語〉「あの子」（絵・カサハラ　テツロー）＝『毎日小学生新聞』　毎日新聞社　三月八日

〈Short-short劇場〉「究極のスポーツシューズ」〈馬のものがたり――㊽〉＝『日本農業新聞』　全国新聞情報農業協同組合連合会　三月三十一日

〈私の受けた授業〉「何もなかったけれど」＝『東書教育情報　ニューサポート　小学校』No.9　東京書籍株式会社　四月

〈短い物語〉「そして誰もいなくなった」（絵・カサハラ　テツロー）＝『毎日小学生新聞』　毎日新聞社　四月十二日

（エッセイ）「少年少女新聞で好評連載　ドカンとイッパチは不滅です――『ドカンとイッパチ』が本に！」＝『週刊少年少女新聞』　少年少女新聞社　四月二十八日

（エッセイ）〈特別寄稿〉「石の上の〝ど〟」＝『ど』第十号　発行・徳山児童文学の会　四月三十日

（創作）「連載・69＋11名探偵」（絵・山口みねやす）（第一話「香典どろぼうを追え」全六回、第二話「松崎上町の幽霊」全六回、第三話「お宝盗難事件」全六回）＝『毎日小学生新聞』　毎日新聞社　五月三日～八月三十日

〈日本の児童文学・いま読む100冊〉「電話がなっている」＝『児童文学の魅力――いま読む100冊・日本編』　日本児童文学者協会編　文溪堂　五月二十日　（川島誠『電話がなっている』国土社・一九八五年六月について）

（エッセイ）「まさに原作そのもの」＝『ズッコケ三人組――怪盗X物語』　東映㈱事業推進部　七月四日　（映画パンフレット）

〈子どもに贈るショート・ショート〉「柿の木の子ども」＝『産経新聞』　産経新聞社　八月十八日

（エッセイ）「昔の遊び場、今の遊び場」＝『日本児童文学』九―十月号（通巻五一七号）小峰書店　十月一日

（エッセイ）「九州・山口の児童文学」＝『燭台』発刊一号（Ｖｏｌ．１）　新日本教育図書（株）　十二月一日

一九九九（平成十一）年　五七歳

一月十四日、「オンブズマンほうふ」を結成、世話人の一人として参加することになった。

一月二十六日、「オンブズマンほうふ」の初仕事、新市長の交通費と交際費の開示請求をする。

二月十五日、ＮＨＫテレビドラマ「ズッコケ三人組」に特別出演するため、渋谷の放送センターに行く。私の役は江戸時代の古着屋の亭主。俳優の藤岡弘さんと共演。

二月二十八日、児童文学創作集団の解散を決定。同人誌「亜空間」六十号をもって廃刊することになった。

四月十日、ＮＨＫテレビドラマが、教育放送で始まった。一シリーズ十二回。

五月二十七日、原田大二郎氏、高杉晋作の取材のため、山口に来る。私も氏に同行して、六日間県内の縁の地を旅した。旅行の合間に船釣りをする。

七月二十日、今年の夏休みの読書感想文コンクールの課題図書に『ヨースケくん』が選ばれた。

九月二日、『ズッコケ三人組の大研究Ⅱ』グラビア撮影のため広島市内をまわる。

十一月二十六日、「防府ゆかりの会百回記念パ

（エッセイ）〈対話と共同〉「真の個人主義はぐくむ教育へ」＝『前衛』十二月号　通巻七〇七号　日本共産党中央委員会　十二月一日
（エッセイ）「喧嘩をせんとや生まれけむ」『補導だより』冬　四十四巻四号　通巻二四七号　京都府少年補導協会　十二月二十一日

『屋根裏の遠い旅』＝さし絵・渡辺ひろし　偕成社文庫　偕成社　二月
『殺人区域（Killer Zone）』＝竹嶋浩二・絵　ポプラ社　三月
『十三屋敷の呪い』〈コロッケ探偵団―2〉＝西村郁雄・絵　小峰書店　六月
『ズッコケ海底大陸の秘密』＝前川かずお・原画　高橋信也・作画　ポプラ社　七月
『銀太捕物帳　闇の占い師』＝長野ヒデ子・絵　岩崎書店　八月
『おめでとうがいっぱい』（フォア文庫おはなしポケット）（共著）＝岩崎書店　十月
（「富くじどろぼう」＝土田義晴・絵）
『ズッコケ三人組のミステリーツアー』＝前川かずお・原画　高橋信也・作画　ポプラ社文庫　ポプラ社　十一月
『ズッコケ三人組のバック・トゥ・ザ・フューチャー』＝前川かずお・原画　高橋信也・作画　ポプラ社　十二月

※

〈読書アンケート特集〉「'98印象に残った本」＝『新刊ニュース』一月号　第五十巻第一号（通巻五八二号）　株式会社トーハン　一月一日
（エッセイ）「コロッケは洋食の王様だ」＝『週刊少年少女新聞』　少年少女新聞社　四月十一日
〈下関原爆展に寄せて〉「人類はみな被爆者という認識」＝『長周新聞』第五三二五号　長周新聞社　七月二十二日
〈対談〉「児童文学ルネサンス―子どもの本の常識を超えて」（那須正幹・武田美穂）＝『新刊ニュース』八月号　第五十巻第八号（通巻五八九号）　株式会社トーハン　八月一日
（インタビュー）「〝嘘つきは作家のはじまり〟です」＝『子どもの本の書き手たち―34

ーティー」開催。

人の作家に聞く』　社団法人全国学校図書館協議会・編・発行　八月五日

〈1500号おめでとうメッセージ〉「一番のはたらきざかり」＝『週刊少年少女新聞』第1500号　少年少女新聞社　八月八日

（エッセイ）「『ズッコケ三人組』と漫画」＝『ぱろる』11　パロル舎　十二月十日

《『ズッコケ三人組の大研究』所収「著作目録」補遺》

一九八八（昭和六十三）年

（エッセイ）「福島県民にうったえる」＝『母のひろば』292　童心の会　九月十五日

出版年不明

『楽しい読書3下　ふしぎな絵本は風に乗って』（共著）＝編集・「楽しい読書」編集委員会　協力・三河教育研究会　製作・東京書籍　頒行・財団法人愛知教育文化振興会

（「ふみきりの赤とんぼ」まるお　たお・絵、『ふみきりの赤とんぼ』ポプラ社・一九七六年九月の再録）

『さいしょのお客さま』〈『学研トップラーン』五年四月号〉＝草間俊行・絵　学習研究社

（『おばあさんなんでも相談所』ポプラ社・一九七九年七月より再録）

本書を編むにあたり、つぎの方がたのご協力をいただきました。

神村朋佳さん・笹原孝治さん・広島市立己斐小学校の石川律子校長先生をはじめ先生がたと子どもたち

原稿をお寄せくださった著者の方がた、ポプラ社編集部のみなさんにも、お礼申しあげます。

ありがとうございました。

（編者）

編者紹介

石井直人（いしいなおと）
1957年、神奈川県生まれ。早稲田大学大学院修士課程修了。現在、白百合女子大学助教授。文学社会学、児童文学専攻。『現代児童文学の可能性』（研究＝日本の児童文学 4、東京書籍、共編著）などがある。

宮川健郎（みやかわたけお）
1955年、東京生まれ。立教大学大学院前期課程修了。現在、明星大学人文学部教授。日本児童文学、国語科教育専攻。著書に『現代児童文学の語るもの』（NHKブックス）などがある。

評論・児童文学の作家たち 2
ズッコケ三人組の大研究Ⅱ
――那須正幹研究読本――
二〇〇〇年 三月 第1刷
編　者　石井直人（いしいなおと）
　　　　宮川健郎（みやかわたけお）
発行者　坂井宏先
編　集　大熊 悟／園田嘉文
発行所　株式会社ポプラ社
東京都新宿区須賀町五番地　〒160-8565
TEL 03-3357-2213（営業）
03-3357-2216（編集）
03-3357-2211（受注センター）
FAX 03-3359-2359（ご注文）
インターネットホームページ http://www.poplar.co.jp
印　刷　瞬報社写真印刷株式会社
製　本　株式会社石毛製本所
落丁本・乱丁本は送料小社負担でおとりかえいたします。
ご面倒でも小社営業部宛にお送りください。
NDC909/294p/22cm
PRINTED IN JAPAN

ISBN4-591-06257-0

ズッコケ三人組シリーズ

那須正幹・作
前川かずお・絵

●それいけズッコケ三人組	花山二小六年一組、ズッコケ三人組初登場!!
●ぼくらはズッコケ探偵団	とある殺人事件にまきこまれた三人組は……
●ズッコケ㊙大作戦	三人組は、スキー場で一人の美少女にあった
●あやうしズッコケ探険隊	漂流の末、無人島にたどりついた三人組は？
●ズッコケ心霊学入門	心霊写真にまつわる奇怪な事件が続々と……
●ズッコケ時間漂流記	えっ、三人組が江戸時代にタイムトラベル？
●とびだせズッコケ事件記者	三人組が学校新聞の事件記者になったって!?
●こちらズッコケ探偵事務所	ブタのぬいぐるみにかくされた秘密とは？
●ズッコケ財宝調査隊	ダムのそばに財宝が!?　調査にのりだせ！
●ズッコケ山賊修業中	山中で会ったあやしげな男達、危機せまる！
●花のズッコケ児童会長	三人組が児童会長選挙の応援に立ちあがる…
●ズッコケ宇宙大旅行	げげっ!!　宇宙人と接近遭遇しちゃった……
●うわさのズッコケ株式会社	なんと、三人組が弁当会社をつくったって？
●ズッコケ恐怖体験	あなたはだあれ、私はゆうれい、ひぇ〜っ！
●ズッコケ結婚相談所	モーちゃんのお母さんが、結婚するって!?
●謎のズッコケ海賊島	こ…これが、海賊の秘宝のありかの地図!?
●ズッコケ文化祭事件	三人組が文化祭で劇に挑戦、その台本は……
●驚異のズッコケ大時震	め…目の前で、本物の関ヶ原の合戦が……
●ズッコケ三人組の推理教室	連続ネコ誘拐事件、犯人はだれだ？
●大当たりズッコケ占い百科	占いで犯人さがしをしたが……
●ズッコケ山岳救助隊	三人組、嵐の山で遭難!?　どうしよう……
●ズッコケTV本番中	ビデオ放送制作！　さて、どんな……
●ズッコケ妖怪大図鑑	恐怖の花山町にしたのは、だれだ！
●夢のズッコケ修学旅行	どんな旅行になるのかな〜？
●ズッコケ三人組の未来報告	三人組の20年後、それぞれの運命は？
●ズッコケ三人組対怪盗X	三人組の名推理に、さしもの怪盗も降参か？
●ズッコケ三人組の大運動会	万年ビリのハカセとモーちゃんが徒競走大特訓！
●参上！ズッコケ忍者軍団	風魔正太郎、根来の三吉、伊賀の小猿、参上！
●ズッコケ三人組のミステリーツアー	楽しい旅行が一転して恐怖の旅行に！
●ズッコケ三人組と学校の怪談	花山第二小学校のかくされた真実は!?
●ズッコケ発明狂時代	三人組はエジソンになれるか!!
●ズッコケ愛の動物記	動物の世話をいったい誰が……
●ズッコケ三人組の神様体験	ハチベエに何がおこったのか?!
●ズッコケ三人組と死神人形	次々おきる殺人事件の恐怖!!
●ズッコケ三人組ハワイに行く	夢の島ハワイでみた夢は？
●ズッコケ三人組のダイエット講座	モーちゃんがダイエットに挑戦!?
●ズッコケ脅威の大震災	三人組の住む花山町に大地震が!!
●ズッコケ怪盗Xの再挑戦	怪盗Xが三人組に挑戦してきた!!
●ズッコケ海底大陸の秘密	三人組が遭遇した海底人とは？
●ズッコケ三人組のバック・トゥ・ザ・フューチャー	三人組の友情の歴史をふりかえると